GOBOOKS & SITAK GROUP©

第一部（六）山水有相逢

烽火戲諸侯 著

高寶書版集團

◆目錄◆

第一章　我看一座山

道士、名士兩風流的南澗國今年格外熱鬧，一場浩大的盛典剛剛拉開帷幕。

南澗國邊境，一座高聳入雲的山嶽後方，山林之間，小徑幽深，有年輕道姑緩緩而行，手裡拎著一根翠綠竹枝，手指輕輕擰轉，她身後跟隨著一頭靈動神異的白色麋鹿。

一個懸佩長劍的白衣男子與她並肩而行，神色落寞。

她無奈道：「早就跟你說過不止一次，不是你只有下五境修為，我就一定不喜歡你，但也不是你有了上五境修為，我就一定喜歡你。魏晉，我跟你真的沒有可能，你為何就是不願死心？不然你告訴我，如何才能死心？」

男子正是風雪廟神仙臺的天才劍修魏晉，要一個潛心修道的道姑說出這麼直白赤裸的言語，看來他對她的糾纏不清著實讓她有些惱了。

山上修行之人，所謂的天才，其實也分三六九等，如此年輕的十一境劍修，魏晉是當之無愧的第一等，破境速度遠超同輩。

魏晉神色萎靡，哪裡像是一個剛剛破開十境門檻的風流人物，苦笑道：「是因為妳有喜歡的人了嗎？比如說你們宗門裡那個師叔。」

賀小涼停下腳步，轉頭望向這個已經名動一洲的風雪廟劍修，氣笑道：「魏晉，你怎麼如此不可理喻！」

魏晉雖然面無表情，可心中有些委屈，又不知如何解釋和挽回，一時間便保持沉默。哪怕是如此心灰意冷的他，在外人眼中，也依舊是天底下最有朝氣的一把劍。

只可惜這個外人，不包括賀小涼。

劍心澄澈淨如琉璃，不一定就真的通曉、熟稔人情世故，尤其是情愛一事，本就是天底下最不講道理的事情，更是讓人懊惱。

魏晉輕聲道：「賀小涼，我最後問妳一個問題。」

賀小涼點頭道：「你問便是。」

魏晉猶豫片刻，視線轉向別處，嗓音沙啞道：「妳最講緣分，那麼如果有一天，妳終於遇上與妳有緣的人物，哪怕妳內心並不喜歡他，會不會為了所謂的大道，依舊選擇跟他成為道侶？」

萬籟俱寂，彷彿天地間無形的縷縷清風都在這一刻凝固。

賀小涼微笑道：「會。」

魏晉眼神澈底黯淡，依舊不去看這位讓自己一見鍾情的女子，紅著眼睛：「哪怕妳和他成了世人眼中的神仙眷侶，可是妳會不開心的。賀小涼，我不騙妳，我不希望看到妳不開心的樣子。」

賀小涼輕輕嘆息一聲，雖然流露出一絲傷感，可道心依舊堅若磐石：「魏晉，哪怕真有那麼一天，我會過得不如人意，可是我絕對不會反悔，更不會轉過頭來喜歡你。」

魏晉喃喃道：「這樣嗎？」

賀小涼轉身離去，魏晉久久不願挪步。

她不後悔，可是他已經後悔了，後悔不該問出這個傷人傷己的蠢問題。

一個年輕道人從密林深處走出，身旁有一青一紅兩尾大魚在空中游弋。

魏晉收回視線，在賀小涼走遠之後，才敢凝望她越行越遠的背影。他不去看那個東寶瓶洲當代金童玉女裡的金童，冷聲道：「你敢說一個字，我就敢出劍殺人。」

金童雖然對這位十一境劍修有些忌憚，可這片山林就位於宗門後山，他相信魏晉一言不合就敢拔劍殺人，但他不信自己會死，所以他嗤笑道：「風雪廟的十一境劍修，就能在我們神誥宗逞凶？」

「宗」這個字眼，他咬得特別重。

東寶瓶洲有道家三宗，其中又以南澗國神誥宗為尊，是一洲道統的居中主香。上次跟賀小涼一同下山去往大驪王朝的驪珠洞天，一路北上，所到之處，無論是世俗的帝王還是各國真君、陸地神仙，無一例外，都對他和賀小涼這一對金童玉女以禮相待，絲毫不敢怠慢。

神誥宗位於南澗國邊境，獨占七十二福地之一的清潭福地，宗主祁真，身兼四國真君頭銜，道法通天，是東寶瓶洲屈指可數的真正神仙。神誥宗雖是他們這一脈道統的下宗，哪怕祁真去往位於中土神洲的那座道統正宗，依然毫無疑問是一等一的重要角色，而這位金童，恰好就是宗主祁真的關門弟子，至於他的同門師姐賀小涼，則師從玄符真人。

這位與世無爭的前輩真人不同於掌門師弟祁真，只收了賀小涼一人為徒。當初賀小涼剛剛進入神誥宗，聲名不顯，天賦不顯，身世不顯，唯有玄符真人一眼相中了她。事後證明，他確實抓到了一塊絕世璞玉，甚至無須他這個師父如何雕琢，福運深厚的賀小涼就迅速崛起，破境之快，機緣之好，讓宗門上下瞠目結舌。

東寶瓶洲的金童玉女結為道侶的可能性極大，哪怕不在同一座宗門也不例外，各自宗門往往樂見其成。

像他和賀小涼這樣師出同門的金童玉女，在東寶瓶洲近千年的歷史上，連同他們兩人在內，只出現過三次，全部成了連袂躋身上五境的大道眷侶。

他不想自己成為第一個例外。

魏晉轉頭望向他，突然有些意態闌珊：「你沒資格讓我出劍，你師父還差不多。」

十一境的劍修，戰力完全能夠等同於兵家之外的十二境鍊氣士，這是常識，更何況神誥宗的宗主卡在十一境巔峰已經很多年，今年之所以召開慶典，就是為了慶賀他終於破境。魏晉和祁真都是破境沒多久的鍊氣士，兩人若是換個地方打擂臺，勝負還真不好說。不過這是神誥宗的地盤，各種陣法層出不窮，又是一方真君地界，占盡天時地利人和的祁真，絕不可以視其為普通的十二境初期修士。

金童笑道：「沒資格，又怎樣？」

這句話，對於再一次被賀小涼當頭澆了一盆冷水的魏晉而言，真是傷人至極。

於是他淡然道：「接好。」

金童根本無法看清楚魏晉拔劍，一縷長不過寸餘的劍氣就在他頭頂劈下。

眼看著就要失去一張保命符的金童看到一隻白皙如玉的溫潤手掌伸到了他頭頂，替他抓住了那縷裂空而至的恐怖劍氣。

空中泛起一點血腥氣，與這片靜謐祥和的山林格格不入。

魏晉看了一眼那個不速之客，鬆開劍柄，緩緩離去，只是撂下一句話：「好自為之。」

一個面如冠玉的道士站在金童身前，收起那隻擋下魏晉劍氣的手掌，手心傷口，深可見骨。

他溫聲道：「向道之人，修心還來不及，何必逞口舌之快。」

金童恭敬道：「師叔，我知道錯了。」

那個玉樹臨風的俊逸道士笑著教訓道：「知錯就改，可別嘴上認錯就行了。」

金童赧顏道：「師叔，我真知道錯啦，一定改。」

被稱為師叔的道人其實年紀不大，看著還不到而立之年。

他微笑道：「你是要不願意改，師叔也沒辦法啊，誰讓你師父是我的掌門師兄。」

金童一陣頭大，他就怕師叔這個樣子跟人說話。事實上，即便是宗主祁真，聽了此話恐怕都要發虛。

他立即苦著臉道：「師叔，我這就去抄寫一部青詞綠章。」

道人點點頭：「可以抄錄〈繁露篇〉，三天後交給我。」

金童可憐兮兮地快步離開，心想明擺著是三天三夜才對，苦哉苦哉。

道人一步跨出，瞬間來到了一池荷塘畔，站在賀小涼身邊，直截了當問道：「大道經常與風俗世情相悖，畢竟這裡是浩然天下，妳可想好了？」

賀小涼伸手輕輕拍著白鹿的柔軟背脊，臉色黯然，點頭道：「師叔，我想好了。」

道人望著一池塘綠意濃郁的荷葉。

寒冬時節，山外早已凍殺無數荷葉，這裡依舊一枝枝亭亭玉立，宛如盛夏光景。

他輕聲道：「真到了那一步，師叔會站在妳身邊。」

賀小涼非但沒有任何感激涕零，反而感慨道：「大道真無情。」

道人「嗯」了一聲：「確實如此。妳能有此想，於修行是好事。」

他之所以選擇站在賀小涼這邊，站在師兄玄符真人的對立面，不是他覺得賀小涼可憐，而是他站在了大道之上，恰好賀小涼位於這條大道而已。如果有一天這對師徒顛倒位置，他一樣會做出相同的選擇。

賀小涼收起那點思緒，笑問道：「師叔，那個我們戲稱為陸小師叔的傢伙到底是何方神聖？他可是在南澗國邊境滯留將近一年了。」

道人搖頭道：「我算不出那人的根腳，既然他願意稱呼我為師兄，我下棋又輸給了他，就只好隨他了。我只算出他在驪珠洞天是那個死局的死結，以及他跟神誥宗上邊的正宗有些淵源，僅此而已，再多就算不出了。」

哪怕是賀小涼，都有些毛骨悚然。齊靜春最後一次出手，雖然很快就被各方聖人遮蔽了天機，賀小涼不但親眼看過那場大戰的開頭，還感受到了那場大戰的餘韻，等到她有所領悟時，只剩下大浪拍岸的尾聲那點岸邊漣漪，這就足夠讓她倍感震驚了。與此同時，更加堅定了她的向道之心。

天下如此之廣大，高人如此之巍峨，我賀小涼為何不自己走到那裡去瞧一瞧？

道人微笑道：「不用多想什麼，水落自然石出。」

這位在一洲之地都算輩分極高的道人緩緩行走於荷塘岸邊，悠然思量。

他思量著世間最天經地義的一些事情，比如為何會下雨，為何會以人為尊，為何會有陰晴圓缺，為何會有洞天福地，諸如此類被所有人習以為常的無聊事情。之所以無聊，就在於你如果跟人聊這些，會沒得聊。

賀小涼遙遙望去，自嘆不如。

無關境界差距，無關輩分差距，而在於那位年紀輕輕的師叔早早走到了大道遠處，讓人難以望其項背，所以就會自慚形穢。

在街邊酒肆買過一壺酒，魏晉倒了些許在手心，那頭白色毛驢低頭就著他的手喝得飛快。好在這裡的老百姓都是見過大世面的，別說毛驢喝酒了，就算是毛驢開口說話都不會皺一下眉頭。

魏晉縮回手，開始自己喝著酒。離開酒肆，漫無目的地隨意行走，毛驢就屁顛屁顛跟在他後頭。

走出那座位於神誥宗山腳的城鎮後，從來只把自己當江湖人的魏晉依然不願御劍飛行，只把自己喝得醉醺醺，搖搖晃晃坐在毛驢背上，任由牠馱著自己隨意逛蕩。

山山水水，重重複複，最後來到了南澗國的國都豐陽。

魏晉如常人一樣，在城門口遞交了關牒，這才得以牽驢入城。

滿身酒氣的魏晉使勁想了想，記得自己在豐陽有個對脾氣的江湖朋友，在七、八年前有過一場結伴遊歷，那人好像說過自己是豐陽城內一個大門派雄風幫的掌門之子，魏晉便問路去往那個門派。

魏晉記得當時那人還自嘲來著，說他祖上真沒學問，取了這麼個不講究的幫派名稱。魏晉就安慰他，說東寶瓶洲南邊有個很大的仙家府邸，傳承千年，底蘊深厚，雄踞一方，勢力堪比一國，卻被開山祖師爺取了個名字，叫無敵神拳幫，那才叫可憐，每逢盛會，神仙扎堆，門下弟子個個覺得了無生趣。

魏晉緩緩前行，街旁有個算命攤子，一個身穿道袍、頭戴道冠的年輕道人正趴在桌子上，對著一個流著鼻涕、手裡拿著糖葫蘆的小孩說教：「這個世道很糟糕，但是你不能因為這樣就覺得那些與人為善、願意吃虧的好人是傻子。」

他加重語氣道：「其實你才是傻子，知道不？」

面無表情的孩子抽了抽鼻子，原本青龍出洞的兩條鼻涕返回洞府大半，然後舔了口糖葫蘆。

年輕道人有些焦急：「跟你說正事呢，吃什麼糖葫蘆。」

孩子依然無動於衷，歪著腦袋吃糖葫蘆。

年輕道人語重心長道：「唉，你這崽子，真是沒有慧根，貧道好心好意幫你算了一卦，明明算出你跟鄰居小姑娘是天作之合，貧道都不收你銅錢了，這還不夠仗義？你咋就不知道感恩呢？一串糖葫蘆而已，值得了幾文錢？還比不上一個未來媳婦？」

一直木訥呆呆的孩子突然呵呵一笑：「你當我傻啊。」然後他就轉身一搖一擺蹦跳離開，嘴上嚷嚷：「吃糖葫蘆嘍！」

年輕道人痛心疾首地一拍桌面：「世風日下，人心不古哇！」

魏晉一笑而過，猛然間又停下腳步，卻沒有轉頭，回想了一遍那算命道人的裝束，有些猶豫不決。

那道人已經開口笑道：「既然有緣，何不相見？」

魏晉牽驢而走。

年輕道人可憐兮兮道：「日子難熬，這南澗國的人咋一個個就這麼精呢？民風也太不淳樸了！」他憤憤然坐回凳子，守著桌上的籤筒，雙手抱住後腦勺，曬著太陽，脖子前後晃悠，頭頂的道冠跟著晃蕩，自言自語，「無聊啊真無聊。」

一個俊俏女子怯生生走來，鼓足勇氣問道：「道長，能算姻緣嗎？」

年輕道人趕緊擺正坐姿：「絕對能算，不是好籤，貧道不收錢！」

妙齡女子愣了愣，然後轉頭就走，心想這不是明擺著坑錢嘛，肯定是個臭不要臉的江湖騙子。想來也是，咱們南澗國的道士哪有如此落魄的，自己就不該貪圖小便宜。姻緣多大的事情，還是應該去屏風巷那邊找真正的道士算卦，價格貴就貴一些，總好過被人騙。

她隨之有些鬱悶，那騙子其實長得挺好看啊，怎麼是這麼個不正經的人？

年輕道人雙手使勁揉臉，頹然道：「這日子沒法過了。真是時來天地皆同力，運去英雄不自由。報應不爽啊。」

最後他嘆了口氣：「好一個君子可以欺之以方。既然你都如此開誠布公了，貧道自然不會欺人太甚。」

「收攤了、收攤了。」他念叨著，就忙碌了起來，默念道：『那咱們就山高水長，後會有期？』

只是他很快就搖頭否定了這個念頭：「難。」

大驪南方邊境，風雪呼嘯，一大兩小行走於一條峽谷之中。

陳平安走樁艱辛，為了保持走樁的一氣呵成，他的呼吸越來越困難。每次呼吸之間，都像是無數刀子躥入了七竅，使得他的臉色有些發青。

背著大書箱的粉裙女童道：「老爺，小心適得其反啊。書上說欲速則不達，老爺今天走樁已經比平時多出很長時間了。」

陳平安只是微微搖頭，沒有說話，否則積蓄起來的那口氣就散了。

青衣小童故意落在後邊，喊道：「傻妞兒。」

粉裙女童扭頭望去，看到他朝自己招手，還偷偷伸出手指做了個噤聲的手勢。

她本想不理會，但是青衣小童狠狠瞪眼，嚇得她只好悄悄放慢腳步，很快就變成他們兩個並肩而行。

青衣小童神色陰沉，一言不發。

粉裙女童跟著沉默片刻，輕聲道：「你要不給老爺認個錯？」

青衣小童火冒三丈，不忘壓低嗓音，跳腳道：「認錯？妳這傻火蟒的腦子灌進了一條江水吧？」

粉裙女童嚇得不敢多說什麼。

青衣小童猶豫之後，問道：「妳說老爺會不會記仇，對我心懷芥蒂？」

粉裙女童搖頭：「老爺不會的。」

青衣小童一臉不信：「當真？」

「當真！」粉裙女童一開始信誓旦旦，但是很快就偷偷加了兩個字，「的吧？」

青衣小童氣得不行，渾身散發出焦躁不安的氣息，恨不得現出真身，將山谷兩側的山壁給撞碎。

最後他一咬牙，擠出一個僵硬笑臉：「那我給老爺磕頭認錯去！」

粉裙女童一臉茫然：「啥？」

很快，青衣小童就返回了，病懨懨的。

粉裙女童疑惑問道：「怎麼了？」

青衣小童壓抑著滿腔怒火：「妳別管！」他一屁股坐在地上，哭喪著臉道，「大爺甚至不敢開口。我都不明白為何如此，妳說氣人不氣人？」

粉裙女童望著那個始終緩緩前行的背影，再回頭望向坐在地上的青衣小童，蹲下身：「我大致曉得老爺的想法了，你想聽不？如果不想，我就不說。但是你如果想聽，你必須保證，聽過之後不許生氣，更不許吃了我！」

青衣小童有氣無力道：「答應，都答應！妳說便是。」

粉裙女童滿臉嚴肅，偷偷摸摸告訴青衣小童：「如果你的初衷是讓那個少年知道世道不易，那你就是對的，說不定老爺還願意跟你道歉。可如果只是覺得好玩就隨口言語傷人，哪怕你做的事情最後是好的，那麼老爺還是會覺得……不那麼對。這些呢，是我胡思亂想的，不一定是老爺的真實想法。其實，我覺得你最好是跟老爺自己聊。」

青衣小童聽得一愣一愣，然後喃喃道：「我當然是覺得好玩啊，那少年以後是生是死關老子屁事。」

粉裙女童滿臉無奈：「那我就沒法幫你了。」

青衣小童突然問道：「那妳覺得我有錯嗎？」

粉裙女童欲言又止，青衣小童冷哼道：「說實話！」

粉裙女童換了個方向，用小書箱對著自家老爺，她自己就躲在書箱底下，彷彿這樣就可以放心說話了：「我覺得吧，老爺肯定是沒有錯的，但是你也不用太在乎老爺的看法。其實老爺也不在乎你是不是在乎他的看法，如果能這麼想，事情就很簡單了呀。」

青衣小童若有所思，點頭道：「繼續說。」

粉裙女童越發小聲：「再說了，咱們都在修行，境界已經比老爺還要高出許多。你如果修行得更好、更快，說不定老爺哪天就會覺得自己是錯的，畢竟老爺曾經親口告訴我，如果他有不對的地方，就要直接告訴他，老爺可不會覺得他的道理就一定永遠是對的，這是我最喜歡老爺的地方了！」說到最後，她神采奕奕，滿臉歡喜。

青衣小童翻白眼道：「我早就告訴妳了，修行靠天賦，不靠努力。」

「又來，難怪老爺不喜歡你。」粉裙女童站起身，加快步伐去追趕陳平安。

青衣小童伸出一隻手，很快凝聚出一顆雪球，塞進嘴裡，狠狠嚼著。

他一邊走一邊想，既想一拳打死那無趣至極的老爺，一了百了，一錯到底，但同時又想捏著鼻子違心地認個錯。可他就是開不了這口，不願意跟著那個泥腿子一起無趣。

青衣小童忍不住回頭望去。他想念自己的家鄉了。

在這裡，加上自己孤零零三個人，他沒有一個同道中人。

家鄉那裡可以大碗喝酒，大塊吃肉，那裡有高朋滿座，快意恩仇，那裡沒有縈繞心間的是非對錯，沒有壞人胃口的狗屁道理，沒有讓他這麼不痛快、不開心的老爺。

東寶瓶洲向來喜歡以觀湖書院劃分南北，北方多蠻夷，南方皆教化。南人瞧不起北人，那是天經地義的事情，哪怕是北方的大隋文豪，面對南澗國的雅士都是要自認矮人一頭的，故而南方世族高門以嫁入北方為恥。

臨近年關，南方一處喧鬧集市上，有一名光腳的中年僧人托缽緩緩而行，面容方正剛毅。有雜耍藝人使出渾身解數，博得陣陣喝彩聲，僧人看到一根木樁子上拴著一隻小猴兒，乾瘦乾瘦的，故而顯得眼睛極大。

僧人蹲下身，掏出半塊生硬乾餅，掰碎一點，放在手心，伸向枯瘦小猴。

小猴被僧人的善舉給驚嚇到了，驚慌失措地向後逃竄，鐵鍊被瞬間繃直，一個反彈，滿身鞭痕的小猴子頓時摔倒在地，身軀蜷縮，細細嗚咽起來。

僧人輕輕將掰碎的乾餅放在木樁附近，將剩餘半塊乾餅又掰碎一半，零零散散放在地上，然後又把鐵缽放下，這才起身向後退去，最後盤腿坐在距離木樁三、四步的地方，開始閉目，嘴唇微動，默誦經文戒律。

行也修行，坐也修行，萬里迢迢，一直苦行。

饑寒交迫的小猴委實是餓慘了，在僧人坐定後，怯生生望了他半天，終於鼓起勇氣去抓住一塊碎餅，退回原地低頭啃掉後，眼見著僧人無動於衷，便越發膽子大了，再偷吃了一塊，如此反復，無意間發現鐵缽內竟有些清水，便去喝了口。隆冬時節，缽內清水竟然有些溫暖，這讓小猴有些舒坦，更加不怕那僧人了，大眼睛直愣愣望著他，一臉費解。

僧人念完一段經文後，睜眼起身，小猴便又躲避起來。

僧人只是彎腰拿回鐵鉢，就此離去。

小猴扶著木樁子，目送僧人的背影很快消失於擁擠的人海。

牠破天荒地打了個輕輕的飽嗝，伸手撓了撓乾瘦無肉的臉頰，眨著大眼睛。

光腳僧人低頭行走於人山人海之中，便是被路人撞了肩膀也不抬頭，反而右手在胸前行禮，微微點頭後，繼續前行。

集市上有個瘋瘋癲癲的老人，眉髮打結，邋裡邋遢，衣衫襤褸，只要遇上稚童，不管孩子們的長輩是富貴還是貧窮，都要湊過去詢問一個同樣的問題：「你家孩子取名了沒有？」大多數老百姓對此見怪不怪，多是牽著孩子加快步伐離去，也有一些會笑罵幾句，另一些個脾氣不太好的青壯漢子還會推搡老瘋子幾下。

有對老人知根知底的一群年輕浪蕩子堵住他，其中一人一臉壞笑地問道：「我家有小孩還未取名，你要如何？」

老人頓時眉開眼笑，高興得手舞足蹈起來，說道：「我來取，我來取，這次我一定取個好名字……」

「取你大爺！」老人被那年輕人一腳踹在腹部，跌了個後仰倒地，在地上抱著肚子打滾。

托鉢僧人蹲下身，攙扶老人起身，那群浪蕩子哄笑著離去。

老人被扶起身後，伸手死死攥住僧人的手臂，對著僧人依舊問了那個極其不敬的問題：「你家孩子取名了沒有？」

托鉢僧人看著癡呆老人，搖搖頭，幫老人拍去塵土，這才繼續前行。

老人依舊在集市上自討苦吃，挨了無數的白眼和謾罵。

夕陽西下，僧人托鉢乞食，七戶之後便不再化緣，鐵鉢內食物寥寥，想要一個溫飽都難。他由北入城，由南出城，路上行人如織，他低頭而行，若是遇見小蟲子，便撿起放於道旁無人處。最後看到一座荒廢已久的古廟，僧人在門外單手行禮，緩緩走入。

在大殿外的簷下廊道，吃過了鉢內食物，僧人開始盤腿而坐，繼續修行。

暮色中，老人踉蹌歸來，看也不看僧人，直奔大殿，倒在一堆茅草上，捲起一塊破碎不堪的單薄被褥，盡量遮住手腳，呼呼大睡。

一夜無事。老人在正午時分才睡醒，醒了之後就離開破廟，往城裡的人堆湊。對於那個托鉢僧人，他根本視而不見。一開始不是沒人猜測，老瘋子會不會是性情古怪的奇人異士，後來才發現他根本就是個老廢物，打不還手、罵不還口，而且打疼了會哭喊，打重了會流血，到最後就只有一些遊手好閒的浪蕩子才樂意拿老人取樂。

老人住在這座荒廢破廟裡已經很多年了，接下來小半年，日復一日，僧人也在這裡暫住，偶爾會與老人一起去往城內，托鉢化緣，也偶爾會與老人一同出城，返回住處。

兩人一直沒有言語交流，甚至就連眼神交匯都極少。每次老人見著僧人都一臉茫然，記不得什麼。

這一夜，大雨滂沱，電閃雷鳴。

疾風驟雨之中，估計就連近在咫尺的呼喊聲都聽不真切。

縮在茅草堆上的老人，每次雷聲響起都會驚嚇得打個戰。熟睡之中的老人不知是想起了什麼傷心事還是做起了噩夢，雙手握拳，身體緊繃，不斷重複呢喃：「是爺爺取的名字不好，是爺爺害了你，是爺爺害了你啊。」

那張乾枯蒼老的臉龐早已沒有任何淚水可流，偏偏顯得格外撕心裂肺。

雖然雨水依舊密集，聲勢駭人，可是隨著急促的雷聲變得斷斷續續，老人的自言自語也漸漸平息。

就在老人澈底陷入沉睡之際，僧人彎曲手指，輕輕一叩。

咚！如木魚聲響徹古廟，如春雷響起於廊下。

老人打了個激靈，猛然坐起身，環顧四周後，先是茫然，然後釋然，最後悲苦，站起身向大殿外走去。

衣衫襤褸的矮小老人，行走之間氣勢凶悍，如同下山虎、過江龍，只是體魄仍是孱弱至極，虎死不倒架而已。

老人走出廟外，仰頭望去，久久無言，最後只剩下悵然。

僧人輕聲道：「有情皆苦。」

老人看也不看僧人，嗤笑道：「苦什麼苦，老子樂意！當絕情寡欲的仙人怎麼就逍遙了？狗屁的長生久視，一個個高高在上，只記得仙，忘了人……哈哈，老百姓做人忘本要天打雷劈，神仙忘了本才算真神仙。可笑，真可笑……」

僧人又道：「眾生皆苦。」

老人沉默，盤腿而坐，雙拳緊握撐在膝蓋上，自嘲道：「恍若隔世。」

拂曉時分，不知何時睡去的老人猛然驚醒，再次眼神渾濁，繼續他渾渾噩噩的一天。

就這樣又過去了一個月有餘，在中秋月圓夜，老人終於恢復清醒，只是這一次，他整個人的精神氣已經大不如前，垂垂老矣。

他跟僧人一起坐在簷下廊道，望向那輪明月，自說自話：「我孫兒很聰明，是天底下最聰明的讀書種子，只可惜姓了崔，已是不幸，遇上我這麼個爺爺，更是不幸。不該這樣的，不該這樣的……」

僧人寂然無聲。

東寶瓶洲崔氏曾有人言：「有廟無僧風掃地，有香無火月點燈。」

入冬後，大雪紛紛，老人睡在廟內，牙齒打架，臉色鐵青，像是要熬不過這個寒冬。僧人托缽進入，遞給老人一塊溫熱乾餅。老人怔怔接過後，猛然丟在地上，眼神恢復些許清明，看著那個重新撿起乾餅遞過來的僧人，搖頭道：「我活著只想見孫兒一面，要不然我死不瞑目，這口氣我咽不下，斷不掉！我要跟他說一聲對不起，是爺爺對不起他！我不能瘋，我要清醒！和尚，你救我！」老人一把死死攥緊僧人手臂，「和尚，只要你讓我清醒地見著孫兒，我便是給你當牛做馬都無妨……我這就給你磕頭，這就給你當徒弟！對對對，你這和尚神通廣大，一定可以幫我脫離苦海……」

這一次清醒過來的老人，精神氣出現了油盡燈枯的跡象，意識也不再清晰。

僧人淡然道：「如何都放不下執念？就算你見著了他，事已至此，又能如何？」

老人神色悲苦：「如何放得下？又不是我一個人的事情。放不下的，這輩子都放不下的。」

僧人想了想：「既然放不下，那就先拿起來。」

老人癡癡問道：「如何拿？」

僧人答道：「去大驪。」

老人點頭道：「對對，我那孫兒就在大驪。」

僧人搖頭道：「你孫兒在大隋，但是你孫兒的先生在大驪龍泉縣。」

老人陷入惶恐，身形向後退去，抵住牆壁，使勁搖頭道：「我不要見文聖……」

片刻之後，老人驀然大怒：「你若想害我，打死我便是；你若想害我孫兒，我就一拳打爛你金身！便是你家佛祖來了，我一樣出拳！」

言語落地，老人掙扎著站起身，氣勢之剛猛雄壯，竟是不輸在驪珠洞天中交手的那兩名純粹武夫！但也僅是剩下點虛張聲勢的氣勢了。

僧人臉色平靜，低頭凝視手中鐵缽，缽內有清水微漾：「佛觀一缽水，八萬四千蟲。」

老人皺眉道：「禿驢，莫要跟老夫打機鋒！」

僧人轉過頭，輕輕抬了抬鐵缽：「這是你家孫子最有意思的地方。他看到了『小』，貧僧覺得可以跟他的先生說道說道。」

老人眼神堅決：「和尚你所謀甚大，老夫絕不會答應你。」

僧人嘆息一聲：「無根之草。」就這麼起身離去。

老人抓緊時間盤腿而坐，開始呼吸吐納，一身原本枯死的肌膚緩緩生出熠熠金光。然後他在手心以手指刻下「大驪龍泉縣」五字，血肉模糊，不斷告訴自己：「去往此地，必須去往此地，只看不說，不問不做」，心湖激盪，銘刻心聲。

老人回到廟內，倒頭就睡。

廟外大雪越烈，只是陣陣寒氣剛剛逼近廟門就自動消融。

陳平安這次不經由野夫關進入大驪國境，走出那條棧道和那處山谷之後，他們三人遇到了一隊精騎。

風雪茫茫，雙方對峙。

那支大驪邊境精銳原本大多已經默然撥轉馬頭，但是突然間一騎衝出，疾馳到陳平安身邊。那是一張年輕堅毅的臉龐，充滿了警備和審視，眼眸深處，還有一抹陳平安當時不理解的毅然決然。

當這一騎突兀而出，其餘袍澤亦是咬牙跟上，一時間雪屑四濺，撲面而來。

陳平安用大驪官話喊道：「我們是龍泉人氏，從黃庭國返回，由牛柵欄入關。」

與此同時，陳平安從懷中掏出龍泉縣衙頒發的通關文牒。遊學千萬里，其上蓋滿了各國、各地、各關隘的官印。眼見著那名騎卒要翻身下馬，陳平安三步作一步小跑上前，伸手高高遞過文牒。騎卒越發身體緊繃，一整隊斥候俱是瞳孔微縮，如臨大敵。

騎卒彎腰接過了關牒，仔細瀏覽之後，驀然笑容燦爛起來，原本緊緊握住刀柄的那隻手在背後悄悄打了個安全的行伍手勢。

騎卒下馬遞還文牒，在陳平安小心翼翼收起後笑道：「這麼糟糕的天氣，若是遇上麻煩，可以去我們烽燧暫住休整，備好食物，等到風雪小一些再趕路不遲。」

陳平安感受到騎卒發自肺腑的真誠，立即抱拳笑道：「沒事，我剛好借這個機會練習拳樁，難熬是難熬，但是還扛得住。」

大驪尚武，民風彪悍，名動一洲。陳平安如此堅韌，很快就贏得這一隊精騎斥候的好感，便是一名面容粗樸、不苟言笑的邊關老伍長也會心一笑。

雙方就此別過，斥候繼續南下偵察，陳平安繼續北上返鄉。

邊騎伍長回頭望了眼三人北歸的背影，收斂笑意，轉頭對那麾下騎卒訓斥道：「逞什麼英雄，不要命了？且不說那少年的深淺，他身邊兩個衣衫單薄的侍女、書童分明是道行不弱的修行中人，否則如何吃得住這天氣的打磨？方才我們近距離接觸，他們氣色之好，你看不出？若三人真是敵國的諜子，你這次貿然前行問話，害得我們全軍覆沒不說，還會耽擱諜報的傳遞！」

年輕騎卒囁囁嚅嚅，仍是有些不服氣：「伍長，咱們身為邊關乙等斥候，這還在大驪境內，不管來自哪裡的鍊氣士，也得講講咱們邊軍的規矩吧？真敢殺我們，事後盤查起來，定要他們吃不了、兜著走。退一萬步說，不是還有王爺在嘛，我就不信誰有本事跟王爺掰手腕子。」

戎馬生涯半輩子的老伍長氣得一鞭子打過去，不過打在了年輕騎卒肩頭外的空處，雷聲大、雨點小而已。他氣笑道：「要是換作我剛從軍那會兒，你這等行徑就是挑釁鍊氣士老爺，知道嗎？怎麼死的都不知道。碰到個厚道仗義的將軍，最多幫你討要幾十兩撫恤銀子，不厚道的，管你死活！」

能夠成為大驪邊軍的乙等斥候，無疑是大驪軍伍的翹楚銳士，就沒幾個是蠢人。年輕騎卒趕緊亡羊補牢道：「老伍長消消氣，以後打到了那大隋高氏的老巢，我用軍功給您老人家換個細皮嫩肉的豪門娘兒們，好好降火……」

老伍長笑罵道：「滾蛋！就你那麼點軍功，給老子塞牙縫都不夠。甭廢話，繼續巡視！上頭發話了，小心黃庭國狗急跳牆，越是這種天氣越要注意！倒是不怕他們一頭撞進來找死，只是打了這麼多年仗，可都是咱們的馬蹄往別人家踩去，萬萬沒有讓別人踩進咱們家門的道理。」

年輕騎卒嬉皮笑臉道：「曉得了、曉得了，我這就先行一步，保管一隻蒼蠅都飛不進前邊的牛脊背山谷。」他深吸一口氣，拉了拉略顯僵硬的厚實貂帽，晃掉一些冰碴子，緩緩前奔。

一名中年斥候忍不住問道：「伍長，之前兩國邊境上鬧出那麼大動靜，聽說黃庭國境內天崩地裂的，死了好多人，咱們這邊倒是沒啥損失，這其中是不是有啥說頭？伍長您小道消息多，好些個老袍澤如今都是都尉大人了，我知道您之前專門找人喝過酒，有沒有可以說道說道的？」

老伍長神色凝重，沒有洩露天機，只是咧嘴笑了笑，眼神炙熱，語氣陰森：「沒啥可以說道的，就是咱們很快就有肉吃了，好事！」

那邊，頂著風雪前行的陳平安緩緩道：「之前大隋的騎軍護送著我們從邊境到京城，跟我們大驪騎軍相比，總感覺哪裡不一樣……具體的說不上來。」

青衣小童懶散道：「老爺，這多簡單一件事。大隋的騎軍是養在深宅大院裡頭的看門狗，看著厲害而已。當然，真打起架來，估計也能湊合。可是你們大驪的騎軍，尤其是邊關騎軍，就是一群野狗，四處咬人，牙齒早就給磨鋒利了。換成是黃庭國的邊關戍卒見著咱們三個，早就跑得遠遠的了，哪裡有膽子上前問話。」

青衣小童打了個哈欠，隨口說道：「以前在御江，聽我水神兄弟講過一樁祕事。十多年前，大驪北邊有一支邊軍跟一夥山上錬氣士起了衝突，主將一怒之下，盡起六千精銳，連同他和軍中麾下的武祕書郎，加上從袍澤那裡借調而來的隨軍錬氣士，一起追殺了八百多里，四名行凶的錬氣士愣是給他們宰掉了三個。」

粉裙女童驚訝道：「在黃庭國，無論是地方行伍還是山下江湖，可不敢跟山上錬氣士嘔氣。芝蘭曹氏之所以不遺餘力地栽培幼子，就是想著一人得道、雞犬升天，不需要處處仰人鼻息。」

「黃庭國洪氏從上到下都爛透了，將來打仗哪裡會是大驪蠻子的對手。」青衣小童百無聊賴地伸出雙手，一次次凝聚出晶瑩剔透的雪球，一次次拋擲向遠方，「大驪邊軍也折損得七零八落，尤其是武祕書郎戰死大半，總之鬧得很大。大驪皇帝龍顏震怒，把那個正三品武將召回京城，將其貶為底層士卒，這才讓那四名錬氣士背後的山門消氣。只是聽說沒過幾年，那名鎮守北關的沙場武夫就出現在了南邊野夫關，而且很快就恢復了原先官職，之前所在那支邊軍更是獲得大驪新晉『鐵騎』之一的榮譽頭銜，邊軍人馬不但迅速恢復滿員，還加入了許多甲等大馬和甲等悍卒，如今風光得很。」

陳平安想起大隋山崖書院，自言自語道：「千萬別打仗啊。」

青衣小童向高處迅猛拋出一顆雪球，然後用第二顆雪球激射而去，兩者砰然碎裂：「箭在弦上，不得不發，我看這場滅國大戰是逃不掉了，關鍵就看大隋爭不爭氣。不過，如果大驪的白玉京飛劍樓真有傳聞那麼厲害，我看大隋原本占優的山上勢力大多會選擇明哲保身，畢竟誰也不願意被一把從白玉京掠出的飛劍瞬間斬殺於陣法庇護的洞府之內，那就真是死不瞑目嘍。誰願意試一試白玉京飛劍的殺力？境界越高的錬氣士越惜命、怕死。反正我那水神兄弟就說，只要白玉京飛劍有傳聞一半的威勢，他就主動投降，以大驪廟堂的行事風格，指不定還會保留他御江水神的神位。」

粉裙女童一臉茫然：「白玉京是什麼呀，還會跑出飛劍？」

青衣小童哈哈大笑，輕輕彈指，一粒雪球擊中粉裙女童的額頭：「嗖一下，一柄飛劍就會從大驪京城的白玉京掠出，以五境以上陸地劍仙的御劍速度，轉瞬之間就飛過千山萬水洞穿了妳這傻妞兒的頭顱，好玩不？」

粉裙女童雙手摀住額頭，給嚇得不輕。

青衣小童譏笑道：「就妳那點微末道行，殺妳還需要用白玉京飛劍？妳是傻妞兒不假，可大驪朝廷又不傻。白玉京十數柄飛劍，如今率先針對的鍊氣士全部是大隋境內那些個躲在水底下的老烏龜王八蛋。我猜啊，其中有資格上榜的那撮大隋鍊氣士，肯定有人已經悄悄離開大隋版圖了，為的就是避其鋒芒。」

陳平安雖然一直沒有插話，但是對於青衣小童的論點和猜測，覺得絕大多數有理有據，所以全部默默聽在耳裡、記在心上。陳平安越發想不明白，這麼一個看問題挺透澈的聰明傢伙，怎麼在家鄉御江就心甘情願給那個居心叵測的水神背黑鍋？

陳平安沒有開口詢問。這到底是青衣小童的自家事。

他開始默默走樁，迎著風雪一遍又一遍。

在及膝的大雪裡，《撼山譜》的走樁不得不極其緩慢，陳平安從山崖棧道一路走到這裡，耗費的氣力和精神是平時的十倍、百倍之多。他全身上下，從外到內，幾乎凍成一塊冰塊，以至於到了後期，根本不用他刻意運轉十八停劍氣流轉，那條宛如火龍巡狩關隘的玄妙氣機就會自行快速遊走，無形中幫助他勉強維持住一口真氣不墜。

每一次呼吸吐納，都是一次痛徹骨髓的煉獄。

憊懶的青衣小童看得頭大，覺得不可理喻。

天賦差就認命不好嗎？別人在修行路上一日千里，你陳平安每天都在這兒事倍功半，多丟人啊。

粉裙女童看得快要心疼死了。

半旬過後，風雪漸歇，之後趕路不至於太過艱辛困苦。

三人在這期間繞過了兩座關隘和十數座大大小小的高聳烽燧。

陳平安還是會自找苦吃，每天練習拳樁之餘，還要主動跟青衣小童切磋武藝，經常被後者一拳打得陷入深雪之中不見人影。

二境依然是可憐兮兮的二境，陳平安的武道進階真是雷打不動。

青衣小童不知是哀其不幸還是怒其不爭，有幾次出手重了，打得缺心眼、一根筋的自家老爺像斷線風箏一樣亂飛出去，得掙扎好久才能站起身，一旁觀戰的粉裙女童便轉過頭去，不忍再看。

在這樣千篇一律的返鄉途中，今年的第一場雪就此落幕，三人終於趕到一座在輿圖上標注為風雅縣的城鎮。陳平安格外揀選了一條通往家鄉西山的歸路，所以不會經過繡花江、紅燭鎮和棋墩山。

他想要多走過一些陌生的地方，讀幾部書，識千餘字，行萬里路，練百萬拳，這就是陳平安當下的心願。

路總歸都是需要一步步走出來的，陳平安這次返鄉行程，每天都過得很充實，當然苦頭也沒少吃。比起趕赴大隋書院的遊學之路，歸程可以騰出更多時間，透過練拳來打磨體魄，以運氣來淬鍊神魂，滴水穿石，燕子銜泥，點點滴滴都是添補。

青衣小童會覺得他是在浪費光陰，可是陳平安能夠清晰感知到一點點裨益的累積，這種感覺，如同在泥瓶巷每天辛勤勞作，多出幾顆銅錢入帳，家底在悄然增加，外人覺得乏味，可是陳平安自己的感覺不要太好！

年關臨近，風雅縣的集市熙熙攘攘。這裡不同於大驪邊關其他城池，書鋪多了許多，書香氣更重一些。當然，想找孤本、善本是奢望了，這裡多是粗劣廉價的私家刻本，錯字、漏字極多。青衣小童和粉裙女童都是眼界高的，一個是身家雄厚，見慣了好東西，一個是自幼跟聖賢書籍打交道，於是只有陳平安在書鋪逛得認認真真，對書架上一長排十二本成套的《玉山燃雪談》愛不釋手，可惜背簍空隙不多，已經裝不下這麼一套大部頭，而且價格太高，便只好退而求其次，買了一本作者署名程水東的《鐵劍輕彈集》。

上了年紀的店家便由衷稱讚他好眼光，然後解釋這是黃庭國老侍郎的著作，如今收入囊中，肯定穩賺不賠，因為市井傳聞那人很快就要重新出山，受邀擔任大驪一座新書院的副山長。

夜幕中，滿載而歸的陳平安選了一座簡陋客棧，要了兩間相鄰屋子。粉裙女童單獨睡一間，青衣小童跟著陳平安跨過門檻，立即皺著鼻子一臉嫌棄，使勁在鼻子前晃動手掌，驅散那些陳年積久的霉腐味。不愧是修練成精的水蛇，那些不管如何擦拭都難以消除的氣味全部被他一陣陣驅逐到了窗外。

陳平安關上門後，在桌上攤開那張大驪南方州郡輿圖——這些祕不示人的地理形勢圖一向為官府獨有，民間私藏就是大罪。陳平安看著風雅縣和龍泉縣之間相距不過六百里路程，一半是便於商旅趕路的官道，一半是相對難行的沖澹江水路，相比這一去一回的漫長路途，六百里路可以算是近在咫尺。

陳平安吃過食物就開始練習劍爐，耳邊時不時響起一個婦人的謾罵聲，以及客棧掌櫃的求饒聲。

多像家鄉泥瓶巷、杏花巷那邊的場景，只不過那會兒顧璨他娘親還在，嘴巴惡毒的馬婆婆還沒去世，每天都會有學塾的讀書聲遠遠傳到鐵鎖井。

等到這次回去，老槐樹已經沒了，看門人也已不在，泥瓶巷鄰居家的院門口，大年三十那天，註定是不會張貼上一副嶄新喜氣的新春聯了。

陳平安嘆了口氣，收起劍爐立樁，來到窗口，從袖中特意縫補而成的小兜裡掏出那顆銀色小劍胚，輕輕握在手心，緩緩摩挲。

青衣小童沒來由怒喝一聲：「找死！」

陳平安聞聲轉頭看去，只見青衣小童雙指拈住一團虛無縹緲的灰色煙霧，猛然夾緊，指間傳出一陣輕微的劈裡啪啦聲。

灰霧逐漸消散，隱約之間有哀號嘶鳴。

看到陳平安的疑惑臉色，青衣小童歡快邀功道：「老爺，這隻不知死活的小精魅已經被我捏爆了！還敢來老爺您的地盤撒野，真是活膩歪了！」

青衣小童指了指那團四處流散的霧氣：「它名為枕邊魅，並無實體。這小玩意兒所過之處帶起的那點風是世間眾多歪風邪氣之一，最喜歡追逐那些心腸歹毒的罵街潑婦，每當她們搬弄唇舌，這種精魅就會偷偷出現，將那股風氣收集起來，最能夠離間親人，尤其是夫妻關係。市井坊間所謂的枕頭風，就是它們的拿手好戲。」

陳平安嘆了口氣，笑道：「以後遇上這類精魅，趕走就是了，不用打打殺殺。」

青衣小童「哦」了一聲，歪著腦袋，問道：「老爺，您不是菩薩心腸嗎？怎的碰到這等邪祟精魅，就不替天行道啦？」

陳平安哭笑不得道：「什麼替天行道，我沒那麼大能耐……」

他很快就止住話頭，不再說什麼。

青衣小童沒來由心頭泛起一些失落，因為沒能聽到濫好人老爺的大道理。那些道理，以前聽著總覺得無趣厭煩，武聖廟那次之後，陳平安便不說了，青衣小童竟然會覺得更無趣。他在桌上趴了一會兒，覺得自己病得不輕，乾脆爬到桌上，手腳扒開躺著，死氣沉沉地望著天花板，盯著一張已無主人坐鎮的小蛛網看了半天，開始在桌上翻來覆去。

粉裙女童在那邊收拾過被褥床墊，就跑來這邊幫陳平安收拾，沒忘記好好背著那個崔東山的書箱。這一路風餐露宿，她時時刻刻都護著書箱，由此可見，白衣少年當初在芝蘭曹氏的書樓內施展的那一番神通，對她造成的心理陰影有多大。

陳平安重新收好那枚「銀錠」，走向桌子，青衣小童趕緊坐回凳子。陳平安從背簍裡拿出那本還帶著濃郁墨香的《鐵劍輕彈集》，青衣小童趕緊狗腿殷勤地端來油燈，幫著點燃燈芯，主僕三人分坐三邊。

青衣小童不敢打攪看書的陳平安，笑問坐在對面的粉裙女童：「馬上就可以吃掉一顆蛇膽石了，是不是很開心？」

有陳平安在身邊，粉裙女童要膽氣粗壯許多：「你別打我那顆蛇膽石的主意。」

青衣小童嘿嘿笑道：「老爺私下跟我說了，蛇膽石分大小，品秩有高低。傻妞兒妳一路上沒有功勞、沒有苦勞，最沒用了，所以只給妳一顆最小、最差的；我陪著老爺餵拳那麼多次，所以我拿到手那兩顆是最大、最好的，一顆有妳十顆那麼大哦。」

粉裙女童立即轉頭望向陳平安。

陳平安翻過一頁書，微笑道：「別聽他瞎扯。」

粉裙女童瞪了眼謊報軍情的青衣小童。

青衣小童一拍桌子：「造反？」

粉裙女童往陳平安那邊坐了坐。

陳平安對此習以為常，倒是沒有故意給小火蟒撐腰說話，始終安靜看書。

藉著那盞油燈的昏黃火光，陳平安一頁頁翻過那部讀書筆劄，其間還拿出了一塊棋墩山剩餘竹簡和當時買玉簪子那家店店主贈送的小刻刀，讀到某些讓他眼前一亮的好句子，就一筆一畫刻在竹簡上。

青衣小童臉頰貼在桌上，自顧自轉動眼珠子，裝神弄鬼。

粉裙女童不敢跟他對視，就湊在自家老爺身邊，看著陳平安讀書或是刻字。

陳平安突然眉頭緊皺，猶豫片刻後問道：「書上說富貴發達了之後要修橋鋪路，不可以修建豪宅大墓。」

青衣小童對此嗤之以鼻，但是沒說話，保持那個半死不活的姿勢。

粉裙女童點頭輕聲道：「老爺，一些讀書人是有這個講究，希望有錢了之後行善積德，造福鄉里。」

陳平安有些無奈。他原本想著回家之後，就趕在年關之前，立即花錢給爹娘修建一座大墳，氣氣派派的，不用連塊像樣的墓碑都沒有。

青衣小童忍不住開口道：「老爺您如今又不是讀書人，講究這些作甚？再說了，真要擔心什麼，大不了修橋鋪路一併做了，到時候我親自幫忙，咱們不但花了錢，還親自出了力，老天爺肯定沒話說。」

陳平安恍然，剛剛打結的心結很快就解開，轉頭望向青衣小童，朝他伸出大拇指，開心道：「好樣的！說得對！」

粉裙女童跟著自家老爺一起高興起來。

青衣小童愣了愣，然後趕緊低頭，眼淚差點掉出來了。

走著走著，走過了官道和水路，氣氛融洽的一大兩小終於看到了一座略顯孤零零的高山輪廓。

陳平安停下腳步，拍了拍青衣小童和粉裙女童的腦袋，然後伸手指向那座名為落魄山的大山。這次他可笑得一點都不含蓄：「到家了！我家！」他開始撒腿狂奔，不再管什麼走樁立樁，沒有半點近鄉情怯的多愁善感，只管埋頭奔跑，占據著大半背簍的一袋袋土壤層層疊疊，隨著肩頭的起伏不定，窸窸窣窣作響。

青衣小童和粉裙女童屁顛屁顛跟在後頭。其實臨近大驪龍泉縣地界後，他倆早就察覺到異樣的靈氣，通體舒泰。此刻落入眼簾中的那座大山頭，讓青衣小童不斷咽口水，簡直就是垂涎三尺，彷彿瞧見了一大桌子最豐盛的美餐。

青衣小童之前曾經無意間提及，他們這類蛟龍之屬，餐霞飲露，只是末等修行之法，進展緩慢，唯有融山根、吞水運，才是勇猛精進的大道正途。只可惜靈氣充沛的名山大川，要麼被仙家坐鎮割據，要麼早就樹立起一座座朝廷敕封的神祇祠廟，哪怕是青衣小童這等修為不俗的江澤大妖也不敢輕易染指，一旦涉及證道長生，尤其是鬼魅精怪，別說修行路上的朋友知己，恐怕就連爹娘都不認了。

反觀自幼浸染書香氣息的粉裙女童，就要比青衣小童矜持許多。顯而易見，同是蛟龍之屬的旁支，兩人的證道契機大不相同。

臨近落魄山的山腳，陳平安放慢腳步。視力絕佳的他發現山上多處塵土飛揚，這讓他心裡一緊。照理說，落魄山有聖人阮師傅幫忙看顧，不該有意外才對。棋墩山的土地爺魏檗之前倒是答應要在這座山上搭建竹樓，可是一棟小小竹樓，怎麼都該搭建完畢了，魏檗也就該打道回府，絕不會長久逗留。為何此時此刻落魄山上還是一副大興土木的古怪樣子？難道是那條黑蟒惡習不改，在自家山上擇人而噬，惹惱了縣衙，派人入山圍剿？

陳平安正要急匆匆讓青衣小童變出真身，以便快速登山，突然想起最近在書上看到的一個句子，講述的是遇事莫慌的道理。他當下便深吸一口氣，強自鎮定，默默告訴自己：不要急，不要急，書上講的，其實跟燒瓷拉坯是一個道理。

剛要開始登山，陳平安眼前一花，定睛望去便發現一襲白衣的熟人笑吟吟站在山腳。

陳平安脫口而出：「魏檗！」

粉裙女童忍不住「哇」了一聲，倍感驚豔。這是她繼崔東山之後，這輩子見著的第二位神仙人物，俊俏得沒天理。她隨即又有些赧顏，躲在了陳平安身後。

青衣小童愣在當場，然後氣勢洶洶轉頭問道：「老爺，這傢伙是來搶地盤的？」

「當然不是。」陳平安搖頭而笑，望向一身瀟灑氣質遠比在棋墩山更加顯著的土地爺，好奇問道：「怎麼還在落魄山？你們山水神靈，不是不好太長時間離開自己地界嗎？」

魏檗笑咪咪道：「巧了，如今我搬家到了披雲山，跟你做了鄰居。陳平安，以後一定要多多照拂在下呀。」說到這裡，這位昔年跌落神壇的神水國北嶽正神，如今即將成為大驪北嶽共主的尊榮神祇，竟然還玩笑似的給陳平安作了一揖。

陳平安沒好意思受這一拜，側過身躲掉，笑問道：「竹樓造好了嗎？」

魏檗直腰點頭道：「做好啦，保管沒有偷工減料，就在落魄山上，我領你們去瞅瞅？本來挑了塊最容易讓它扎根的風水寶地，可是被落魄山的山神廟給占去了，只得換了塊地盤，不過也不差，視野開闊，天高地遠，風景很美，我這一年有事沒事就去那邊待著，你以後可不許過河拆橋，趕我走啊。」

粉裙女童覺得眼前這傢伙模樣長得好，不承想脾氣也好，然後小丫頭就有些驕傲——自家老爺就是厲害，連交好的朋友都這麼瀟灑絕倫。

青衣小童越看越心虛，突然之間，魏檗毫無徵兆地張牙舞爪，對他做了個恐嚇姿勢，嚇得他往後掠出十數丈。

魏檗爽朗大笑：「加上山上那條黑蟒，咱們落魄山要熱鬧嘍。」

陳平安一板一眼糾正道：「落魄山不是你的。」

魏檗無可奈何道：「對對對，你陳平安才是主人，我只是客人，行了吧？」

一行人開始登山，魏檗善解人意地為陳平安解釋道：「如今小鎮西邊這些大大小小的山頭都算名花有主了，全部在破土動工，忙著開山事宜，除了開闢山上道路，還要建造涼亭等等。落魄山這樣有山神廟的更加任務繁忙，大驪朝廷工部負責一擲千金，除了盧氏王朝的近萬刑徒遺民不要錢就能驅使之外，龍泉郡府和縣衙兩座官府還僱用了好多你們當地青壯幫著打造出一座座仙家府邸，一副不折騰出人間仙境不甘休的架勢，有些勞民傷財啊。」魏檗指了指寬闊的黃土地面，「以後這裡會鋪上從外地運來的石板，反正比福祿街、桃葉巷的青石地面只好不差。」

陳平安小心問道：「不需要我自己出錢？」

魏檗笑著指向高空：「只要你不想著在空中建造索橋，跟別處山頭牽連在一起，那就不用開銷一枚銅錢。」

陳平安震驚道：「難道有人這麼做了？」

魏檗點頭道：「有啊，還不止一、兩家。在北邊好幾座山頭之間已經出動家族供奉，或是重金聘請專門建造洞天福地的鍊氣士開始搭建長橋了，其中一座還不是鐵索木板橋，而是石橋，聽說石頭清一色是從湖澤之中打撈出來的，估摸著從頭到尾，怎麼都要花出去百來萬兩白銀。不過效果肯定沒得說，行走於石橋上，煙霧繚繞，飄然欲仙，看那日出日落、雲卷雲舒，我都要心動了。」

陳平安嘖嘖道：「原來他們這麼有錢啊。」

魏檗打趣道：「你要是樂意賣掉一座彩雲峰或是仙草山，立馬就是頂有錢的富家翁了，也能這麼窮奢極欲。」

陳平安沒好氣道：「我要那些花花架子做什麼，一個個山頭才是立身之本。」

魏檗哈哈大笑。財迷還是財迷，二境還是二境；草鞋換了一雙又一雙，可少年依舊是那個少年啊。

青衣小童怎麼看魏檗怎麼討厭，恨不得一腳踹在那傢伙屁股上，踹他個狗吃屎！

一路登山，陳平安見到幾撥盧氏王朝的刑徒遺民，有老有幼，有青壯、有婦人，大多形容枯槁，神色憔悴，但是在旁監工的大驪軍卒應該得到過朝廷授意，並未對這些亡國之徒刻意刁難，一些暈厥過去的老弱便由著親朋好友攙扶到熊熊燃燒的火爐旁，餵上一口熱水、幾口吃食。

魏檗雲淡風輕道：「一開始可沒這麼好的光景，累死、凍死、摔死的盧氏刑徒，當然還有打死和不堪受辱自盡的，短短兩個月之內，就多達六百餘人。後來是就地升任龍泉郡守的吳鳶不惜冒著丟掉官帽子的風險向朝廷遞交了一封奏疏，這才止住了遺民人數驟減的勢頭。」

陳平安疑惑道：「郡守？」

魏檗伸手畫了一個大圈：「原先驪珠洞天方圓千里的廣袤地界，哪怕如今是邊緣地帶都被臨近州郡各自在朝堂上找人幫著說話求情，然後瓜分劃走了一些，但龍泉如果還只是個縣，仍然管不過來，就算升格為郡，其實還是有些牽強。」

陳平安點了點頭。這一路走來，關於各國州、郡、縣的版圖大小，早就有了清晰認知，畢竟是一步一步丈量出來的。他問道：「棋墩山那條黑蟒到了這裡，沒有闖禍吧？」

魏檗搖頭道：「一直在落魄山老老實實修行，不曾傷人。如今就算牠出去找水喝，被人半路撞見，都已經見怪不怪了，相安無事。一些個膽大的當地青壯，已經敢拿石頭遠遠丟牠了，牠也忍著。」

陳平安皺眉道：「這可不行，我得找人說清楚。魏檗，知道這裡誰負責嗎？不管結果，我得先說明白，沒理由這麼欺負人的。」

「哪裡欺負『人』了，那就是條剛剛開竅的山野大蟒。」魏檗啞然失笑，「再說了，黑蟒皮糙肉厚，就是給人使勁砍幾刀都不痛不癢，陳平安，你不用大驚小怪。何況如果我沒有記錯，你對黑蟒觀感可不算好，怎麼如今才回到落魄山，就開始偏袒起牠了？」

「如果黑蟒敢率先傷人，我這次見面就會請人打死牠，花錢請我都願意。」陳平安搖頭道，「但是牠沒有傷人，那麼就跟牠在不在落魄山沒關係。換成任何一個地方，黑蟒只要是安分守己上山、下山，卻還有人去主動挑釁牠，那可一點都不好玩了，那叫找死。我要是敢這麼做，早死在山裡一百次了。」

「有道理。」魏檗眯眼微笑道，「回頭這件事，我幫你打聲招呼便是，這些山頭的大小關係，我都很熟了。」

粉裙女童雙手搭在身前的竹箱繩子上，充滿好奇。

這麼大一座山頭，走了這麼久都沒到半山腰，竟然都是自家老爺的啊。

老爺果然沒吹牛，真有錢！

青衣小童聽著久違的大道理，有些神清氣爽。當然不是他覺得陳平安說得如何有理，而是反駁了那個看不出深淺的白衣神仙，讓他覺得很帶勁。

陳平安看似漫不經心道：「魏檗，你認識阮秀嗎？龍鬚河邊鐵匠鋪的一個姑娘。」

魏檗故作思索，然後恍然大悟道：「你是說聖人阮邛的親閨女啊！遠遠見過幾次。她家那座神秀山是如今大驪朝廷花最大氣力去打造的，她幾次進山去看進程，都會來逛一逛寶籙山、彩雲峰之類的山頭。竹樓造好之前，她也來過一次落魄山，雙手背後，就那麼看著我在竹樓頂上忙碌，還問我要不要她幫忙搭把手來著，我沒答應。小姑娘就那麼抬頭看了半天，害得我怪不好意思的，最後她不知道什麼時候悄悄走了。」

陳平安轉頭對粉裙女童和青衣小童笑道：「阮姑娘是我很好的朋友，我在小鎮有兩間鋪子，都是她在幫我打理，你們見著了她，就喊她阮姐姐。」

粉裙女童立即點頭：「好嘞！」

青衣小童有些不情不願：「我的歲數，當她老祖宗都沒問題，憑啥喊她姐姐，白白掉了十八個輩分……」

陳平安不鹹不淡地瞥了他一眼，他立即雙手捶胸，跟擂鼓似的，義正詞嚴道：「老爺發話，我喊她娘親都行！」

陳平安樂了，難得不摳門一次，財大氣粗道：「回頭多給你們倆一顆普通蛇膽石。」

粉裙女童雀躍歡呼，原地蹦跳起來。

青衣小童怔怔問道：「老爺，那我喊她一聲夫人，能不能再多給一顆？」

陳平安揉了揉額頭：「到時候阮姑娘要打死你，我不會攔著她的。」

青衣小童悚然一驚，突然記起魏檗順嘴一提的「聖人阮邛的親閨女」。關於聖人阮邛的行事風格，黃庭國御江都早有耳聞，那真是跋扈至極、不講道理，哪裡有把人拽進自家地界然後當場打殺的聖人？他立即乾笑道：「我對阮姐姐一定會客客氣氣、恭恭敬敬的。我還會幫著老爺盯著傻妞兒，讓她別不小心措辭不當，惹惱了阮姐姐，到時候惹來殺身之禍，最後讓老爺你難做人……」

陳平安使勁忍住笑，故意不去介紹那個姑娘的溫柔性情，反而板著臉「嗯」了一聲，點頭道：「見了面，要禮貌客氣。」

彎彎繞繞，最後魏檗領頭走在一條青石小徑上，自嘲道：「咱們腳下這條小路是我臨時鋪出來的，隨便收集了些山澗石子，陳平安你回頭不妨換了。」

陳平安走在結實齊整的石子路上，笑道：「不換不換，這就很好。」

眾人視野豁然開朗，看到了一棟兩層的竹樓，顏色蒼翠欲滴，模樣精巧別致，關鍵是正對著大好山河。竹樓底層擺著幾張玲瓏可愛的小竹椅，上頭墊著小小的茅蒲團。

陳平安眼神呆滯，張大嘴巴，被震撼得無以復加。本以為魏檗答應自己建造一棟竹樓，想像之中，不歪歪扭扭就已經很好了，哪裡能夠想到是如此之好。

陳平安回過神後，輕聲問道：「它是我的？」

魏檗笑道：「當然。」

陳平安抱拳道：「魏檗，以後落魄山就是你半個家，只要想住就隨便住。」

魏檗笑道：「喲，這就改口啦？先前是誰說落魄山不是『咱們的』來著？」

陳平安呵呵笑道：「魏檗，你堂堂棋墩山土地爺，跟我一般見識多掉價啊。」

魏檗哈哈大笑，伸手點了點他：「到底還是有些變化的嘛，這趟遠遊求學沒白走。」

之後魏檗看著一溜煙跑到竹樓二樓、並排趴在欄杆上舉目遠眺的一大兩小，一顆高一些的大腦袋連著兩顆矮點的小腦袋，覺著其實也挺像一座小山頭的。

「老爺老爺，這兒風光可好啦，以後我們能住在這裡嗎？」

「當然可以啊。」

「老爺，把這裡劃給我唄，我可以少要一顆普通蛇膽石，咋樣？」

「不行。」

像是被他們的歡快情緒感染，早已不是棋墩山土地爺的魏檗轉身一同望向遠方山河，也有些笑意。

與善人居，如入芝蘭之室，久而自芳矣。

看了一會兒，陳平安帶著他們下山去往小鎮。

魏檗神出鬼沒，身影已經消逝不見，青衣小童小聲提醒道：「鬼鬼祟祟，一看就不是啥好鳥！老爺，以後少跟那傢伙打交道，我這可是老成持重之論啊。」

陳平安沒理睬他。

一路熟門熟路地翻山越嶺，當三人遙遙看到小鎮西邊房舍的時候，陳平安輕輕嘆了口氣。之前專門爬上了那座不起眼的真珠山，陳平安已經眺望了一遍家鄉，給身邊兩個傢伙指出了許多地方的大致位置。例如自己家祖宅所在的泥瓶巷、齊先生當年教書的學塾、坐擁兩間鋪子的騎龍巷、送信最多的福祿街和桃葉巷、小鎮外邊的鐵匠鋪、東邊的神仙墳和最北邊的老瓷山等等。唯獨那座恢復原本面貌的石橋，陳平安只是在望向鐵匠鋪子的時候，眼角餘光一瞥而過，不但沒有介紹什麼詳情，甚至連明顯的眼光停頓都沒有。

親眼見識過了外邊的世道險惡和千奇百怪，一定要小心再小心。

青衣小童大搖大擺道：「老爺，咱們等下是先去騎龍巷看看草頭鋪子和壓歲鋪子？」

陳平安輕聲道：「先去我爹娘墳頭。」

三人沒有穿過小鎮，而是沿著河水往下游走去。默默走過那座已經不見老劍條的石橋，經過矗立起一棟棟低矮茅屋、高大劍爐的鐵匠鋪子，最後來到那座小小的墳頭之前。

陳平安摘下背簍，拿出那些還不如拳頭大小的棉布袋子，為墳頭添土。

少年那張黝黑臉龐上，既沒有傷心傷肺的模樣，也沒有衣錦還鄉的神情。

走過山、走過水，走過千萬里的少年，回到家鄉後的第一件事，只是默默打開那些袋子，為爹娘墳頭添加一抔抔土壤。

一大兩小走下山，返回小鎮，青衣小童見識過了落魄山和竹樓的富貴氣象，覺得入鄉隨俗也不錯，同時對家鄉的眷念淺淡了一些，喜氣洋洋道：「老爺，接下來咱們去哪兒？泥瓶巷祖宅？老爺，不然咱們把整條泥瓶巷買下來吧，如果老爺手頭緊，沒關係啊，我有錢！大錢不敢誇口，那些家當折算成金子、銀子的話，茫茫多哇，老爺可以拿蛇膽石來換，普通的就成！」

陳平安笑道：「買下泥瓶巷做什麼？沒這麼糟踐銀子的。」

青衣小童不太服氣，倒是沒敢跟陳平安頂嘴。老爺總覺得自己的小算盤打得劈裡啪啦響，精明得很，可他自個兒還不是衝著蛇膽石去的？

看到青衣小童吃癟，粉裙女童有些開心。她也有自己的小算盤，想著到了泥瓶巷，就幫老爺把祖宅拾掇得乾乾淨淨，清清爽爽。

到了龍鬚河沿岸，陳平安給他們說了些之前關於這條河的故事。青衣小童聽得心不在焉，猛然睜眼怒視河水某處，一躍而去，雖然沒有現出凶悍真身，可一手馭水神通施展得頗有章法。每次出拳擊中河面後，就跟鑿井似的，打出一個個河水激盪的巨大漩渦，原本一條緩緩流淌的祥和河水被他折騰得翻覆無常。

青衣小童在河面上如履平地，像是在追逐隱匿於河底的某物，嘴上嚷嚷著：「不長眼的蝦兵蟹將，也敢覬覦大爺我的美貌！」

陳平安沒有阻止。一來青衣小童的出手毫無徵兆，已經來不及；二來離開小鎮之前，有次他在岸邊走樁，確實發現河中好像有東西在凝視著自己，透著股讓人不舒服的陰沉氣息，讓他感到一陣後背發涼。只是當時他剛剛練拳，不敢刨根問底，只能敬而遠之。

再次見識到青衣小童的暴戾脾氣，粉裙女童有些頭疼，小聲提醒陳平安：「老爺，大驪朝廷有對這條龍鬚河敕封神靈嗎？比如河婆、河伯什麼的。如果是品秩更高的河神，咱們可別這麼不依不饒的。書上說過，縣官不如現管。書上還說，遠親不如近鄰……」

這還真把陳平安問住了，環顧四周之後，認真想了想：「如果是河神，應該得有祠廟吧，一路走來，好像沒看到。」

陳平安心中微微嘆息，想起背簍裡一塊竹簡上自己親手篆刻的「欲速則不達」，便決定放棄這種沒頭沒腦的旁敲側擊，對那個越戰越勇的青衣小童喊道：「回來！」

遙遠河面上大打出手的青衣小童從袖中掠出一陣陣法寶帶起的流光溢彩，大笑道：「老爺，稍等片刻，就一會兒，我馬上就可以逮住這條滑不溜秋的小泥鰍了！跟我比拚水戰功夫，真是……哎喲，還有點家當的意思啊，這件法寶品相不錯啊，可惜大爺只要沾著水就天生一副橫練無敵的體魄！臭八婆，妳這點本事根本不夠看啊。哇哈哈，抓住妳後，就把妳往我家老爺床上一丟，保准蛇膽石到手！」

青衣小童和那河底陰物打得有來有往，雙方法寶迭出，龍鬚河上寶光熠熠。當然，這是青衣小童心存戲耍的緣故，否則以他的強橫體魄和不俗修為，哪怕不用出真身，一樣能夠以蠻力重創對手。

片刻之後，青衣小童轉身一路小跑向陳平安，手裡倒拽著一大把……黑色長髮？到了臨近陳平安和粉裙女童的岸邊，青衣小童鬆開手，得意揚揚道：「老爺，這婆娘長得不錯，臀兒滾圓，一個能有傻妞兒兩個大呢，不如收了當丫鬟吧？」

粉裙女童滿臉漲紅，羞憤難當。

青衣小童腳邊的河面上露出一顆腦袋和一段白皙脖頸，正是龍鬚河的河神馬蘭花。此刻她的神色楚楚可憐，一頭鴉青色瀑布頭髮鋪散在水面上，隨著劇烈晃蕩的河水蕩漾搖曳。她見著陳平安，想著他的個子好像稍高了一點，可窮酸依舊，而且不知怎的祖墳冒青煙，竟然收了青衣小童這麼厲害的嘍囉。

馬蘭花眼神晦暗不明，迅速收斂複雜思緒，微微垂下頭，泫然欲泣道：「我是龍鬚河新晉河神，按例需要巡查所有途經河岸的各路人等。職責所在，若是無意冒犯了各位，還望三位神仙手下留情，莫要跟我一般見識。」

陳平安讓青衣小童趕緊上岸，對這個面孔陌生的龍鬚河神抱拳道歉：「是我們冒犯了河神夫人。我叫陳平安，就是龍泉本地人，不知河神夫人是何方人士？」

馬蘭花的眼神閃過一抹古怪，很快怯生生道：「既然當了一方山水神靈，就必須斬斷俗緣，這跟僧不言名、道不言壽是一樣的道理，所以公子莫要詢問我的來歷了。總之我不但沒有害人之心，反而還會庇護這條龍鬚河的水運。」

青衣小童勃然大怒：「給臉不要臉是吧，欺負我家老爺好說話是吧？」

陳平安伸手按住青衣小童的腦袋，不讓他重返水中跟堂堂河神撕破臉皮，對著婦人點頭笑道：「有勞河神夫人了。」

馬蘭花連忙抬起一截白藕似的手臂，擺手道：「不敢當不敢當。這次是不打不相識，陳公子無須多心，以後若是有事，公子讓人到河邊知會一聲，我一定不會推脫。」

陳平安不再跟她繼續生硬地客套寒暄，這本就不是他的強項，而且對方口口聲聲「陳公子」，讓他渾身不自在，就帶著青衣小童和粉裙女童快步離去，很快就走近了那間坐落在河畔的鐵匠鋪子。

馬蘭花緩緩潛入河底，眼神陰森，滿臉怒火，一腳踩死一隻河底爛泥裡的老王八，又補上一腳，踩得龜殼粉碎才甘休。隨即她又有些後悔，磨盤大小的老王八已經活了小兩百年，加上如今驪珠洞天四散流溢，花草樹木、飛禽走獸一律雨露均沾，已經給老王八生出一絲靈性，說不定兩、三百年，只要牠成功開竅，就會成為自己手底下的一員可用之兵。

馬蘭花哀嘆一聲，彎腰對著那堆破碎龜甲道：「你要怪就怪那個姓陳的小泥腿子，是他牽累了你，他才是罪魁禍首。陳公子？我呸！剋死了爹娘的小王八蛋，跟你才是一路貨色，怎麼不乾脆死在遊學路上，給人踩得稀巴爛……」

她恨極了陳平安，罵罵咧咧，身形曼妙地行走於水底，身後拖曳著長達一丈有餘的青絲，如同豪閥貴婦的漫長裙擺。她不知不覺往下游逛蕩而去，等回過神來時，已經來到龍鬚河和鐵符江的交界處，腳底下就是疾墜而落的迅猛瀑布——嚇得她掉頭就跑。

這一年當中，龍泉郡熱鬧紛紛，無數妖怪精魅從四面八方湧入，希冀著能夠在此修行，汲取靈氣。如果說她這個龍鬚河神最多只是趁火打劫，跟妖物討要一些過路費，幫著孫子積攢點家底罷了，那麼下邊鐵符江裡頭的那個凶神煞星，正兒八經的大江正神，真是好大的殺心、好重的殺性，死在她手底下的野修、散修一雙手都數不過來。奇怪的是，大驪朝廷和龍泉郡府對此從不過問半句，讓馬蘭花好生羨慕，於是越發惦念起那座遲遲不來的河神廟了。

第二章 恍如神人

鐵匠鋪門口，陳平安正猶豫著要不要登門，就看到石拱橋那個方向出現了一名青衣少女的身影。少女也瞧見了他，先是站定不動，過了片刻，才加快腳步。

陳平安帶著兩個小傢伙迎向她，笑著遠遠打招呼道：「阮姑娘！」

阮秀應聲，小跑向陳平安，站定後，柔聲道：「回來了啊。」

陳平安點頭道：「回了！」

一時間，兩兩無言。

青衣小童瞪大眼睛。哇，不愧是聖人的女兒，長得真是俊。可惜人不可貌相，好像她脾氣不是很好，極有可能一言不合就打死自己，要不然自己肯定要喊一聲夫人了。

粉裙女童眨著眼眸，充滿好奇和仰慕，心想自己長大以後也要長得像眼前這個柔柔弱弱的青衣姐姐。

阮秀率先打破沉默，微笑道：「先去鋪子喝口熱水，然後放在我家那邊的東西，我幫你一起搬回泥瓶巷？」

陳平安「嗯」了一聲。

之後，阮秀開始說小鎮的瑣碎事情：泥瓶巷那棟不知主人是誰的屋子，她已經幫著修繕好了。只是草頭鋪子和壓歲鋪子的生意不是太好。阮秀說到這裡的時候，有些愧疚和難為情。她還自作主張地把陳平安鄰居家的那籠母雞和雞崽兒帶回鐵匠鋪子養著，但是不小心給野貓叼走了兩隻……阮秀說起這個，就更加失落了，把陳平安給樂得不行，趕緊安慰她：「這才多大點事啊，哪裡需要上心，趕明兒殺了老母雞燉鍋雞湯都成，我如今飯菜手藝大漲，肯定好吃。」

這可把阮秀急壞了：「不能殺不能殺，牠們乖得很，如今還都有了名字呢。」

見陳平安笑得合不攏嘴，阮秀這才曉得是陳平安故意使壞，輕輕瞪了他一眼。

青衣小童恍然大悟：敢情老爺一開始就給自己挖了個大坑，這個姐姐哪裡脾氣差了？真是虧大了！青衣小童覺得這顆失之交臂的蛇膽石，別說撒潑打滾、上吊投水，就算偷也要偷到手，要不然心氣難平！

走入那間井然有序的鐵匠鋪子，原本走路飄忽的青衣小童立即嚇得臉色雪白，粉裙女童更是躲在了陳平安身後。

七口水井星羅棋布，每一口皆有劍氣沖霄而去。哪怕只是多看一眼，就讓青衣小童和粉裙女童覺得雙眼生疼，幾乎要忍不住刺痛落淚，恨不得現出真身，抵禦那些無形的威壓和磅礴劍意。瑟瑟發抖的兩個小傢伙之前到了龍泉的那種興奮和激動立即煙消雲散，只覺得這裡處處凶險，簡直就是一座人間雷池，最是鎮壓他們這些蛟龍之屬的旁支遺種。直到陳平安讓他們倆坐在一棟茅屋前的竹椅上，他和阮秀去不遠處那棟黃泥房搬東西，兩個小傢伙才略鬆一口氣，面面相覷，發現對方額頭都是汗水。

青衣小童蹺起二郎腿，故作輕鬆，譏諷道：「傻妞兒，膽小鬼，沒出息！」

粉裙女童小聲道：「你又好到哪裡去了。」

青衣小童雙臂環胸，老神在在道：「我這叫示敵以弱，妳懂個屁！」

粉裙女童看到一個其貌不揚的中年漢子大步走來，出於禮貌，她趕緊起身道：「叔叔好，我是陳平安老爺家的婢女。」

漢子點點頭，搬了把椅子坐在不遠處，望向泥屋那邊，臉色不太好看。

青衣小童打量一番，沒看出門道，只當是鐵匠鋪子的壯勞力：「瞅啥瞅，我可警告你，秀秀姑娘是我家老爺的老相好，你要是敢動歪心思，我就一拳打死……算了，老爺叮囑我要與人為善，算便宜你了，只是一拳打得你半死！」

漢子臉色越發難看，沒說話。

青衣小童自以為看出一點苗頭，因為中間隔著一個礙眼的粉裙女童，他探出身，扭過頭望著漢子：「你真對我家老爺未過門的夫人有念想不成？他娘的，你多大歲數了，真是氣死我了。大爺我行走江湖這麼多年，真沒見過你這麼厚顏無恥的腌臢漢子。來來來，咱們過過招，我准許你以人欺小……」

陳平安身後那只空去大半的背簍裡，現在已經填入一只沉重的棉布行囊，跟阮秀並肩走來。看到漢子後，他恭謹地喊了一聲「阮師傅」，可是漢子根本沒搭理他，直到阮秀笑著喊了一聲「爹」，漢子才悶悶不樂地點了點頭。

爹？青衣小童就像被一個晴天霹靂砸在腦袋上，二話不說就蹦跳起來，跑到漢子身前的地面上，噗通一下跪下磕頭：「聖人老爺在上，受小的三叩九拜！」

這條御江水蛇砰砰磕頭，毫不猶豫，只是一肚子苦水，腹誹不已：你一個高高在上的兵家聖人，好歹有點聖人風範行不行？就該在那山嶽之巔吞吐日月才對啊，要不然在大水之畔出拳如雷也行，結果一聲不吭跑來我身邊坐著跟塊木頭沒兩樣，鬧哪樣？

堂堂十一境的大佬，坐鎮驪珠洞天的兵家聖人，享譽東寶瓶洲的鑄劍師，你不在額頭刻上「阮邛」兩個大字就算了，咋還長得這麼普普通通？退一萬步說，走路好歹要龍驤虎步吧？坐著就要有淵渟岳峙的氣勢吧？

覺得自己瞎了一雙狗眼的青衣小童磕完頭後，仍是不敢起身，一副慷慨就義的姿態，只是哭喪著臉，眼淚嘩嘩往下流，眼角餘光瞥了一下自家老爺，希冀著老爺能夠為自己仗義執言一下。他這次是真有投水自盡的心思了。

有些疑惑青衣小童的古怪作態，阮秀不明就裡，也不願多問什麼，只道：「爹，我陪著陳平安去趟小鎮。」

阮邛憋了半天，只憋出一句：「早點回來打鐵。」

阮秀問道：「爹，開爐鑄劍的時辰不對啊，怎麼回事？」

阮邛站起身：「我說了算，妳別多問。」

阮秀「哦」了一聲。

直到阮邛的身影消失在視野，青衣小童這才有膽子站起身，搖搖晃晃，擦拭著滿臉淚水和額頭冷汗，心有餘悸，默默念叨著「大難不死必有後福」。

一行人走出大有玄機的鐵匠鋪子，走過千年又千年橫跨河水的那座石拱橋，陳平安突然跟身邊的青衣姑娘道了一聲謝。

阮秀轉頭笑道：「變得這麼客氣了啊。」

陳平安誠心誠意道：「到了外邊，才知道一些事情，所以真不是我客氣。」

阮秀笑問道：「是在誇我嗎？」

陳平安笑容燦爛：「當然！」

阮秀凝望著少年的笑臉，收回視線後，望向小鎮，說了一句讓人一頭霧水的話：「沒有變，真好。」

恐怕只有聖人阮邛才知道這句話的分量和深意。

或者齊靜春知道一切，可能某個老人也依稀看出些端倪，但是都不會說什麼。

阮秀自幼就天賦異稟，是真正的千年不遇，絕非尋常的修行天才可以媲美，以至於阮邛不得不自立門戶，跑到驪珠洞天遭罪，為的就是借助這方天地的術法禁絕來遮掩阮秀的出類拔萃，或者說是在盡量拖延女兒「木秀於林，峰秀於山」的時間。

這名手腕上有一尾火龍化作鐲子盤踞環繞的青衣少女，不單單是火神之體那麼簡單，因為在她的眼中，所看到的世界和人事跟所有人都大不相同。她可以直接看到人心黑白，看清楚因果善惡，看出氣數深淺。

在她眼中，天地之間，色彩斑斕。這意味著她的證道之路會更加坎坷難行。當然，一旦證道，她的成就之高，大道之大，根本就是不可估量。所以當初在青牛背，阮秀第一眼看到陳平安，之所以沒有退避消失，就是因為看到了他的「乾淨」。偌大一個驪珠洞天，世間百態，只有這個陳平安，孤零零一個人，纖塵不染，就像一面嶄新的鏡子，所以阮秀喜歡跟他待在一起，喜歡偷偷觀察他心湖的細微起伏，悄悄感受他的喜怒哀樂。

對於這位吃貨姑娘而言，少年就像一道最好吃的「糕點」，她很喜歡，喜歡到捨不得吃的那種。她很擔心陳平安這趟出門遠遊，心湖會變得渾濁，心路會泥濘，沾染那些不好的習氣和繁亂的因果。現在看來，陳平安確實變了一些，但還是很好的。阮秀如釋重負的同時，就更加喜歡陳平安了——看吧，我就知道他肯定不會讓人失望的！

一路走到泥瓶巷，走入那條狹窄陰暗的巷弄，即便青衣小童已經做好心理準備，仍是瞠目結舌——自家老爺就是在這條破爛巷子裡長大的？

阮秀嫻熟地開鎖推門，打開院門之後的屋門，連同劉羨陽和宋集薪兩家一起，總計三串鑰匙，她一起遞還給陳平安。

陳平安收起後，跨過門檻，看著再熟悉不過的屋子。裡面很整潔，窗臺上竟然還放了一盆不知名的小巧草木，在寒冬時節綠意鬱鬱，讓人格外有意外之喜。

陳平安正要開口說話，阮秀已經笑道：「可別再說謝謝了啊。」

陳平安有些尷尬，將背簍放在地上，又將那沉重行囊拿出擱在桌上，再蹲在地上，摸摸索索，最後拿出一塊小竹簡，站起身後遞向阮秀，赧顏道：「不知道該送妳什麼，外邊城鎮吃的東西倒是很多，可我怕壓壞了，時間放久了也不好，實在沒辦法，就做了這個，別嫌棄啊。」

阮秀愣了愣，接過那塊巴掌大小的青綠竹簡，入手沁涼。她低頭凝視，發現原來上邊刻了一行小字：「山水有重逢」，寫得端端正正，認認真真。

阮秀笑得瞇起眼眸，用手指肚輕輕摩挲那些刻字，低著頭說道：「我很喜歡。」

青衣小童一臉呆滯。這都行？聖人獨女，就這麼一塊破竹簡、一行破字，就喜歡？大爺我之前的幾百年江湖是不是白混了？記得以前水神兄弟看上一個眼高於頂的山上婆姨，送給她成堆的財寶，光是跟自己就借了好些品相不俗的法寶，可從沒見那娘兒們咧一下嘴啊，東西全盤笑納，沒有一個好臉色。

陳平安當著阮秀的面打開布囊，露出一大堆石頭，零零散散怎麼都該有八、九十顆；裡頭還有一只稍小的棉布袋子，打開之後，裡面裝的還是石頭，色澤絢爛各異，大小不同，只有十餘顆。

粉裙女童如遭雷擊，青衣小童則兩眼放光，狂咽口水，恨不得餓虎撲食，全部吞下肚子。說不定之後走出這條破巷子，自己就已經是真正的大爺了，這麼一座小山似的蛇膽石，莫說是八境，九境、十境都有希望！一想到身邊還站著一個爹是聖人的姑娘，青衣小童這才忍住殺人越貨的衝動。

陳平安揀選出兩顆上岸後始終未曾褪色的蛇膽石，一顆色澤桃紅、晶瑩剔透，一顆烏青厚重，分別遞給粉裙女童和青衣小童，然後再拿出四顆普通的蛇膽石，對半分送給如獲至寶的兩個小傢伙。

粉裙女童還背著那只書箱，這會兒一手兜住三顆蛇膽石，一下子哭了，抬起手背狠狠擦拭眼眶。青衣小童則死死盯住手上的蛇膽石，滿臉陶醉和癡迷。

陳平安一拍腦袋，笑著又拿出一對模樣、色澤相差無幾的上等蛇膽石，通體鮮嫩黃色，質地細膩如冰凍住的羊脂油水，依舊是一人一顆贈送給青衣小童和粉裙女童。

青衣小童這才想起自己確實應該有兩顆，接過手後，傻呵呵笑著。

粉裙女童不敢伸手去接：「老爺，說好了，我只有一顆好的蛇膽石啊。」

陳平安拍了拍她的腦袋：「我是誰？妳的老爺。送妳東西還需要理由？趕緊收好。」

粉裙女童小心翼翼拿住後，越發哭得稀裡嘩啦。

青衣小童一臉矛盾神色，既有狂喜，也有幽怨，試探性問道：「老爺，也多打賞我一顆唄？」

陳平安笑道：「以後如果不再欺負她，我就送你。」

青衣小童使勁點頭：「我今天肯定不欺負傻妞兒，明天就給我唄？後天，最晚大後天送我。老爺，行不行？」

陳平安反問道：「你說行不行？」

青衣小童一咬牙，轉頭對粉裙女童鄭重其事道：「傻妞兒，我接下來一個月都不欺負妳。」

陳平安氣笑，一巴掌拍在他腦袋上：「最少一年時間。」

青衣小童故作委屈，其實在心裡偷著樂。對於他們這些蛟龍之屬而言，一年算什麼，一百年光陰都不算長的。

陳平安又不是真傻，只是懶得計較青衣小童那點彎彎腸子而已，畢竟這一路行來，有他們相伴，他走得一點都不寂寞。陳平安其實很感激他們兩個，轉身重新收好大小布囊之後，阮秀也已經收好那份禮物，屋內兩大兩小圍著桌子各坐一方。

阮秀提議道：「去鋪子看看？」

陳平安點頭道：「看過了鋪子，我剛好去趟福祿街李家大宅，有個東西要送給李寶瓶的大哥。」

鎖好門一起離開院子，那條活蹦亂跳的過山鯽被裝在一只小陶罐裡，陶罐裡裝滿了阮秀從鐵鎖井挑來的井水。過山鯽總算是名副其實的如魚得水了，在裡頭肆意遊竄，歡快異常，不斷濺射出水花。

青衣小童剛剛吞下一顆普通蛇膽石，便想著好好表現自己，主動捧過陶罐，被水花濺射到身上後，突然震驚道：「這井水……有講究啊。」

阮秀點頭道：「可惜鐵鎖井如今被外鄉人買下了，老百姓已經不可以去挑水，靠近都不行。」

但她去挑水，當然沒問題。

青衣小童在鐵匠鋪子受過驚嚇後，已是風聲鶴唳，再不敢橫行無忌，聽聞噩耗，差點要捶胸頓足，只好碎碎埋怨陳平安為何不早點買下水井。

阮秀輕聲問道：「不然我去找人談談看？如果你願意的話，說不定可以買下來。」

陳平安趕緊搖頭：「不用，而且我如今也沒錢了。」

阮秀欲言又止，眼見著陳平安神色堅決，只得打消了心中的那個念頭。

臨近騎龍巷，陳平安說道：「有個名叫石春嘉的小姑娘，好像就是其中一間鋪子的掌櫃的女兒。」

阮秀有些迷糊：「我不知道啊。」

少女不在意的事情，其實有很多。

當兩間鋪子的夥計聽說店鋪真正的主人露面後，都過來湊熱鬧，見著陳平安後，難免有些失望，陸陸續續返回鋪子幹活。倒是他們對著阮秀喊掌櫃的，讓少女有些羞赧。

陳平安在壓歲鋪子坐了一會兒，喝了熱茶，有些無地自容，因為根本不知道該做什麼、說什麼，反而是阮秀有條不紊地詢問相關事宜，入帳多少、盈利多少。

陳平安看著臉色認真的青衣少女，撓撓頭，開始覺得自己的禮物送得太馬虎了。

動身去往福祿街之前，阮秀看了眼青衣小童和粉裙女童，跟陳平安輕聲叮囑了一句：「福祿街和桃葉巷如今大變樣，搬來很多外鄉人，其中李家比較特殊，他們家老祖成功躋身十境，按照大驪先帝頒發的恩賞令，當今天子給李家賜下了兩個恩蔭名額，李氏子孫能夠直接獲得兩個清流官身。不知為何，只有一個在京城當了官，另一個卻拒絕了，現下就留在家裡，所以福祿街最近氣氛有點怪。」

陳平安想了想，讓兩個孩子留在壓歲鋪子裡，自己捧著陶罐去往福祿街，而且沒讓阮秀帶路。阮秀也沒堅持什麼，自回鐵匠鋪子了。

她走向不知走過多少次的石拱橋。廊橋早已拆去，如今老劍條都已消逝不見，曾經有好事之徒試圖搜尋，希冀著一樁聊勝於無的機緣，只是徒勞無功。

對於忙忙碌碌、暗流湧動的龍泉郡而言，奇奇怪怪的事情發生了太多太多，需要謀劃的千秋大業又是層層疊疊，哪裡顧得上這種小事。

阮秀走在石橋上，情不自禁地掏出那塊竹簡，高高舉起。

五個小字，百看不厭。

她突然覺得如果能在背面再刻上一行字就更好了，比如「陳平安贈阮秀」？

小鎮上，陳平安再一次踩在青石板路上，一座座高門豪宅如山脈綿延。相比之前的一次次送信，如今回頭再看，陳平安自然而然就看出了更多的意味。

陳平安這才剛剛走到李家門口，就看到有個青衫男子站在那邊，笑望向自己。不知為何，看到這個滿身書卷氣的年輕男子，陳平安就會想到那次去學塾送信，回首望去，當時眼中見到的，正站在學塾門口的齊先生，也是跟這人一模一樣的風采，恍如神人。

陳平安走過半條福祿街積攢下來的沉重心緒一掃而空，捧著陶罐快步上前。

年輕書生笑容和煦，迎面走向陳平安，率先開口：「你就是陳平安吧，我叫李希聖，是寶瓶的大哥。寶瓶在山崖書院寄出的家書我已經收到了，我這個當哥哥的實在是不知道如何回報，聽說你一直在讀書，以後不妨經常來我家，我還算有些藏書，請君自取。」一不但如此，他從陳平安手中接過陶罐後，還彎腰一拜，「只好大恩不言謝了。」

這讓陳平安有些手足無措，只得指著那只陶罐，神色拘謹道：「李公子，陶罐裡裝著一條過山鯽，是我在回來的路上，在山上找著的，來送給寶瓶。」

李希聖低頭看了一眼陶罐裡的金色游魚，在方寸之地猶然優哉游哉。

他抬起頭，望向陳平安，感慨道：「曾經在先賢筆劄中見到過過山鯽的神奇描繪，金色過山鯽更是萬里挑一，沒想到這輩子還有親眼見證的機會。放心，我一定會小心飼養，將來寶瓶回家了，她一定很高興。」

陳平安完全不知如何作答。雖說這是他拖著崔東山一起眼巴巴盯著那群浩浩蕩蕩的過山鯽，最後瞪得眼睛發酸，好不容易才逮住的，可不管書上如何記載，不管崔東山說得如何玄妙，對他來說，真談不上多麼珍稀貴重。

只要是他內心認定的親近人，他就願意掏心窩。

陳平安實在不擅長熱絡聊天，撓撓頭，告辭一聲，就要轉身離去。

李希聖連忙喊住他：「怎麼不去家裡坐一會兒？我今天先帶你走一遍，以後就自己來登門看書，我隨後會告知門房。」

陳平安搖頭道：「下次吧。」

李希聖無奈笑道：「那好歹讓我放下了過山鯽，將陶罐還給你吧？」

這次陳平安沒客氣，點頭道：「那我在這裡等著。」

李希聖笑道：「稍等片刻，我去去就回。」他轉過身，捧著陶罐一路小跑。

這一刻的他，不再像那在書上說著道理的聖賢夫子，而是真的很像那個紅棉襖小姑娘的大哥。

沒過多久，李希聖就捧著陶罐跑回來了，兩邊腋下還夾著好幾本書。

陳平安接過陶罐，彎腰放在地上，使勁擦過雙手，這才接過那些書籍，有樣學樣地夾在腋下，最後動作滑稽地拿起陶罐：「我看完就來還書。」

李希聖笑如春風，擺手道：「不用著急還書，慢慢看就是了，它們比寶瓶乖多了，可不會自己跑來跑去。」他收起玩笑神情，緩緩道，「陳平安，別覺得我邀請你登門看書是客套話，我是真的很希望你多來。寶瓶雖然很聰明，可終究年紀還小，孩子心性，讓她在家裡安安靜靜看書，那真是比登天還難。所以這麼多年來，感覺家裡好像就我一個人在翻書、看書，仔細想一想，其實挺沒意思的。」

李希聖一口氣說了許多心裡話，如果這裡有李家人在場，一定會以為太陽打西邊出來了。這位名聲不顯的李家大公子在弟弟李寶箴的襯托下實在顯得太古板無趣了，雖然對誰都和和氣氣的，但是話極少，沉悶無趣，每天不是躲在書齋裡埋頭研究學問，就是在大宅裡獨自散步，日出日落也看，風雪明月也看，什麼都看，鬼知道這能看出個啥名堂。好在李希聖到底是李家嫡長孫，人緣不差，府上沒人會討厭一位性情隨和的未來一家之主，只是比起弟弟李寶箴，更不討喜罷了。

陳平安點頭道：「我會來的。」

李希聖「嗯」了一聲，跟少年揮手告別。

看著陳平安逐漸遠去的背影，李希聖喃喃道：「我見青山多嫵媚。」他會心一笑，「料青山見我應如是？」

李希聖轉身走向大門，跨過門檻，滿臉笑意，自言自語道：「又是美好的一天。」

他一想到京城傳來的消息，便又嘆了口氣。沒辦法，家家有本難念的經。

走著走著，穿廊過棟，他又自顧自笑了起來：「不耽誤今天的美好。」

廊道中，一個妙齡丫鬟與他打了個照面，放緩腳步，側身施了一個萬福，嬌柔道：「大公子。」

李希聖習慣性放緩腳步，笑著點點頭，並不說話，就這麼擦肩而過。

姿色不俗的丫鬟轉頭望去，難免自怨自艾，心中哀嘆一聲。大公子人是不錯，可惜不解風情啊。若是換成二公子，一定會停下身形與自己閒聊，還會誇獎幾句自己新買的漂亮頭飾。

她自然不知，這位李家嫡長孫確實不解此處風情，但卻深諳別處風情，如驟雨打枯荷、春風吹鐵馬、將軍佩寶刀、大雪滿青山，皆是那人眼中的人間美好。

李希聖回到自己院子，院內有一個各色鵝卵石堆砌起來的小水池。李希聖蹲在水池旁邊，低頭望著清澈的池水，裡頭就有那尾金色過山鯽，搖頭擺尾，逍遙忘憂。

很難想像，這個有模有樣的水池，全是李寶瓶一個人的功勞。小姑娘每次偷溜出門，大多會去龍鬚河撿取石頭，幾塊幾塊往家裡搬。後來有天李寶瓶突發奇想，看著角落堆積成山的石頭，就要給大哥打造出一個可以養魚、養螃蟹的水池。

李希聖對此阻攔不成，只好幫著出謀劃策，但是從頭到尾，活全是李寶瓶一個人幹，李希聖這個大哥想幫忙，她還死活不樂意。

李希聖看見一塊青石板底下有個探頭探腦的小傢伙，笑咪咪道：「你們兩個，好好相處，不許打架。」

他站起身，去往懸掛匾額為「結廬」的小書齋，開始鋪紙研磨，提筆作畫——是一幅古意濃濃的雪壓青松圖。放下毛筆後，李希聖抖了抖手腕，開始低頭端詳這幅畫，墨汁未乾，墨香撲鼻。最後，他朝著那幅畫輕輕吹了一口氣。畫中青松如遇強勁罡風，竟是颯颯作響，枝頭積雪瞬間消散。

阮秀歡快地回到鐵匠鋪子，沒在劍爐找到她爹的打鐵身影，又上外頭找了一圈，發現他竟然在簷下竹椅上喝悶酒。

阮秀覺得奇怪，問道：「爹，不打鐵嗎？」

阮邛搖搖頭心想：『打個屁的鐵，今日不宜鑄劍，但如果是打陳平安，我倒是一百個願意。』

阮秀坐在一旁：「爹，今天忘了捎壺酒回來，明天去鎮上，我肯定給你買壺好的。」

雪上加霜。她自然不知道這句話一出口，無異於在她爹的傷口上撒鹽。

阮邛嘆了口氣，喝了一大口悶酒，怔怔望向遠方的龍鬚河，低聲問道：「秀秀啊，妳是不是喜歡陳平安？」

阮秀笑道：「喜歡啊。」

聽到自己閨女回答得如此乾脆俐落，阮邛反倒是鬆了口氣——看來還有懸崖勒馬的補救機會。

這位兵家聖人問道：「知道我為什麼不答應收陳平安為徒嗎？」

阮秀愣了愣，納悶道：「爹，你之前不是已經說過了嗎，你說對陳平安印象不差，只可惜不是同道中人，你們倆不適合當師徒，這一點我是知道的。再就是陳平安……不太一樣，所以爹擔心因為我跟他走得太近，會吸引許多幕後勢力的注意，所以看到我和陳平安做朋友，你其實不太高興，我是能理解的。」

感覺所有道理都給閨女早早說完了，阮邛頓時啞口無言，強忍住跑到嘴邊的言語，狠狠喝了一大口酒。

既然道理都曉得，以後就少跟陳平安那傢伙廝混啊！傻閨女，妳又不缺那點狗屁機緣。再說了，如今陳平安也喪失了引誘「飛蛾撲火」的本事，更何況閨女妳本身就是最大的機緣！結果如何？一聽說人家回鄉了，就從騎龍巷一路飛奔到石拱橋，然後就假裝閒庭信步，慢悠悠走向自家鋪子，妳到底騙誰呢？

阮邛放下酒壺，淡然道：「齊靜春一走，就等於收官了。如今這龍泉郡雖然沒什麼大的凶險，可驪珠洞天這麼大一塊肥肉從天上掉下來，說是豺狼環伺，絲毫不過分。很多事情沒妳想的那麼簡單，爹還是那句話，陳平安自己惹出來的麻煩好解決，可妳一摻和，就很不好解決。」

阮秀伸長雙腿，身體後仰靠在竹椅背上，眼神慵懶道：「知道啦。總之，我會好好修行的，到時候我看誰敢不老實，都不用爹你幫忙，我自己就能解決。」

又是好大一把鹽，下雪似的落在阮邛傷口上，害得他差點噴出一口老血來。

這位兵家聖人氣呼呼站起身，經過女兒身後的時候，打賞了一個板栗下去：「成天胳膊肘往外拐！」

阮秀轉過頭，看著她爹的背影，嘴角翹起。

既不打鐵又不用照看鋪子，她有些無所事事，便輕輕晃動手腕。手鐲「活」了過來，那條從瞌睡中清醒過來的小火龍開始圍繞著少女的白嫩手臂緩緩轉動。

阮邛走向一座新築劍爐，如今除了數量眾多的青壯勞工，他在今年還新收了三個徒弟，暫時只是記名，不算入室弟子。其中一個在井邊體悟劍意的長眉少年突然睜開眼，小跑來到阮邛身邊，輕聲問道：「師父，要打鐵？」

阮邛搖搖頭，改變主意，不去劍爐，走向龍鬚河。他要親自去掂量掂量陰沉河水的分量，如果足夠，就可以按照約定開爐鑄造那把劍了。

長眉少年緊跟其後。師徒雖然有先後，可是兩人同走一路。

陳平安回到騎龍巷的鋪子，把那只陶罐交給青衣小童，再把鑰匙和書籍交給粉裙女童，讓他們先回泥瓶巷祖宅，他則獨自走到了楊家藥鋪。

不管風吹雨打日曬，年復一年，鋪子兩邊懸掛的春聯每年都會換，但是所寫內容從來沒有改過，都是「但願世間人無病，寧可架上藥成灰」。

陳平安問過一個新面孔的年輕店夥計，得知楊老頭就在後院，走過側門，看到老人坐在院子裡的小板凳上，彎著腰、蹺著腿，在那裡吞雲吐霧。

陳平安沒有開口說話，有些罕見的坐立不安。

楊老頭開門見山道：「是想問你爹娘的事情？有沒有可能跟顧璨他爹一樣，死後魂魄還能留在小鎮？」

陳平安瞬間呼吸沉重起來。

「沒有。」楊老頭吐出一大口煙霧，直截了當地給出了答案和緣由，「因為不值得。」

陳平安低下頭，更不說話了。地上只有那雙磨損得厲害的草鞋，看不太清楚。

等陳平安再次回到泥瓶巷祖宅，粉裙女童正拎著掃帚打掃院子，青衣小童趴在小水缸邊沿上，對著水面張大嘴巴。隔著兩尺距離，卻有一條水柱逆流而上，被吸入青衣小童的嘴裡，這幅畫面，如龍汲水。

陳平安坐在門檻上，粉裙女童發現自家老爺有些異樣，善解人意地沒有開口打擾。其實院子早就被阮秀清掃得很乾淨，只是粉裙女童總覺得如果不做點什麼，就會良心難安，對不住老爺慷慨饋贈的蛇膽石。

陳平安神遊萬里，突然想起崔東山說起過宋集薪的事情，站起身，拿出宋集薪離開小鎮之際偷偷丟在自家院子裡的那串鑰匙，跑去打開隔壁宅子的院門屋門，果然在書房桌上看到三本疊放的書籍：《小學》、《禮樂》、《觀止》。

陳平安搬來椅子，坐著翻閱那部《小學》。

這趟遠遊求學的後半段跟崔東山同行，經常會聽他誦讀經典，才知道《小學》的不簡單。只看書名，可能覺得這就是一門「很小的學問」，可按照崔東山閒聊時的說法，在世俗學塾和教書先生之中，《小學》絕不會被當作蒙學典籍，大概也只有齊先生能夠將這麼艱深晦澀的聖賢心血，傳道解惑得如此深入淺出，以至於李寶瓶他們從沒覺得那部《小學》之大。

陳平安沒有將三本書拿回自家祖宅，翻過十數頁《小學》之後，覺得僅憑他那點雞毛蒜皮的學問功夫，一知半解都做不到，若是刻意往深處想，只會四顧茫然，頭腦發漲，如墜雲霧，沒有立錐之地。他只得合上書籍，從袖中拿出那塊銀色劍胚，輕輕攥在手心，繼續像先前那樣坐在門檻上發呆。

兩次路過石拱橋都毫無感應，冥冥之中，陳平安意識到她真的會消失一整甲子光陰，用半座斬龍臺去砥礪劍鋒。至於斬龍臺早已一分為三，被阮邛、風雪廟和真武山三方勢力瓜分，她偏偏如此行事，會不會惹來麻煩，陳平安無從揣測，更加無法插手。

當初在那個寒冬時節的風雪夜，少女暈厥在自家院門口，陳平安救了她，她最後卻成了宋集薪的婢女，由王朱改名為稚圭，最後還跟著宋集薪去往京城。

窯務督造官衙署、廊橋匾額「風生水起」、深不見底的鎖龍井、每一張槐葉都蘊含著祖蔭的老槐樹、神仙墳老瓷山……更別提小鎮上，還有那麼多的地頭蛇和過江龍。一團亂麻。

難怪楊老頭會說，總有一天，他陳平安會發現這座小鎮到底有多大。

想到那個推崇公平買賣的藥鋪老人，陳平安神色黯然，輕輕吐出一口濁氣，下意識握緊手心的劍胚，站起身後，將劍胚藏入袖袋，離開這座被宋集薪遺棄的宅子。

回到自己家，陳平安交給粉裙女童那串劉羨陽家的鑰匙，要他們兩個搬去住在那邊，畢竟泥瓶巷這棟宅子實在太小。

青衣小童還沒喝飽井水，絮絮叨叨地從水缸邊站起來，突然想起一事，問道：「老爺，你不是用一顆普通蛇膽石跟我換了一大堆破爛兒……珍奇瓶子嘛，既然你跟阮姑娘關係這麼親近，為啥不送她雲霞瓶、月華瓶當禮物？老爺，以我馳騁江湖數百年的豐富經驗來看，天底下的女子，任你身分再高，都喜歡花裡胡哨的玩意兒，不比一塊破竹簡更好？」青衣小童賊眉鼠眼，笑嘻嘻的，「怎麼，難道是老爺捨不得那堆寶貝瓶子，不願意送給阮秀？那我可得斗膽說老爺幾句了，阮秀可是一位兵家聖人的獨女，老爺就是一萬只瓶子全部送出去，仍是一筆划算的買賣！」

陳平安幫粉裙女童背好書箱，沒好氣道：「你沒看出阮師傅不喜歡我？」

青衣小童仔細回想了一下當時的情景，好像那個悶鱉似的聖人老爺確實對陳平安不冷不熱，遂打抱不平道：「他眼瞎才看不出老爺你的前程似錦。老爺你別生氣，氣壞了身體不值當……」

猛然記起那阮邛是這方天地的主人，身在轄境之內，如皇帝坐了龍椅，那就是普天之下，莫非王土，因此擁有諸多無法想像的道法神通，青衣小童趕緊甩了自己一耳光：「童言無忌童言無忌，聖人老爺打瞌睡，啥都沒聽到，聽到了也莫要怪罪啊……」

青衣小童又問道：「可這送不送瓶子給阮秀，跟阮聖人喜不喜歡老爺有啥關係？」

陳平安隨口解釋道：「我要送瓶子，肯定一股腦都送出去，到時候阮姑娘揣著這麼一大堆瓶瓶罐罐回家，多半會被阮師傅發現，我就會更加惹人厭，指不定還會被他誤以為居心不良。萬一阮姑娘和她爹有了爭執……終歸不太好。」

粉裙女童恍然點頭道：「老爺想得真周到。」

青衣小童滿臉震驚：「老爺，啥叫誤以為居心不良？你對那阮秀，不是明擺著心懷不軌嗎？」

「瞎扯什麼！」陳平安一巴掌拍在青衣小童後腦勺上，拍得他一個踉蹌跨出門檻。

青衣小童順勢跑到院子裡，站在院門口，轉身嬉皮笑臉道：「老爺可別殺人滅口，我保證守口如瓶，比李寶瓶還瓶，比繞梁瓶還瓶！」

陳平安伸手撫額，覺得沒臉見人。

粉裙女童望向院門外的泥瓶巷，再一次覺得自己大開眼界。第一次是感受到龍泉郡的充沛靈氣，第二次是親眼見識到落魄山潛在的山嶽之質，第三次是看到俊美非凡的魏檗，第四次是走入那棟能夠凝聚山水氣運的漂亮竹樓。現在是第五次，她看到一個神采飄逸的讀書人站在光線陰暗的小巷之中，此時此景，宛如朝陽初升。

李希聖笑咪咪問道：「我家寶瓶怎麼了？」

青衣小童驟然身體緊繃，僵硬轉頭。看到他之後，左右張望，見再無別人，便滿腹狐疑：『眼前這個士子書生，觀其氣象，平淡無奇啊。』

粉裙女童使勁眨了眨眼。這條成長於芝蘭曹氏書樓的火蟒，此刻發現那個讀書人好像瞬間失去了所有光彩神異，不管怎麼看，就只是尋常的士族男子。

青衣小童吃一塹長一智，哪怕沒看出李希聖的深淺，仍是沒有信口開河，笑嘻嘻裝傻扮癡：「李寶瓶是我家老爺最要好的朋友，所以我對那個小姑娘可仰慕啦，請問你是？」

「李大哥，你怎麼來了？」陳平安已經揭開謎底，生怕青衣小童鬧出什麼么蛾子，趕緊走到院門口。

李希聖略帶愧疚道：「我忘記說了，先前送你那些書，書頁空白處多有我個人感悟的注解和疑問，墨批為一些粗淺的注疏心得，朱批則是一些很希望當面詢問聖賢的問題。我這趟來，就是想告訴你，這些文字你暫時不用管，能不看就別看，看過就算了，千萬別因為我的想法，害你曲解了一本書原有的宗旨本義。」

陳平安點頭道：「我記下了。」

李希聖笑著轉頭望向青衣小童，輕聲道：「開玩笑沒關係，切記言多必失。世間一個個文字是有力量的，字眼組合成詞，詞彙穿連成句，語句契合成文章，大道就在其中。」

青衣小童仰著頭目不轉睛，盯著這個莫名其妙跑出來的讀書人，一肚子冷嘲熱諷，就是沒有脫口而出，忍得有點辛苦。如果不是在鐵匠鋪子剛剛吃過苦頭，青衣小童都想開口詢問了，既然這傢伙如此好為人師，怎麼不去儒家當學宮書院的聖人啊？

李希聖彷彿一眼看穿了青衣小童的想法，甚至直接聽到了他的心聲，笑容和煦，耐心解釋道：「佛家有次第之說，道家有長生橋一階階、登天梯一步步的講法，我們儒家則有循序漸進的規矩，所以我得先參加科舉，至於以後能否成為儒家聖人，太過遙遠，不敢奢望。」

青衣小童如喪考妣，不敢再看他，只是轉過頭，求助地望向陳平安，神色淒涼，生無可戀，竟是一個字都不敢說了。那模樣，感覺像是在跟自家老爺訴苦。

這龍泉郡實在太可怕了，隨隨便便一個人走過來坐在竹椅上，就是個兵家聖人；又隨隨便便一個人跑來站在巷子裡，就是能看穿自己心思的儒家君子、賢人？那麼下一次，會不會還有人隨隨便便就能一拳打死自己啊？

粉裙女童滿臉漲紅，鼓足勇氣，大聲問道：「先生，為何我們讀書之時，經常會突然不認得某些文字了？哪怕它們就在眼皮子底下，一動不動待在書頁上，可是我們就是會覺得很陌生。」

李希聖略微驚訝，望向嬌小可愛的粉裙女童，心中有所了然，流露出一絲讚賞。這個李家讀書人彎下腰，對著她眨了眨眼睛，輕輕放低嗓音，半真半假道：「因為在某時某刻，某些文字被某些聖人偷偷借走了呀。」

粉裙女童有些生氣。她在書籍學問一事上會有一種特別的執拗，竟是破天荒教訓起了別人：「先生若是不知道正確答案，就不要胡亂解惑，天底下哪裡會有這種不可理喻的事情！知之為知之，不知為不知，是知也……」越往後，粉裙女童氣勢越弱，嗓音越來越低，以至於最後細弱蚊蚋，恐怕連她自己都聽不見了。

陳平安笑著拍了拍粉裙女童的小腦袋，對李希聖說道：「李大哥，別生氣，她一般情況不這樣的。」

李希聖爽朗大笑，開懷道：「這樣才好。」

之後聽說陳平安他們要去往別處，李希聖就跟著一起離開泥瓶巷。

陳平安突然發現前方巷子站著一個雙手負後的年輕……劍客？劍客靠近他們這邊的腰側懸掛著一柄只比匕首稍長的短劍，另外一側則懸掛著一把遠比尋常長劍更長的佩劍。

短劍劍鞘雪白，長劍劍鞘漆黑。

年輕劍客的側臉輪廓陰柔，嘴角先天習慣性翹起，給人感覺就像無時無刻不在微笑，以至於他的相貌挺像一隻狐狸。此時的他瞇起眼眸，凝望著那棟遠比他想像中更加完整的老宅，顯得有些不高興。

他轉過頭，「笑著」望向陳平安一行人，語氣柔和，嗓音溫暖道：「知道是誰修好了這棟宅子嗎？」

陳平安臉色看不出絲毫變化，問道：「怎麼了，房子破了，不應該修嗎？」

年輕劍客搖頭笑道：「修得好不好且不去說，但是『太歲頭上動土』這個說法，在你們大驪龍泉郡，有沒有的？」

雖然那個年輕劍客一直在笑，可是陳平安一點都不敢掉以輕心，甚至覺得心頭直冒寒氣。這個看似很好說話的年輕外鄉人，很危險！

李希聖突然一步跨出，伸手攔住身後的陳平安三人，輕聲道：「站在我身後，接下來不要說、不要做，看著就是了。」

年輕劍客笑意更濃，雙手扶住兩側劍柄，搖了搖腦袋，試圖尋找李希聖身後的陳平安，最後站定：「怎麼，這麼巧，剛好被我遇到正主啦？至於你，是想要做什麼？找死？」

李希聖笑道：「道理可以好好講，劍，不要隨便出鞘。」

年輕劍客聳聳肩，一臉無辜笑容：「可在下的道理，就在劍鞘裡啊。」

李希聖雲淡風輕地「哦」了一聲，伸手指了指自己，恍然道：「原來醉翁之意不在酒，在我啊？」

年輕劍客笑道：「沒你想的那麼複雜，我連你姓甚名誰都不知道。我只是第一眼看到你就不順眼，聽了你一通胡說八道之後，就更加不舒服了。剛好歪打正著，一箭雙雕，連你和那個小傢伙一起教訓了，豈不美哉？」

他用手心抵住短劍的劍柄，笑道：「放心，我曹峻出劍，很少殺人。」

李希聖皺眉問道：「你家先祖是劍仙曹曦？」

曹峻嘆了口氣，答非所問道：「你這讀書人，何苦來哉？以我曹峻的身分修為，就算看那少年不順眼，還能如何欺負他不成？至多打爛他那點武道底子而已。結果你非要當出頭鳥，若是你本事夠大，或者太小，都還好說；若是本事不上不下，只輸了我一籌半籌，到時候少年被我遷怒，你不是害他嗎？」他咧嘴，露出潔白森森的牙齒，「好了，不繞圈子了，實話實說吧，我曹峻天賦異稟，能夠感知某些奇怪的存在，例如……一塊劍胚。其餘一切，什麼擅自動我祖宅，什麼看你這讀書人礙眼，都是……真的。不過你們放心，關於劍胚，我會出價的，而且價格絕對不低。至於你們會不會覺得強買強賣，就不關我的事情了。」

李希聖問道：「在你準備動手之前，我能否問你一句，你如今的境界是？」

「哪有打架之前問這個的，不過你既然這麼有趣，我還真就不介意回答你。」曹峻瞇眼成縫，嗤笑出聲，言語輕佻的他在提及劍道和境界的時候，一下子變得惜字如金，「劍，八、九，之間。」

李希聖點點頭：「知道了。」

陳平安袖中的那塊劍胚逐漸滾燙起來，他把左手繞到背後，擰轉手腕，死死握住它。

阮邛最近時不時就來到龍鬚河畔，伸手入水，掂量河水中蘊含的陰氣重量，而長眉少年也經常跟在他身後。

可今天，阮邛蹲在河畔，突然傾倒掉手心河水，冷哼一聲：「仗著有個好祖宗，就敢壞我規矩？不知死活。」

河面之上，逐漸浮現出泥瓶巷內的對峙場景。

長眉少年看著那個懸佩長短劍的年輕男子，伸手指了指：「師父，是他嗎？」

阮邛點點頭：「他祖輩中出過一個名叫曹曦的劍仙，跟你的老祖宗謝實算是咱們東寶瓶洲屈指可數的人物，在別的大洲都能站穩腳跟，開宗立派，割據一方，確實了得。」

長眉少年對此似乎不太感興趣，只是盯著河水上的畫面：「師父，怎麼說？你要不要阻攔那個曹氏子弟？」

「阻攔個屁！」阮邛冷笑道，「等他打傷了人，我就打死他，這才合規矩。」

長眉少年問這場衝突的原因，阮邛大略說過之後，少年訝異道：「在師父你的眼皮子底下，那曹峻見財起意，還敢強買強賣，外邊的人都這麼蠻橫無理嗎？」

阮邛面無表情道：「欲求天上寶，需用世間財。有什麼好奇怪的，既然那塊劍胚，之前連我都看不出玄機，卻被曹峻如此重視，這說明曹峻眼光獨到，以及那塊劍胚一旦顯露真容，必然極為驚世駭俗。如果不是在這裡，曹峻還算有所收斂，別說出價了，直接殺人就走。」

剛剛踏足修行、登山沒多久的長眉少年覺得這個世道太過匪夷所思，問道：「師父，這種惡人，如何成為這麼厲害的鍊氣士？」

「你又沒讀過書，談什麼善惡？記住，山上不講這一套。」

阮邛站起身，撂下一句話後，身形一閃而逝。

李家大宅，一個老人逗弄著籠中鳥，其實心不在焉，眼神之中滿是期待的笑意，唯恐天下不亂，喃喃道：「趕緊打趕緊打，一鼓作氣，鯉魚跳龍門，天下誰人不識君……」

披雲山之巔，白衣飄飄的魏檗盤腿坐在一團雲霧之上，離地不足一丈。

他酣睡沉沉，時不時腦袋就下墜一下，好似小雞啄米。雲霧之下擠滿了飛禽走獸，都希望靠近那團雲霧，盡可能接近那位白衣神靈。

一道身形重重落地，山頂呈現出鳥獸散。

魏檗睡眼惺忪，一臉茫然，發現那個漢子的身影之後，雲霧散去，飄然落地：「稀客稀客，榮幸榮幸。」

阮邛語氣生疏道：「只是跟你提醒一句，劍仙曹曦有可能在不久的將來殺到這裡，到時候你可以袖手旁觀，但是別煽風點火。」

魏檗瞥了眼小鎮泥瓶巷：「是有人有意拿曹曦來做你和大驪的文章？大隋高氏、觀湖書院、南澗國，還是另有高人？」

阮邛臉色凝重。其餘都好，無非是兵來將擋、水來土掩，怕就怕是針對他女兒。

他望向小鎮，卻不是大戰在即的泥瓶巷，而是那間楊家鋪子，隨即鬆了口氣。

阮邛來也匆匆、去也匆匆，讓魏檗哀怨道：「煩死啦，算計來、算計去，就沒個消停。」說完也一閃而逝，下一刻來到落魄山竹樓，躺在二樓廊道，繼續呼呼大睡。

水落石出，原來蛟龍盤踞；風吹草動，已是虎視眈眈。

臨近年關，天寒地凍，泥瓶巷的狹窄泥路變得十分堅硬。

陳平安深吸一口氣，望向那個高大背影，輕聲喊道：「李大哥。」

李希聖沒有轉身，微笑道：「不用擔心，我能夠應付。就算我不是他的對手，小鎮有小鎮的規矩，不會由著他亂來。」

曹峻笑道：「你是說大驪朝廷，還是兵家阮邛？如果是前者，我勸你們死了這條心，大驪宋氏如果真有骨氣，就不會當縮頭烏龜。如果是阮邛，哈哈，容我先賣個關子，你們大可以拭目以待。」

曹峻看著李希聖。相比自己的貌似年輕，對方是貨真價實的年輕，這讓曹峻有點不爽快。他拇指抵住腰間短劍劍柄，道：「真要打？有些虧，認了就認了，說不定事後發現是因禍得福。」

李希聖微笑道：「既然你說你的道理全在劍鞘裡，那我可以聽聽看。」

「聽聞驪珠洞天之前術法禁絕，如今洞天破碎下墜，才一年工夫，你就已經躋身中五境，很不錯了。」曹峻目露讚賞，但是很快搖了搖頭，「可惜了。」

李希聖伸出一隻手掌：「請。」

曹峻忍俊不禁道：「井底之蛙，不知天高。既然咱們不算生死之戰，那我就把境界壓一壓，省得你的生平第一戰輸得太過不甘心。」

李希聖笑而不語。

「等你以後出了井口，就會發現我這樣的人物，當得起……」曹峻腳尖一點，彎腰前衝，大笑出聲。一旦選擇出手，這個笑意吟吟的年輕劍客氣勢驟變，狹窄逼仄的巷弄迴蕩起後續言語，「『厚道』二字啊！」

一道絢爛白光爆炸開來，瘋狂四散的劍氣瞬間彌漫整條巷弄，加上曹峻的身形太過迅猛急速，使得他的模糊身影融入其中，不易察覺，讓人錯以為像一條暴雨過後的山澗洪水，以巷弄為河床，瘋狂湧向處於下游的李希聖一行人。

白茫茫一片，氣勢洶洶的劍氣流水之中，依稀可見一抹更加凝聚的雪白光彩，如一尾白魚悄然游走於溪水。

流水停滯。李希聖看似不急不緩，側過身，抬手揮袖，伸向那尾彷彿白魚的雪亮短劍，然後輕輕地、精準地握住了曹峻的持劍手腕。

曹峻微微一笑，鬆開手指，距離李希聖胸膛尚有兩、三尺的短劍，嗖一下，直刺李希聖心口。李希聖神色從容，左手雙指併攏於身前，竟是在千鈞一髮之際剛好夾住了那條白魚。白魚翻身滾動，劍刃隨之擰轉，李希聖只得後退，曹峻欺身而近，持劍之手已經出拳，直擊李希聖脖頸。

李希聖以手肘抵住曹峻拳頭的同時，那尾白魚已經激射而至，李希聖抖了抖另外一隻手的手腕，大袖搖晃，那尾白魚自投羅網。

曹峻嗤笑一聲，一腳踹中李希聖腹部，踹得他後退四、五步。

曹峻沒有趁勢追擊，大大方方站在原地，一手負後，一手瀟灑絕倫。

李希聖止住後退頹勢，臉色微白。曹峻雖是劍修，可這一腳勢大力沉，絲毫不遜色於五境巔峰的純粹武夫，這本就是劍修和兵家修士的恐怖之處，鍊氣、淬體兩不誤，所以李希聖挨了這麼一下並不好受，體內氣機的流轉必然受到一定程度的波及。

李希聖那只兜住曹峻飛劍的大袖之內砰砰作響，連綿不絕，然後發出細微的絲帛撕裂聲響，之後絲絲縷縷的雪白劍光從縫隙之間滲透而出。

李希聖的五指或彎曲如弓，或筆直如劍戟，飛快掐出一個道家法訣，在心中默念一個字——鎮！原本已經鼓蕩緊繃、紛亂異常的袖口頓時安靜下來，飛劍疾速撞擊衣袖的聲響變作微微顫抖的嗡嗡嘶鳴。

曹峻對此毫不意外，笑道：「七。」

李希聖整只袖口，自手肘以下瞬間破碎，手腕附近劍光大震，好似月光滿手的絕美風景，卻蘊含著莫大的凶險殺機。

李希聖掐訣的五指隨之變換，成為名副其實的握訣，在所有人看不見的手心，掌紋如水流微微晃動，改變軌跡，李希聖這條胳膊瞬間煥發出一陣霧濛濛的青紫光彩。

瘋狂縈繞李希聖手臂的那條白色游魚帶起的劍氣跟李希聖散發出的青紫之氣相互敲擊出清脆的金石聲，密集攢簇，震人耳膜，以至於泥瓶巷一側的高牆和另一側老宅的院門矮牆上不斷有灰塵泥屑簌簌而落。

曹峻原本細瞇如縫的那雙丹鳳眼眸睜開些許，調侃道：「有點意思。道家法訣號稱千千萬，我見識過的就不下兩百種，還真沒見過你這麼簡單又好用的。你這六境修為也太厚實了些，從來只有六境劍修欺負七境錬氣士，哪裡有你這種六境錬氣士硬扛七境劍修的道理，傳出去，我曹峻豈不是要被全天下的劍修笑話啊。」

李希聖在經歷過初期的生疏後，當下已經顯得猶有餘力，甚至還可以開口笑道：「可能是你的道理還不夠……高？」

曹峻點點頭，深以為然，所以滿臉笑意地說出一個字：「八！」

宛如靈活白魚的飛劍往主人那邊倒掠回去，然後靜止懸停，瞬間黯淡無光，再沒有之前的煌煌氣勢，先前給人詭譎感覺的陰冷劍意也變得光明正大。

飛劍剎那之間憑空消失，兩人之間的小巷一處院牆上出現了極其細微的痕跡，不過是丁點兒粉末碎屑飄落。

李希聖右手伸出雙指，試圖再次握住那柄繞出一個弧度的短劍，卻突然一扭頭。下一刻，飛劍在李希聖左側高牆上鑽出一個窟窿後，再度消失。

李希聖左側臉頰上開始出現一粒血珠，然後逐漸擴大為一條寸餘長的血痕。

果然是如傳聞一般，與劍修廝殺，生死只在一線之間。

李希聖心中默念：『原來這就是八，確實厲害。』

劍修之戰力，之所以能夠被公認冠絕於百家錬氣士，就在於一把溫養得當的飛劍，凌厲之處在於「點」，以及最多就是一條線。

不管一座山嶽如何巍峨，何等雄偉，如果想要在峭壁之上釘入一顆釘子，或是鑿出一條溝壑來，其實不難。同樣是鍊氣士當中的異類，即便是既修體魄又修神魂的兵家修士，都不如劍修與人廝殺來得乾脆俐落。任你法寶萬千，任你神通廣大，我劍修追求一擊致命，一劍破萬法。

曹峻始終保持一手負後的自負姿勢，一手輕拍長劍劍柄：「你這樣的修道天才，肯定是家族寄予厚望的存在，就沒有幾件防身的寶貝？我可不信。事先說好，不管你出於何種目的，如果繼續藏藏掖掖，不願公之於眾，就真的會死，因為我怕自己一不小心打得太高興了，收不住手，到時候你肯定要死不瞑目。」

面對敵人的冷嘲熱諷，李希聖並不生氣，嗓音依舊溫醇柔和：「陳平安，可能需要麻煩你們再後退一些，如果能退到四、五丈之外，最好。」

曹峻抬手使勁一拍額頭，滿臉委屈：「大敵當前，還有閒情逸致說廢話，我很生氣。」年輕劍修的談笑之間，暗藏殺機。在他手拍額頭發出聲響的同時，飛劍已經在那點聲響的遮掩之下，真正做到了悄無聲息，殺到了李希聖的後背心。

叮！一聲空靈悅耳的響動，響徹泥瓶巷。

曹峻愣了一下，隨即大笑道：「這也行？那我可就真不客氣啦。」

李希聖背後浮現出一片青翠竹葉，抵擋住了飛劍的刺殺。

叮叮叮叮——小巷內，李希聖身旁四周響起一大串類似的動靜，除了一片片竹葉，還有桃葉、柳葉、槐葉……各種樹葉皆青綠。

曹峻眯眼凝視那處戰場。李希聖巋然不動，四周全部是高高低低、飄蕩起伏的樹葉，名為白魚的短劍則穿梭其中，不斷破陣，但是次次無功而返。

雖然不斷有綠葉墜地，瞬間枯黃，可是曹峻著實有些無奈，因為粗略估計，那個讀書人的樹葉最少也該有百片，所以他心情不太好：『你這傢伙的家裡是賣樹葉的啊？就算賣，有人買嗎？』

曹峻不願就此打退堂鼓，他就不信一個小小六境鍊氣士能夠支撐到最後。同時駕馭這麼多片樹葉本來就不簡單，需要耗費的心神極其巨大。曹峻暗中告訴自己，雖然勝之不武，可勉強當作是一場砥礪劍鋒的蠢笨氣力活好了，他倒要看看那個讀書人能夠支撐多久。

白魚劍開始肆無忌憚地橫衝直撞，小巷內落葉紛紛，墜地之後便由綠轉黃。

李希聖突然出聲提醒道：「咱們如果只是這麼打下去，能夠打到明年。不然你說過了這把劍的道理，再說說另外那把的？如果可以的話，一併祭出本命飛劍好了。不管如何，好歹先分出個勝負，因為我朋友還要趕路。」

曹峻驀然瞪大眼睛，終於不再以笑臉示人：「你不吹牛會死啊？」

李希聖嘆了口氣，不再說話。他只是抖了抖那只僅存的袖子，從袖子裡抖摟出了一大堆匪夷所思的玩意兒。除了所剩不多的春葉，還有一粒粒指甲蓋大小的夏雷、一縷縷長不過手指的秋風、一片片鵝毛大小的冬雪。

對手有一劍可破萬法，怎麼辦？我是不是可以積攢出一萬零一法？

於是，這個名為李希聖的年輕書生，哪怕如今不過剛剛躋身中五境，卻已經有了春葉、夏雷、秋風、冬雪，而且他還有其他，有很多。

曹峻看著那些亂七八糟的小玩意兒，如同沙場上的重甲步卒方陣，將主帥李希聖圍得鐵桶一般，佩服道：「你下棋一定很厲害，而且肯定精通陰陽家的卜卦。」

以六境錬氣士的修為，除非是三教鼻祖級別的謫仙轉世，才能夠一口氣駕馭那麼多的物件。眼前書生明顯是投機取巧了，每次防禦白魚劍的穿刺都大致算出了飛劍的軌跡和突破口，所以除了維持春葉、秋風諸物不墜，書生真正需要灌注靈氣的區域並不算太大。

這就像一場城池攻守之戰，曹峻一方戰力強悍，但是兵力不夠，只能專攻一面城牆；李希聖看似在四面城牆上都布滿了守城甲士，實則三面都是空架子，他只需要次次算准曹峻的進攻方向，防守起來就顯得游刃有餘。

曹峻心意一動，白魚劍撤出戰場，回到主人身前。

曹峻輕輕瞥了一眼，發現劍尖和劍刃的損耗比預期要多，好在白魚劍蘊含的劍意在數百次砥礪、打磨之下有所提升，說到底還是做了一筆賺錢買賣。

曹峻內心有些糾結。大驪皇帝是不敢為了一個齊靜春跟三教幕後勢力掰手腕，但多半願意為了一個有望躋身上五境的自家錬氣士，跟早已在別洲扎根立業的曹氏撕破臉皮。

他將白魚劍收回劍鞘，同時握住了另外一把佩劍的劍柄，劍名墨螭。

他故意一臉惱火道：「有本事別當縮頭烏龜！」

李希聖笑著反問道：「你有本事當縮頭烏龜？」

曹峻被噎得不行。他曾經是被一洲劍仙寄予厚望的天才劍修，追求的是天下無匹的銳氣和殺力，當然沒本事也沒興趣跟眼前的青衫書生一樣，打不還手、罵不還口，就靠著一大堆稀奇古怪的破爛貨死守城牆，堅決不主動出擊。

曾有人形容，劍修本身是輕騎，來去如風，風馳電掣，飛劍則像弓弩，與人狹路相逢，小規模廝殺，往往一個照面，敵人就死了。至於一位上五境陸地劍仙的飛劍擱在沙場上的殺傷力，就像是一架床子弩，哪怕只是安靜地擺放在城頭，對於敵人也有巨大的威懾力。而兵家修士是重騎，一旦被他將氣勢和精氣神提升到巔峰，就等於是展開衝鋒的重騎兵，攻守兼備，破陣無敵。至於被山上視為大道無望的純粹武夫，只是笨重且殺傷力一般的重甲步卒，哪怕是第八境遠遊境的宗師，能夠御風而行，如果在短距離爆發中沒有成功斃敵，那麼一旦被鍊氣士拉開距離，陷入持久戰，遠遠無法媲美鍊氣士。

李希聖見曹峻不說話，伸手輕輕撥動，身前的一些夏雷、秋風緩緩挪動，使得他視野開朗。他主動開口道：「你這把劍所講的道理，沒講透。」

言下之意，他願意聽一聽那把墨蠣的道理。

曹峻雙手輕輕揉了揉臉頰：「你這人說話真是不中聽，不過我承認你有這個資格。我有個建議，你可以考慮一下。咱們來一場生死之戰，所有後果自負，與家國無關。如何，敢不敢跟我賭一把？」

李希聖搖頭道：「你已經看出來，我根本就不擅長攻伐之道，所以你其實從頭到尾就立於不敗之地。」他絲毫不介意洩露底細。

曹峻無奈道：「你是坦誠還是缺心眼啊？」他看著那個年輕書生，沒來由地想起一位南婆娑洲最了不起的讀書人——醇儒陳氏這一代的家主。傳聞那位讀書讀出莫大學問的陳氏老人兩袖藏清風，一肩扛明月，一肩挑紅日。

曹峻收起思緒，轉頭望去，只見一隻通體鮮紅的小狐狸，雙腿自立，站在泥瓶巷一棟老宅的屋簷上，對他說道：「老祖宗讓我告訴你，要你適可而止，若是給阮邛打死了，他就隨便在這邊找個地兒把你葬了，好歹算是落葉歸根。」

曹峻一臉嫌棄：「啥？妳再說一遍！」

小狐狸咳嗽一聲，從溫文爾雅的模樣瞬間變得凶神惡煞，擺出雙手叉腰狀，罵罵咧咧道：「曹曦那個老王八蛋告訴你這個龜孫子，趕緊收手，如果惹惱了姓阮的鐵匠，被打成一攤肉泥，他不會幫你報仇的，他有幾百個嫡系子孫呢，幫不過來。還說可惜你那媳婦還沒娶進門，否則他就不會讓我勸你收手了，給人打死最好，他好趁機而入。」

曹峻一臉雲淡風輕，點頭道：「這就對了，是老王八蛋的口氣。」

李希聖不管這些：「如果不打，就請讓路。」

「不打了、不打了，我打不死你，你打不死我，多沒勁。」曹峻笑道，「去鐵匠鋪子瞅瞅，瞻仰瞻仰聖人。」他的身形拔地而起，直沖雲霄，向鐵匠鋪子急急墜去，至於龍泉郡內不得擅自御風凌空的狗屁規矩，他還真不放在心上。

砰然一聲巨響，曹峻頓時如同一顆流星倒掠出去，最後等他好不容易停下身形，已經是數百里之外。此前他已在雲海之中翻滾了無數次，在空中盤腿而坐，嘔血不止。

那隻皮毛鮮紅的狐狸繞著曹峻打轉，幸災樂禍道：「吃苦頭了吧？」

曹峻笑道：「又沒死。」

狐狸嘖嘖道：「欺軟怕硬的本事倒是隨曹曦。」

曹峻說道：「不欺軟怕硬，難道還要欺硬怕軟？妳腦子有病吧？」

狐狸不以為意，抬起一隻爪子撓著下巴，踮起腳尖，眺望小鎮：「那塊沒能搶到手的古怪劍胚，咋說？」

曹峻黑著臉道：「妳還好意思說？如果不是妳在一邊慫恿我殺人奪寶，我最多就是跟那少年公平買賣。」

狐狸板起臉教訓道：「做人呢，要堅守本心，你在外邊如何，到了小小龍泉郡，就該繼續保持。不過就是有個十一境的兵家聖人，你屁股後頭不也跟著個十一境的劍修老祖？一個有天時地利，一個有稱手神兵，都是鍊氣士裡不講道理的貨色，旗鼓相當，他們打一架，你在旁觀戰，說不定還可以有所明悟，何樂而不為？」

曹峻冷笑道：「就曹曦那脾氣，我算計他一寸，他能討回去一尺。」

狐狸哪壺不開提哪壺，老調重彈道：「大不了讓他將來睡幾次你的媳婦，怕什麼？」

曹峻默不作聲，保持微笑，凝視著那隻狐狸。

狐狸故作驚訝道：「哇，真生氣了啊，吊兒郎當了一百年的曹峻，竟然也有較真的時候？」

曹峻微笑道：「閒來打蚊蠅，忽起殺盡蚊蠅心。」

白魚出鞘，虹光乍現。

狐狸的頭顱高高拋起，卻不見絲毫鮮血濺射，那顆頭顱仍然在開口說話：「哎喲，這出劍速度，慢得跟烏龜搬家似的，還天才劍修呢，真是丟人現眼。」

無頭之身則大搖大擺走路，扭著屁股，根本無視白魚劍一次次穿透身軀，空中頭顱繼續挑釁道：「你這繡花針是在撓癢癢啊。」

這一片空中劍光暴濺，白虹縱橫。別說被切出十七、八塊的身軀，就是那顆頭顱都已經變作八瓣，但是當白魚劍出現一絲凝滯，一瞬間狐狸就恢復完整，如此循環。

最後曹峻嘆息一聲，收劍入鞘。

狐狸扭了扭脖子，走到曹峻身邊坐下：「年輕人，多大的本事就說多大口氣的話。」

曹峻點頭道：「有道理。聽妳的。」

狐狸譏諷道：「哇，咱們南婆娑洲一百年前的那個頭號劍仙胚子，如今的九境大劍修，今天突然這麼聽話？」

「年紀輕輕」的曹峻原來早已百歲高齡，他此時舉目遠望，嘴唇抿起，對於那隻狐狸在耳邊的挖苦，置若罔聞。

陳平安快步跑到李希聖身邊，憂心忡忡道：「沒事吧？」

李希聖微笑道：「頭一回打架就遇上了劍修，其實心裡挺慌的，不過結果還不錯。」

陳平安如釋重負，袖中那枚劍胚已經恢復寂靜，在曹峻離去之後就不再滾燙顫動。

青衣小童突然一個飛身直撲，抱住陳平安的腰：「太可怕了太可怕了！果然猜得沒錯，一不小心走在路上就要被人打死的，小鎮待不得，待不得啊！老爺，你行行好，放我滾去落魄山修行吧，我保證，我發誓，從今天起，一定勤勉修行，日夜不歇，別說是餐霞飲露，就是在落魄山吃草根、嚼爛泥我都幹！」

李希聖忍俊不禁，趕忙安慰道：「曹峻之流終究是極少數。我雖然不曾走出小鎮，不過可以確定，像曹峻這樣修為高、脾氣怪的人物屈指可數，你不用太緊張。」

青衣小童沒有理會李希聖，只顧著跟陳平安哀求不已，被陳平安推開腦袋後，就轉為死死抱住他的一條胳膊，身體後傾倒去，死活不讓陳平安繼續前行：「老爺，發發善心，求你啦！大不了我還你一顆普通蛇膽石，行不行？老爺你不是不知道，我這個人從來就膽子小，走個夜路都會兩腿打戰，結果這才到了小鎮多久？咱們不過是出個門，劍氣就嗖嗖嗖地亂竄，我是真怕啊……」

陳平安只好停下腳步，無奈道：「你認識去落魄山的路？」

青衣小童一把鼻涕一把淚的，難得認了一回孫子：「老爺，都這個時候了，我哪怕不認識也得裝認識啊。」

粉裙女童輕聲道：「老爺，我認識路。」

陳平安想了想：「那你們兩個去落魄山好了，暫時住在竹樓裡，但是必須跟我保證，不許惹事。我這邊盡快忙完就馬上去看你們，爭取年前跑一趟落魄山。」

青衣小童彎腰鞠躬道：「老爺英明神武！」

粉裙女童輕聲道：「老爺，我把他送到就趕回來。」

陳平安笑道：「不用，竹樓適宜修行，妳就跟他一起待在山上。別怕他，他如果敢違約，偷偷欺負妳，到時候我來收拾他。」

青衣小童跳腳道：「老爺、傻妞兒，你們兩個就不能念我一點好？我是那種出爾反爾的人嗎？黃庭國朝野上下，誰不知道御江水神有個言出必行的兄弟？說斬草除根絕不漏掉一個，說滅他祖宗絕不殺他孫子……」

陳平安呵呵笑道：「這麼厲害啊。」

青衣小童立即扭過腦袋，一臉矯揉造作的赧顏羞澀，伸出一隻手掌輕輕晃動：「老爺，我跟你吹牛壯膽呢，千萬別當真啊。」

陳平安一手按住他的腦袋，一手伸出：「拿來。」

青衣小童有些發懵，抬起腦袋：「啥？」

粉裙女童小聲提醒道：「你先前答應老爺，只要讓你去落魄山，就交出一顆普通蛇膽石。」

青衣小童擠出笑臉：「老爺你家大業大，別這樣。」

陳平安沒收回手，青衣小童只得乖乖掏出一顆最小的蛇膽石放在陳平安手掌上。

陳平安將這顆蛇膽石遞給粉裙女童，笑道：「到了山上，只要他不欺負妳，到時候妳可以當作獎勵，送給他。」

粉裙女童小心翼翼地收起蛇膽石，青衣小童一把拉住粉裙女童的胳膊，火急火燎道：

「咱們趕緊去落魄山，此地不宜久留！」

兩個小傢伙剛拐出泥瓶巷，青衣小童就猛然停下。不等他開口說話，粉裙女童就以迅雷不及掩耳之勢將那顆蛇膽石拋給他。

他收起失而復得的蛇膽石，點頭笑道：「傻妞兒妳累不累啊，我幫妳背書箱吧。」

粉裙女童使勁搖頭。

青衣小童唉聲嘆氣道：「妳就是勞碌命，好在還算傻人有傻福。」

粉裙女童咧嘴一笑。

青衣小童挺起胸膛：「走，帶路！打道回府！」

泥瓶巷那邊，既然不用去劉羨陽家了，陳平安就把李希聖送到巷口。

李希聖停下身形，猶豫片刻，仍是說道：「接下來這些話，可能現在說為時過早，但就跟我送你那些書上的批註，你只需要看過就算數一樣，這些話你也只需要聽過就行。」

陳平安點頭道：「李大哥，你說。」

李希聖緩緩道：「白馬非馬這樁公案，可曾聽說過？」

陳平安撓頭道：「求學路上，寶瓶和李槐曾經為此吵過架，我越聽越迷糊。」

李希聖笑了笑，思量片刻：「那就先不往深處想，我換一個說法。一粒沙子加一粒沙子，是幾粒？」

陳平安疑惑道：「不是兩粒嗎？」

李希聖笑道：「當然是。那麼一堆沙子加一堆沙子，是幾堆沙子？」

陳平安試探性說道：「還是一堆吧？」

李希聖拍了拍陳平安的肩頭：「傳言遠古聖人發明文字的時候，天地間的鬼神為之驚懼哭泣。這當然是一樁莫大的功德，但是你要明白一個道理，文字在有些時候，恰恰會是我們認識這個世界的無形障礙。所以你以後讀書，不要時時刻刻都去咬文嚼字，若是遇到了瓶頸，不妨先退一步，再登高數步，盡量往高處走。不登山峰，不顯平地。」

陳平安聽得雲遮霧繞，一陣頭疼，就跟先前翻閱那本《小學》差不多，茫茫然之間，覺得前路已無，退無可退。

李希聖安慰道：「慢慢來，不要急。」

陳平安「嗯」了一聲：「明白了。」

之後，沒了一只袖管的李希聖獨自走回福祿街大宅，府上僕役、丫鬟看到這位大公子的窘況後，都有些莫名其妙。大公子長這麼大，除了跟隨長輩一起上墳之外，幾乎從不出門，怎麼好不容易出去散個步，就這麼坎坷？總不會是跟人打架了吧？

李希聖回到自己院子，先看過了相安無事的螃蟹和過山鯽，再去換了一件衣衫，然後去「結廬」書齋看了一會兒書，最後去了一間經常鎖住門的屋子，開鎖推門。

李希聖舉目望去，視野之中，全是貼牆豎立的一架架高大百寶閣，而百寶閣上頭沒有任何古董珍玩或是龍泉郡盛產的精美瓷器，而是一方方高高低低、大小不一、材質不同的印章。

除了百寶閣，屋內就只有一張桌子和一把椅子。桌子上放有三枚尚未完工的印章，材質分別是木、黃玉和青銅，以及一大盒做工精良的刻刀，還有幾本材質珍稀的古老書籍。

李希聖輕輕關上門，坐在桌後的椅子上。桌上三方印章都只缺少一個字：青銅印篆刻有「降伏外」，末尾少了一個「道」字；黃玉印篆刻有「都天主」，中間少了一個「法」字；木印篆刻有「氣化生」，最開始少了一個「青」字。

刻印如畫符，講究一氣呵成，李希聖顯然不是這樣。他非但沒有捉刀刻字，反而閉上眼睛開始睡覺，呼吸綿延，如溪澗潺潺，細水長流。

小小房間，別有洞天。

另一邊，陳平安回到祖宅，發現那把放在桌面上的槐木劍出現了一絲細微傾斜。他雖然內心震動，仍是不露聲色地坐在桌旁。

當初齊靜春用李寶瓶搬去的槐枝偷偷削好又悄悄放在陳平安背簍裡的那把槐木劍裡，住著一個來歷不明的金色香火小人。只是在秋蘆客棧和曹氏芝蘭府兩次短暫現身之後，性情靦腆的香火小人就再沒有出現過，陳平安對此任其自然，並不強求什麼。

夜幕深沉，楊家藥鋪，老人抽著旱煙，皺了皺眉頭，伸手一抓，香火小人從虛空處墜落在地。

楊老頭冷冷道：「齊靜春苦心孤詣地把妳藏起來，想要做什麼？」

香火小人怯生生站在地面，似乎很畏懼，雙手死死攥住衣角，嘴唇微動。

楊老頭越聽臉越皺，沉思許久：「我答應了。」

他拿煙杆子一敲地面，地面上立馬滾出一座小廟，矗立在香火小人身前。

香火小人滿臉雀躍，正要走入其中，突然抬起頭，欲言又止。

楊老頭臉色冷漠道：「知道所有事情當然是最好，但是如果做不到這點，就乾脆什麼都不要知道，這樣才能好好活著。」

香火小人似乎還是有些猶豫不決，想要返回泥瓶巷，好歹跟那少年道一聲別。

楊老頭重新提起煙杆，吐出濃重的煙霧：「把全部聰明放在肚皮裡頭才叫真聰明。妳真以為那小子萬事不想，除了練拳，成天就知道樂善好施，當那善財童子？虧得妳跟了他一路，妳是真笨，他可不傻。」

香火小人噘起嘴，有些洩氣，走入那座小廟後，又頓時驚呆，如同一顆渺小至極的米粒置身於一口大缸內。小廟內的高大牆壁上，一個個名字熠熠生輝，散發出不同顏色的光彩；香火小人的頭頂群星璀璨，光明輝煌。

楊老頭收起煙杆，雙手負後，佝僂著走出藥鋪，一直走出小鎮，經過石拱橋的時候，嘆息一聲，充滿遺憾和不解，緩緩下了石橋。來到龍鬚河邊，輕輕一跺腳，馬蘭花立即從河底一路倒飛而來，神魂震動，有些暈頭轉向，發現是楊老頭後，立即諂媚笑道：「大仙何須運用無上神通，隨便喊上一聲便是。」

楊老頭面無表情道：「妳馬上去龍鬚河源頭，主動散去一半金身融入河水，幫著阮邛增加水性的陰沉分量。」

馬蘭花呆若木雞。削掉半數金身？老人說得輕巧，可無論是其間遭受的痛楚，還是大道折損，皆不可估量。她恨不得逃到十萬八千里之外，只可惜她逃不掉。

楊老頭補充道：「做成了，回頭阮邛開爐鑄劍成功，我幫妳討要一座河神廟，最多五、六十年，妳就能夠恢復完整金身，之後百年、千年，香火不絕。這是一筆細水長流的收益，妳肯定賺。」

馬蘭花唯唯諾諾，聲音弱不可聞：「打散半副金身，太痛苦了，我怕疼啊……」

楊老頭不說話，只是望著波光粼粼的河面。

馬蘭花小心翼翼問道：「大仙，我能拒絕嗎？」

楊老頭點頭道：「可以。」

馬蘭花竊喜之餘，大感意外。什麼時候這位大仙如此通情達理了？

楊老頭冷笑道：「我打爛妳整個金身，效果更好。放心，等妳今夜神魂煙消雲散後，我將來會在妳的子孫身上做出補償。」

馬蘭花有些絕望，一番掂量之後，顫聲問道：「大仙，福報只落在我孫子一人頭上，行不行？」她知道，不管這位大仙如何做事公道，唯獨對她的孫子馬苦玄不太一樣。

楊老頭依舊當場拒絕：「不行。」

馬蘭花面如死灰，慘然道：「那我還是去往龍鬚河的源頭吧。」

楊老頭不置可否，馬蘭花一咬牙，開始沿著河水逆流而上，穿過那座再無半點異樣的石拱橋，直奔深山而去。

阮邛來到岸邊，站在楊老頭身旁，問道：「幫那個少女鑄劍一事，成與不成，我根本不著急，沒有跟你做買賣的想法。」

「鑄劍一事，不是買賣。」楊老頭搖頭道：「不過你女兒的真實身分，我可以幫忙遮掩三十年，但是你要確保盡快打造出那把劍，這才是我要做的買賣。」

阮邛神色如常，笑道：「真實身分？」

楊老頭淡然道：「你阮邛只需要點頭或者搖頭。」

阮邛有些憋屈，可仍是點了點頭。

楊老頭笑了笑：「回頭再看，是值得的。」

阮邛問了一個古怪問題：「那什麼算是『不值得』？」

楊老頭笑道：「阮邛，偷聽別人說話，不是什麼好習慣啊。」

阮邛大大方方坦白道：「你、李希聖、魏檗，你們三個我必須盯著。」

楊老頭點了點頭，又搖頭道：「把我跟李希聖位置顛倒一下，可能會更好。」

阮邛笑問道：「一千年，還是一萬年之後？」

楊老頭不再說話。

一旦進入百家爭鳴的亂世，梟雄豪傑，天才異端，就會像雨後春筍，瘋狂地破土而出，一夜之間，就是改天換地的嶄新景象。楊老頭見過那幅波瀾壯闊的畫面，並且不止一次。阮邛到底只是兵家的聖人，而不是陰陽家這類聖人，雖然已經看得很遠，比如他女兒阮秀的成長，但還是不夠遠。

楊老頭突然冒出一句：「當然不值得，兩個凡夫俗子，收攏了魂魄有何用，需要為之付出的代價倒是不小。如果換成馬苦玄，當然兩說。」

阮邛笑問道：「前輩一開始就不看好陳平安？」

楊老頭面無表情道：「有人看好他就行了。」

第三章　新年裡的人們

北上驛路重新開闢通行，使得原本就熱鬧的紅燭鎮更加歌舞昇平。

夜間，一艘懸掛青竹簾子的畫舫悠悠然駛出水灣，駛向小鎮，才剛剛進入那條將小鎮一分為二的河水，就有生意臨門。來人是一名身穿錦緞的老者和一個粗布麻衣的中年壯漢，瞧著像是有錢老爺帶著護院家丁出門來喝花酒了。

畫舫屬於中等規模，有五名船家女，兩人撐船，兩人彈琴煮酒，剩下一個姿色最出眾的美嬌娘坐在老人身旁小心伺候，如小鳥依人。這讓老人開懷大笑，伸手指著對面的粗樸漢子道：「怎麼樣，老謝，人靠衣裝、佛靠金裝，老話說得沒錯吧？」

那漢子不知是惱羞成怒還是為人耿直，從煮酒女子手中接過一杯酒，道了一聲謝後，對老人說道：「別老謝老謝的，我跟你不熟。」

老人是個臉皮厚的，接過酒水的時候，趁機摸了一把船家女的手背，還不忘朝那曼妙女子眨眼挑眉，把那船家女給噁心得不行，只是不得不強顏歡笑罷了。

老人才不管這些，有滋有味地喝了口酒：「你跟我不熟，可我跟你熟啊，你老謝的名頭可是從東北邊一直傳到了南邊。每次跟老友說起你，他們得知你跟我是同鄉後，一個個求著我幫忙引薦，說是這等大英雄、大豪傑，不見一面，實在遺憾。」

漢子只是皺眉不語，低頭喝酒。

老人留著兩撇鬍鬚，此時盤腿而坐，腦袋歪斜，望向岸上的燈紅酒綠，一手旋轉酒杯，一手手指摩娑著鬍鬚，這副尊容，旁人怎麼看怎麼猥瑣下作。更何況老人盤腿而坐，膝蓋故意抵住身邊女子的豐滿臀部，就連那個見慣風花雪月的女子都後悔沒有坐在沉默寡言的漢子旁邊。

老人抬臂撫鬚的時候露出一截袖管，畫舫裡頭善於察言觀色的船家女們都有些失望。原來老人手腕上繫著一根幽綠色長繩，若是戴在稚童手上還算有幾分纖細可愛，可戴在老頭子手上，實在是不倫不類。

老人突然收回視線，詢問身邊的漂亮女子：「妳們歡場女子，信不信山盟海誓？」不但是這名女子不知如何作答，其餘船家女也都面面相覷，不知老頭子葫蘆裡賣的什麼藥。

老人哈哈大笑，伸手指向對面的漢子：「找他，真管用。他可是一個山大王，管著好些大山，山盟海誓，山盟海誓，這裡頭的山盟……」

漢子皺眉不語，緩緩喝著酒，心不在焉。

老人指了指自己：「其實找我也有用，天底下有座很高很高的樓，名字老霸氣了，叫鎮海樓，在海邊，我家就在鎮海樓附近。」

漢子終於忍不住，滿臉不悅：「姓曹的，你跟她們顯擺這些做什麼？」

老人喝了口小酒，夾了一筷子下酒菜，斜眼看那漢子：「正是跟聽不懂的她們聊這個才有意思。跟山上人顯擺這些，那才叫沒勁。」

漢子眉宇之間充滿陰霾，悶頭喝酒。

山盟海誓，在世俗王朝的市井坊間，如今被行走四方的說書先生們提起，多用於男女之間的情愛，其真實含義，尋常老百姓早已不知。

事實上這個說法，對於山上人頗為重要，是指修行之人，可以分別對山、海起誓，誓言擁有妙不可言的約束力，比起山下百姓買賣之間的白紙黑字還要管用。

山盟的山只要是國境內朝廷敕封的五嶽正山就可以，鍊氣士境界越高，對於山嶽的品秩要求就會越高，多是大國之間的同盟，或是生意上的契約，隨著時間的推移，媒妁婚約逐漸占據多數。

海誓，則已經失去絕大部分意義。隨著世間最後一條真龍的隕落，浩然天下的五湖四海，九洲之外的九大版圖都已無主，世俗王朝又沒有權力敕封五湖四海的正神，因此再沒有名正言順的水神能夠出面統御那五座巨湖以及那四座廣袤無邊的海面。相傳，日出東方而落於西山，這個日出之地，就在東海某處。

曹姓老人絲毫不顧及漢子的感受，吃著下酒菜，嚼出很大的聲響，伸手放在身旁女子的大腿上，笑咪咪問道：「這位美人姐姐，曉得雄鎮樓吧？」

女子搖頭。

「這怎麼行！」老人輕輕拍打女子結實有彈性的大腿，「容小弟我給妳說道說道。咱們這人世間啊，存在著九座不知道由誰建造的氣運大樓，分別矗立在九個地方。其中八座高聳入雲、幾乎通天，分別是鎮山、鎮國、鎮海、鎮魔、鎮妖、鎮仙、鎮劍、鎮龍。這八座大樓都是二字名稱，唯獨最後一座，是三個字，最為古怪，叫作……」

漢子一拍筷子，怒色道：「夠了！曹曦你有完沒完！」

隨著筷子拍在案几上，與此同時，所有船家女都陷入一種古怪狀態，並不妨礙她們呼吸，手上動作也嫻熟無礙，可是好像對於船上近在咫尺的兩名外鄉客人，完全視而不見、聽而不聞了。

「既然都到了這裡，咱們倆的身分很快就會被看穿，你謝實好歹是從驪珠洞天出去的人物，若是刻意隱蔽身分，反而讓人懷疑，還不如像我這樣，大搖大擺走入小鎮，說不得還要打一架，讓大驪見識見識，省得他們不把一位陸地劍仙當回事。」

曹曦說到這裡，看了眼對面的漢子，笑嘻嘻道：「都說北俱蘆洲的謝實光明磊落，如頭頂懸空的大日驕陽，平生不做半點虧心事，怎麼，這次要破例啦？」他身體前傾，從一只粉綠色小瓷碟中夾起一塊醃蘿蔔丟入嘴中，「不就一件破爛瓷器嘛，只要你開口，再點個頭，我幫你出面解決。謝實啊謝實，真不是我說你，你說咱們好歹混到這個份上了，你怎麼還給人牽著鼻子走，不窩囊啊？」

謝實嗤笑道：「買了你本命瓷的傢伙，就是什麼好說話的貨色了？」

曹曦一臉驚訝道：「怎麼，老謝你消息不夠靈通啊，沒聽說我家裡一個晚輩剛剛跟醇儒陳氏嫡系的一名女子訂了一樁婚？陳氏請一位陸家高人幫著算了一卦，你猜怎麼樣？八個大字：『良人美眷，天作之合！』這事情真不是我吹噓什麼，在咱們那個洲，真不是什麼小事情。」

謝實冷笑：「這種事情，你不害臊就罷了，怎麼還能一臉得意？誰給你的臉皮？」

曹曦皮厚如牆，反問道：「咋就丟臉了？我家子孫憑真本事拐騙來的媳婦，我這個當老祖宗的，為何不能樂和？」

謝實雙手環胸，瞇眼沉聲道：「說吧，到底為什麼要把我喊到這裡來？如果是關於那件瓷器的事情，你不用再說了，我不會答應的。自家事、自家了，更何況我信不過你。」

曹曦「哎喲」一聲，去揉眼睛：「不愧是享譽一洲的謝大俠，這一身凜然正氣真是光彩奪目，我得趕緊揉揉眼睛，要不然經受不住……」

這個看似荒誕不經的老頭子，手腕上的那根綠色絲繩再度顯現出來。

南婆娑洲皆知，曹曦的劍術在陸地劍仙之中不算拔尖，可是他那把佩劍，作為一件法器，足可躋身一洲前十。他手腕上繫掛的，就是那把佩劍。

謝實對於這些算不得祕聞的別洲消息早有耳聞，可即便如此，仍是直接問道：「你是需要打一場，才能閉嘴？」

曹曦只是吃菜喝酒，搖頭晃腦道：「南婆娑洲都說我曹曦喜怒無常，性情乖張。謝實，你是不是覺得我這種人很難打交道？」

謝實開始閉目養神。

曹曦晃了晃筷子：「大錯特錯。世上最難打交道的人，是你這種人，太難交心。」

謝實閉著眼睛：「我的耐心有限。」

曹曦翻白眼道：「好吧，說正事。有人看不得大驪宋氏崛起，你謝實偏偏死腦筋，信守承諾，不得不出山，以至於那倒懸山之行都不得不耽擱下來。不湊巧，醇儒陳氏見不得齊靜春的好，連帶著對大驪也印象極差。只是如今變了主意，原因不明，我也不在乎，反正醇儒陳氏不但在小鎮以東寶瓶洲龍尾郡陳氏的名義開辦學塾，還讓我走這一趟遠門，算是給我家那個子孫出的彩禮錢，為的就是攔下你。雖然不知具體謀劃，但是我出現在這裡，接下來就會好好盯著你。」

謝實沒有睜眼，嘴角有些譏諷：「你確定攔得住？」

曹曦總算吃完了一盞盞小碟裡的各色菜肴，放下筷子，胸有成竹道：「我不確定能不能打過你，但是確定我攔得住你。」

謝實猛然睜開眼，轉頭望去。

一名相貌年輕的劍客沒有懸佩長劍或是背負長劍，而是橫放長劍於身後，雙手手肘懶洋洋抵在劍鞘之上，就這麼微笑著與謝實對視。

此人在那懸掛「秀水高風」匾額的嫁衣女鬼楚夫人府邸前，長劍出鞘不過寸餘就以一條被他搬到身前的袖珍山脈硬生生擋下陸地劍仙魏晉的凌厲一劍。

在紅燭鎮，他跟阿良見過面、喝過酒；在繡花江渡船上，他又跟陳平安打過招呼，當時好像還是陳平安第一次與人抱拳行禮，最後也是他和一名屬下劉獄，帶著棋墩山魏檗去往龍泉。

魏晉當時對他的稱呼是「墨家的那個誰」。

陳平安對著那把槐木劍，在屋子裡坐了很久，發現如何都靜不下心來，看書不行，練字不行，甚至就連走樁和立樁都不行。於是他背著背簍，裝好槐木劍，離開祖宅，走出泥瓶巷，徑直趕往落魄山。看到他出現在竹樓前，青衣小童和粉裙女童都大吃一驚。

陳平安走上竹樓二樓，心一下子就靜了下來。

粉裙女童想要跟上，被青衣小童抓住脖子，輕聲教訓道：「妳真是傻啊，沒瞧出來老爺心情不太好？」

粉裙女童一臉茫然，青衣小童拽著她坐在一樓的小竹椅上，信誓旦旦道：「咱們老爺這脾氣，就只有兩種情況才能讓他這麼不對勁。」

粉裙女童豎起耳朵，認真聆聽。

青衣小童伸出一根手指，壓低嗓音道：「一種情況，是丟了錢，而且數目不小。」

粉裙女童深以為然。

青衣小童壞笑道：「再就是老爺受了很重的情傷，比如一個人輾轉反側，孤枕難眠，突發奇想，跑去跟阮秀姑娘表白，結果被她拒絕了。或是跟阮秀姑娘表白的時候，得寸進尺，想要親個嘴兒，狠狠抱一下，然後就給阮姑娘打了一耳光，罵了句『臭流氓』，害得咱們老爺一肚子火氣，只好來竹樓這邊清涼清涼。」

粉裙女童將信將疑道：「老爺不會做這種事情的。」

青衣小童哀嘆一聲：「妳不懂我們男人啊。」

陳平安在二樓盤腿而坐，透過欄杆間隙望向遠方，槐木劍橫放在膝蓋上。

他掏出那塊銀色劍胚，低頭凝視著它。

不同於泥瓶巷內的異樣動靜，此時劍胚安靜如死物。

不知為何，陳平安已經心境平和，甚至比平時練拳的時候還要心穩，頭腦清明，思緒清澈。他重新抬起頭，攥緊手心的劍胚，語氣平靜道：「不是我的，哪怕在我腳底下，我撿起來後，只會主動找到失主，還給別人。是我的，就是我的，你哪裡都不能去，就算你逃到了天邊，我都會把你抓回來。」

銀色劍胚逐漸變得溫熱，沒過多久就滾燙。陳平安咬緊牙關，只是單手握緊它，另外一手輕輕放在槐木劍上，作為某種情緒上的支撐，到後來就不得不死死攥住劍身。

手心早已被灼燒得通紅一片，痛徹心扉，神魂顫動。

這種疼痛，除了肌膚血肉，更多是一種類似熔化銅汁澆灌在心坎上的恐怖。十八停劍氣運轉之法，自然而然開始流淌，一次次衝擊著那些命名迥異於當今的氣府竅穴，拚死抵禦著那股火燙帶來的震盪。

之前陳平安一直停滯在六、七停之間，死活無法突破那道門檻。無論陳平安如何練拳、練樁，如何跟青衣小童切磋、淬鍊體魄，都不得其法，故而不得其門而入。

陳平安為了盡量減輕對疼痛的感知程度，身軀劇烈顫抖的他開始不得不竭力分心去想別處，去想崔東山大聲朗誦的聖賢典籍內容，去想年輕道人陸沉的藥方字體，想風雪廟魏晉的一劍破空破萬法，想今天白魚飛劍敲擊春葉秋風的奇異景象……

一件件事情，想了依舊皆是毫無益處。陳平安除了手心血肉模糊，與劍胚黏在一起，還開始七竅流血。這還不止，他全身肌膚的細微毛孔都開始滲出血絲，最後凝聚出一粒粒觸目驚心的血珠。

他的內裡更加不堪，體內氣府之間的經脈如同被鐵騎馬蹄踐踏得泥漿四濺。

陳平安最後想到了一位姑娘，會心一笑。他也只能會心一笑了，因為他的臉龐早已扭曲出一個僵硬死板的猙獰神色，不可能再有絲毫變化。

陳平安依然在默默遭受著巨大的傷痛，從頭到尾，一聲不吭。他已經意識模糊，渾渾噩噩。迷迷糊糊之中，陳平安想到了一個個人名，走馬觀花。熟悉的人，景象畫面會相對清晰長久一些；不那麼熟悉的，就會一閃而逝。有喜歡、有仰慕、有尊敬、有畏懼、有厭惡、有反感、有可憐、有仇恨、有疑惑……

咚咚咚……如有人在用手指叩響少年心扉，像是在詢問著什麼，直至本心。

僅存一絲意識支撐著不願認輸的少年只能以心聲作答，答案連他自己都不會知道。

人力有盡時。陳平安終於支撐不住，向後倒去，後腦勺一磕綠竹地面，略微清醒幾分。

嗡嗡嗡……陳平安只覺得肚子裡傳來一陣古怪的動靜。

人身即為小天地，忽起劍鳴不平聲！

陳平安徹底昏死過去後，在一、二樓之間的樓梯口，青衣小童終於鬆開粉裙女童的胳膊，後者飛奔過去，滿臉淚水，哭成了一隻小花貓。

她一邊為陳平安把脈，查看神魂動向，一邊扭頭抽泣道：「你為什麼要攔著我，你忘恩負義，狼心狗肺……若是老爺死了，我就跟你拚命……」

青衣小童面沉如水：「說妳是傻妞兒還不服氣，冒冒失失打攪陳平安的氣機運轉，妳會被那股劍氣視為敵人，將妳打個半死不說，還會耽誤了陳平安的證道契機，說不定就要害死他，本來好好的一樁機緣，愣是被妳變成一樁禍事。」

粉裙女童傷心哽咽道：「老爺全身都是血，老爺都快死了，這下你滿足了吧？我不傻！你就是貪圖老爺的蛇膽石。老爺就不該帶你回來，你太沒有良心了，老爺對我們這麼好……」

青衣小童輕輕一跳，蹲在青竹欄杆上，沒好氣道：「陳平安死沒死，妳說了不算，就妳那點道行，知道個屁。」

粉裙女童哭聲越來越小，因為她發現陳平安體內的兩股氣機初期雖顯得紊亂且狂躁，此時卻是逐漸趨於穩定，如同一場山水相逢，雖然一開始水石相擊，濺起千層浪，激盪不已，氣象險峻，可是隨著時間的推移，已經變得平穩安寧，因為痛苦而劇烈顫抖的魂魄神意亦是被安撫下來，開始由哀號變作嗚咽。

陳平安睡意深沉，那張扭曲猙獰的黝黑臉龐一點一點恢復正常，最後竟是如同襁褓裡的嬰兒，睡得格外香甜。

粉裙女童欣喜萬分，滿臉淚痕地對青衣小童低聲道：「老爺沒事了，就是真的睡著了。」

青衣小童翻了個白眼，站起身，把欄杆當作過道，開始散步。

陳平安一暈，粉裙女童就沒了主心骨，只得向青衣小童求助：「接下來怎麼辦？」

青衣小童在欄杆上走來走去，沉吟不語。說實話，他只模模糊糊知道一個大概，之後如何處置陳平安，還真不敢妄下斷論。他是垂涎陳平安的蛇膽石不假，可要說讓他乘人之危做出落井下石的勾當，還真小覷了他這位御江水神的好兄弟。

他寧可正面一拳打死陳平安，光明正大地搶了那堆小山似的蛇膽石，也不會鬼祟行事。出來混江湖，要講點道義，這一直是他恪守的江湖規矩。

水神兄弟曾經在一次酩酊大醉後，對他說了一句賊有學問的言語：「江湖道義不能太多，可總該有那麼點兒，半點不講，就是條真龍，遲早也得淹死在江湖裡。」

青衣小童心神一凜，然後眼前一暗，抬頭望去，發現一位白衣神仙站在自己身邊，一臉欠揍的笑意，正在俯視著自己。

魏檗對青衣小童微笑道：「小水蛇，你沒有想殺你家老爺，我很意外。」

青衣小童最受不得這個傢伙的那張英俊笑臉，好像兩人天然相沖，尤其是當魏檗以居高臨下的語氣調侃自己時，他忍不住破口大罵：「老子當初沒殺你全家，我很後悔！」

魏檗大袖扶搖，瀟灑跳下欄杆，輕輕拍了一下青衣小童的腦袋，笑呵呵道：「調皮。」看似輕描淡寫的一拍，卻把青衣小童拍得兩腳扒開，一屁股跌坐在了欄杆上，疼得他摀住褲襠，齜牙咧嘴。如果換成別的地方，就是一座銅山、鐵山也能給他坐塌，可這座小竹樓真不是一般的結實牢固。

魏檗坐在陳平安身邊，一手搭住陳平安的手腕，脈象沉穩，是個好兆頭。

粉裙女童低聲問道：「魏仙師，外邊天涼，要不要把我家老爺搬到屋裡頭？」

魏檗笑道：「妳是蛟龍之屬，先天對酷暑嚴寒有著極好的抵禦，所以可能感覺不深。其實這棟竹樓有一個好處，就是冬暖夏涼，即便是一個常人，大雪天在竹樓裡脫光了衣服也不會凍傷筋骨，所以任由妳家老爺在這裡躺著睡覺，不去動他分毫，更加妥當。」

粉裙女童鬆了口氣，趕緊給魏檗鞠躬致謝。

魏檗對此不以為意，笑問道：「陳平安有沒有帶上換洗的乾淨衣物？」

粉裙女童搖頭道：「老爺這趟上山，應該沒想著待多久，背簍裡不曾放有衣衫。」

魏檗皺了皺眉頭，看著陳平安身上衣服就像是血水裡浸泡過的，等下醒過來，還穿著這麼一身，肯定不是個事兒，就提議道：「你們去小鎮上買衣服也好，去泥瓶巷拿衣服也罷，速去速回，陳平安應該不需要太久就會清醒。」

粉裙女童「哦」了一聲，就要離開。

青衣小童眼神陰沉，死死盯住魏檗：「我信不過你。」

魏檗想了想：「那你留下。」

青衣小童拋給粉裙女童一顆金錠：「除了給老爺買新衣服，給咱們倆也準備幾套。」

粉裙女童笑道：「我不用。」

青衣小童板著臉道：「我就跟妳客氣一下。」

粉裙女童有些傷心，一溜煙跑下竹樓，飛奔下山。

之後青衣小童就坐在欄杆上，背對著地上躺著的陳平安和坐著的魏檗，思緒萬千。

陳平安足足睡了一天一夜才醒過來，一番清洗之後換上乾淨衣服，整個人神清氣爽。沒有穿草鞋，他光著腳站在竹樓二層的廊道中，腳底板布滿著一層厚如鐵石的老繭，年幼時最早的老繭是被粗糙草鞋磨出來的，後來又被山石沙礫、草木荊棘一點點加厚；髮髻間還別上了那支白玉簪子，有他親手篆刻的八個小字。

他懷抱著槐木劍，眺望南方，怔怔出神。

魏檗去而復還，帶了一些藥材，讓粉裙女童幫著煮藥，用來給陳平安溫補元氣。陳平安習慣了所有事情都自己解決，就想著自己動手，她死活不讓，皺著一張紅撲撲的小臉蛋，風雨欲來的可憐模樣。陳平安受不得這些，只得悻悻然作罷。

青衣小童跑去四處逛蕩了，像是一國之主在巡視版圖。他今天往山上走去，山頂那邊有座山神廟，供奉著一尊黃金頭顱的奇怪山神。祠廟尚未竣工，還剩下點收尾事項，所以那邊有大驪工部衙門的官吏和聽從朝廷調令負責幫忙的修士，加上小鎮青壯百姓和刑徒遺民，魚龍混雜。

魏檗此刻站在陳平安身邊，笑道：「那麼一通胡亂衝撞，好歹沒白白遭罪，總算快要三境了。」

陳平安點頭道：「比我想像中要快很多，本以為最少最少還要個三、五年。」

「難聊，沒勁，走了。」魏檗啞然失笑，搖頭晃腦地走了，這次沒有飛來飛去，一步步走下樓梯，晃晃悠悠離去。

陳平安在魏檗的身影消失後，拍了拍心口，自言自語道：「我知道你有不甘心，不太情願跟我待在一起。那個劍修曹峻一定有過人之處，才會讓你這麼激動。確實正常，八境、九境的劍修，那麼大的一個山上神仙，當然比我要強太多了。但是沒辦法，你是文聖老爺送給我的，所以在我死之前，你哪裡都不能去……」

陳平安心口傳來一陣錐心之痛，喉結微動，就要噴出一口鮮血。他咬緊牙關，強行咽下那口鮮血，含糊不清道：「我雖然不知道真相如何，但是我大致猜得出來，你能夠輕輕鬆鬆殺了我，是因為某些原因，不可以殺我。所以你的處境很尷尬，對吧？」

片刻之後，陳平安伸出手掌抹去鼻孔流淌而出的兩條血跡：「沒關係，山上我還有好幾身乾淨衣服，而且我的小丫鬟是條火蟒，衣服脫了馬上洗掉，就能當場曬乾繼續穿。你有本事就繼續在氣府之間亂竄，這點苦頭，呵呵，我陳平安真不是跟你吹牛，真不算什麼，我五歲的時候就嘗過更厲害的了。」

一陣腹部絞痛，翻江倒海，光腳站在廊道上的陳平安只是抱住懷中的槐木劍，眼神堅毅，只是嗓音難免微顫：「我要是喊出口一聲痛，以後你就是我祖宗。」

十八座氣府，十八座關隘，其中在六、七之間與十二、十三之間，彷彿存在著兩道不可逾越的天塹。之前陳平安運轉氣機，只能一口氣經過六座竅穴，雖然氣機還沒有達到強弩之末的地步，就像已經沒了前路，只能一頭撞在牆壁上，次次無功而返。這次莫名其妙將銀色劍胚由手融入心中之後，仍是無法一氣呵成觸碰到第七座雄關險隘，但是在六、七之間，似乎某種瓶頸有所鬆動。就像有人在兢兢業業修橋鋪路，對岸的光景開始依稀可見，一次比一次更加接近。

比起練拳走樁的錘鍊體魄，劍氣在體內肆意縱橫的效果更加顯著，有點迫使陳平安不得不內外兼修的意思。就像一座大山，陳平安之前一直想要開山造路，但是無從下手，披荊斬棘，進展極慢。結果劍胚入竅後，就像青衣小童現出真身遊走於山嶺之間，自然而然就出現了一條粗糙不堪的「山路」，陳平安只需要跟在它屁股後頭，不斷修修補補、挖挖填填就行了。

陳平安不怕吃苦，但是天底下沒幾個人真喜歡吃苦，陳平安當然也不例外，可是如果吃苦能夠換來好處，陳平安會毫不猶豫地自討苦吃。這麼多年孑然一身，辛辛苦苦活著，陳平安明白了一個道理：人生在世，很多人做很多事，吃苦就是吃苦，只是吃苦而已。一分耕耘、一分收穫？得看喜歡打盹的老天爺答應不答應。

還是要把大部分家當放在阮姑娘家的鐵匠鋪子，落魄山人太雜，陳平安實在不放心。之前如果不是李希聖，陳平安即便是在泥瓶巷的自家門口，恐怕也要吃大虧。難怪青衣小童有事沒事就念叨那句口頭禪：「江湖險惡啊」。

陳平安腦袋往側面一晃蕩，猛然伸手摀住嘴，鮮血從指縫間滲透而出。他大口呼吸，攤開手心，一攤猩紅。

陳平安憤憤道：「接下來我要下山去給我爹娘修建墳墓，這段時間，我們暫時休戰，如何？」

原本正要再次衝撞一座氣府竅壁的劍胚緩緩歸於平靜，像是默認了陳平安的請求。之後陳平安獨自下山，背著背簍，裝著大部分東西，在鐵匠鋪子找到阮秀，不得不再次讓她幫忙，幫著將東西放回那棟黃泥屋裡。

聽說陳平安要修墳，阮秀要幫忙，陳平安搖頭沒答應，說事情不大，他花錢請些工匠就夠了，而且這筆錢他出得起。

阮秀倒是沒有堅持，只說如果需要幫忙就知會一聲，不用客氣。

陳平安苦笑著說，如果真跟她客氣，就不會跑這趟了。

阮秀笑了。

陳平安再沒有後顧之憂，就帶著銀子去了小鎮，很快就找到人，之後跟老工匠問過一些關於修墳的規矩和禮節，談好了價格，挑了個黃道吉日，就開始動工。陳平安從頭到尾都盯著，能幫忙就幫忙，不方便摻和的絕不插手，一切聽從老匠人們的吩咐安排。

約莫是少年給的銀子夠多，而且平時相處勞作的點點滴滴，少年給匠人們的感覺，心也足夠誠，所以一切順利，並無波折。最後仔仔細細、小小心心修好的墳墓，不比尋常人家更好，談不上如何豪奢，墓碑上的字，都是陳平安自己通宵熬夜刻上的。

結完帳後，陳平安跟那一行人彎腰感謝，一個人帶著祭品重返墳頭。置辦祭品的時候，陳平安猶豫了一下，帶上了一壺好酒，在墳頭給爹敬酒的時候，望向娘那邊的墳頭，撓撓頭道：「娘，爹好像沒喝過酒，妳讓他喝一回。」又微微轉頭，對毗鄰的另外一座墳頭笑道：「爹，如果喝不慣酒，或是惹娘不高興了，就托個夢給我，下回就不帶給你了。」

陳平安倒完了那壺酒，抹了把臉，咧嘴道：「爹、娘，你們不說話，那我就當你們答應了啊。」

在那之後，陳平安去了趟神仙墳，熟門熟路地拜了拜幾尊神像。

陳平安沒有大肆修橋鋪路，而是選擇了這座神仙墳，以阮秀的名義，僱用工匠修繕那些橫七豎八的破敗神像，他出錢，她出面。阮秀不知為何，但也沒追問什麼，只是點頭答應下來。在經歷過上次的浩劫之後，那次夜幕裡，所有小鎮百姓都能夠聽到神仙墳的爆裂聲響，就跟爆竹崩裂差不多。

神像越發稀少，也更加殘破，陳平安聽從阮秀的建議，這次大規模修繕，原則上是修舊如舊，盡量保持原貌，若是無法保證還原，就只確保重新豎立起來的神像不會再次倒塌，絕不隨意篡改，所以為此臨時搭建了一座座竹棚遮風擋雨。

偶爾陳平安會去騎龍巷兩間鋪子坐一坐，然後就這樣忙忙碌碌的，在大年三十之前，專程進了一趟落魄山，找青衣小童和粉裙女童。

阮秀得知這個消息以後，說是剛好要去盯著神秀山的建府事宜，於是跟陳平安一同進山，卻未分道揚鑣，而是中途改變主意，說是想去看看陳平安家的竹樓，上次看得潦草了些，想要再瞅瞅。陳平安當然不會拒絕。

在陳平安和阮秀出現在山腳的時候，青衣小童就站在欄杆上嘖嘖稱奇，雙手抱住後腦勺，雙腳扎根不動，身體在欄杆上前後晃悠蕩起了秋千，喃喃道：「這樣的好姑娘，上哪兒找去？分明是天下地上獨一份！老爺他如果不知道珍惜，會遭天譴的。真的，這話我說得對得住良心。」

粉裙女童深以為然道：「秀秀姑娘是真的很好。」

陳平安和阮秀緩緩登山，阮秀說她之前收到了枕頭驛送來的信，之後確實有目盲老道人帶著瘸腿少年和圓臉小姑娘進入小鎮，到騎龍巷鋪子找過她，但是師徒三人很快就繼續北上，說是想去大驪京城碰碰運氣。

陳平安記起那個曾共患難的老道人，就想到了林守一，以及他修行的《雲上琅琅書》，便跟阮秀問了一些有關五雷正法的事情。只可惜阮秀對這些從來不感興趣，知道的不多，只能說些道聽塗說的東西。

一路閒聊之中，陳平安得知阮師傅在今年收了三名記名弟子，一名長眉少年姓謝，雖然世代居住於桃葉巷，但是到了他這一輩，家道中落，如果不是進入鐵匠鋪子，就要賣出祖宅，搬往其餘巷弄，而他還有一個姐姐和一個弟弟。

在謝姓少年之後，一個來自風雪廟的少女成為第二名弟子。按照阮秀的說法，那個姑娘在風雪廟中屬於天資平平的，好像犯了大錯，被驅逐出師門，就找到了自立山頭的阮邛。阮邛說她其實心志不定，做什麼事情下意識都想先找到一條退路；她可以留下來，自己也會指點她劍術，但是不會收她為徒。

她在鐵匠鋪子當了很久的雜役，有一天，自己砍掉了握劍之手的一根大拇指，臉色慘白地找到阮邛，說她從今天起，開始左手練劍，從頭再來。

還有一個不愛說話的年輕男子最晚成為阮師傅的記名弟子。在入冬的第一場大雪下下來時，就跪在水井旁一天一夜，懇求阮師傅收他為徒。可能是精誠所至、金石為開，阮師傅答應他進入鋪子打鐵鑄劍。

說起這些，阮秀始終神色平靜，就像是在說老母雞和那窩毛茸茸的雞崽兒。

陳平安燈下黑，並沒有意識到這點，他當時更多是在思考有關「山上」的事情。他知道，只要能夠成為修行中人，就沒有誰是簡簡單單的。他自己身邊就有林守一，于祿、謝謝那更是天之驕子。透過崔東山的隻言片語以及阮秀的閒聊當中，陳平安大抵上曉得了一件事情：即便是成功上山，做了老百姓眼中的神仙，仍然會被分出三六九等。

原來修行一事，開頭難，中間難，會一直難到最後的。

對此，陳平安最近還算有點體會，因為在修完墳頭之後，劍胚就開始使壞了，更加來勢洶洶，在陳平安竅穴內簡直就是橫衝直撞，勢如破竹，於是泥瓶巷就多出了一個經常走路踉蹌的傢伙，像是喝醉酒，或是莫名其妙就蹲在神仙墳那邊咳嗽，要不然就是在祖宅裡閉門不出，在木板床上打滾。

臨近竹樓，阮秀問道：「大年三十，你也在山上過嗎？」

陳平安搖頭道：「不會的，肯定要去泥瓶巷那邊過年。那天先上完墳，回到祖宅還要貼春聯、福字、門神，吃過年夜飯就是守夜，清晨開始放爆竹。而且騎龍巷的兩間鋪子也一樣需要張貼，有太多事情要做了，到時候肯定會很忙。」

阮秀問道：「我來幫你？」

陳平安笑著搖頭：「不用、不用，只是聽上去很忙，其實事情很簡單。」

青衣小童和粉裙女童聽說要下山去泥瓶巷過年，沒什麼意見。

陳平安收拾行李的時候，突然問道：「在這棟竹樓貼春聯、門神，會不會很難看？」

青衣小童斬釘截鐵道：「當然難看！紅配綠，簡直就是俗不可耐。老爺，這件事我堅決不答應！」

粉裙女童也輕輕點頭，認可了青衣小童的看法。

陳平安無奈道：「我就隨口一說，你們不喜歡就算了。」

青衣小童試探性道：「最多貼個春字或者倒福字。」

陳平安笑道：「算啦。」

青衣小童有些心虛：「老爺你沒記我仇吧？如果真想搗鼓得有些年味兒，咱們可以好好商量，比如老爺你只要送我一顆不那麼普通的蛇膽石，我就主動幫忙貼春聯，竹樓上上下下，裡裡外外貼滿都沒問題！」

陳平安打賞了一顆板栗過去：「我謝謝你啊。」

下山後，阮秀跟他們分別，去往神秀山。

不知不覺，就已經是大年三十了。

一起去過了墳頭，回到泥瓶巷，往門口張貼春聯的時候，青衣小童和粉裙女童一個說貼歪了，一個說沒歪，讓陳平安有些手忙腳亂。

吃年夜飯的時候，做了一桌豐盛飯菜的陳平安不忘給了他們一人一顆普通蛇膽石。青衣小童二話不說就丟進嘴裡，咬得嘎嘣脆，笑成了一朵花兒。粉裙女童矜持地低頭吃著，滿臉幸福。

晚上，桌子底下放著一盆木炭足夠的小火爐，三人都將腿架在火盆邊沿，而且全都換上了嶄新的衣服。桌上擺著一大堆自家鋪子拿來的吃食，陳平安身前放著一本書、一卷竹簡和一把刻刀。

他要守夜，年復一年，都是如此。只是今年，不太一樣，陳平安不再是一個人。

粉裙女童嗑著瓜子，青衣小童雙手托著腮幫望向陳平安，笑問道：「老爺、老爺，大過年的，你會不會一高興，就又賞給我一顆蛇膽石？」

陳平安藉著比往年要更加明亮一些的燈光，認真看著書，頭也不抬：「不會。」

青衣小童沒有懊惱，反而笑得挺開心，又問道：「老爺，明早放爆竹，讓我來唄？」

陳平安抬起頭，笑著點頭：「好啊。」說完又轉頭望向粉裙女童，她趕緊放下手裡的瓜子，做了個雙手摀住耳朵的俏皮姿勢。陳平安朝她做了個鬼臉，繼續低頭看書。

兩個小傢伙相視一笑，然後心有靈犀地一起望向少年頭頂。那裡別有一支不起眼的簪子，寫著八個小字，內容跟讀書人有關。

關於這個，就像春聯到底貼歪了沒有一樣，他們之間私底下是有爭執的，青衣小童覺得跟老爺半點不搭，粉裙女童則覺得不能再合適了。

過了子時，就是新的一年了。

青衣小童早早去床上倒頭大睡，粉裙女童在陳平安的勸說下，後來也趴在桌上打瞌睡。陳平安就這麼獨自守夜，屋內唯有輕微的書頁翻動聲。

當天地間出現第一縷朝霞曙光，陳平安輕輕起身去打開屋門，仰頭望向東方。

突然，他忍不住輕輕咳嗽一聲，然後張口一吐，吐出了一抹長約寸餘的雪白虹光——原來是一柄小小的清亮飛劍。

它安安靜靜地懸停在院子裡，鋒芒畢露。

這一柄飛劍，不再是一顆銀錠的粗俗模樣，除了極其纖小之外，與劍無異。只是它介於虛幻和實質之間，晶瑩剔透，仙氣盎然，在朝霞映照之下，小巧精緻的飛劍閃爍出層層光暈，光彩奪目。

陳平安愣了半天，終於開口說道：「幹嘛？新年了，你是想要跑出來透口氣？怎麼，你們飛劍也講究逢年過節？」

飛劍劍尖微動，緩緩旋轉，陳平安心弦緊繃，隨時準備逃跑。

飛劍轉動一圈後，劍尖微微翹起，劍柄下墜，像是在認識這個有些陌生的世界。

屋內傳來青衣小童起床打哈欠的聲響，飛劍嗖一下掠向陳平安的眉心處，速度之快，以至於原地還留著它的殘影，在空中拖曳出一抹纖細如長繩的光彩，遠遠超乎陳平安的想像，根本就是躲無可躲。下一刻，陳平安只覺得眉心一涼，伸手去摸，非但沒有給飛劍刺出一個窟窿，就連半點印痕都沒有。

掠入身軀，重返竅穴，輕而易舉，彷彿一位陸地劍仙在沙場上仗劍開路，如入無人之境。陳平安打算回頭問問阮姑娘，世間飛劍是否都是如此玄妙。

躍躍欲試的青衣小童懷抱著早就準備好的一大捆竹筒，和睡眼惺忪的粉裙女童一起跨出門檻，還輕輕踹了她一腳。

粉裙女童趕緊拍了拍，這可是老爺給她買的新衣裳，然後對青衣小童怒目相向：「做什麼？」

青衣小童站在院子裡，嘆氣道：「妳傻不傻？妳身為一條火蟒，先天精通火術神通，所以趕緊點火燒爆竹啊！」

粉裙女童眨了眨眼眸，原來火術神通還能這麼用？這一路行來，煮飯、煲湯，老爺次次都是自己生火，哪怕是雨夜、風雪夜都是如此，所以她從來沒有想到這一茬。

陳平安是從來不提，她是根本想不到，青衣小童估計是懶得說。

兩個小傢伙點燃爆竹，聲聲辭舊歲。很快，別處也有爆竹聲響起，遙相呼應。青衣小童玩得不亦樂乎，粉裙女童等到最後一只竹筒燒完，就要去屋子裡拿了掃帚準備掃地，陳平安笑著接過掃帚，貼著牆壁，將那把掃帚倒豎起來。原來按照龍泉的習俗，正月初一這天，家家戶戶掃帚倒立，表示今天什麼事情都不會做，就是休息。

陳平安站在牆邊，看著冷冷清清的隔壁院子，心情複雜。他猶豫了一下，還是拿出了自家多出的一副春聯和兩個福字，去隔壁貼上。

青衣小童笑問道：「是老爺很要好的朋友？」

陳平安輕聲道：「希望不是仇家就好。」

回去自家院子，陳平安站在門口巷子裡，望向門上那兩張彩繪門神，一文一武，文持玉笏，武持鐵鐧，怎麼看怎麼奇怪。以往小鎮在年關販賣紙質門神，各式各樣，除了文武門神，還有財神在內眾多「神仙」，但是今年小鎮所有門神一律是這個規制，聽店鋪掌櫃說是衙署訂立的規矩，而且將來小鎮新建的文廟、武廟，裡頭供奉的金身老爺就是紙上繪的這兩位。陳平安想起楊老頭說過的那句話，感觸越來越深。

不過片刻，陳平安便掃去心頭陰霾，坐在院子裡開始曬太陽，什麼都不去想。

粉裙女童繼續坐在小板凳上嗑瓜子，青衣小童雙手負後，在院子裡兜圈，滿懷雄心壯志，嚷嚷著今年他要勤加修行，一定要讓老爺和傻妞兒刮目相看，那麼到了年底，他就可以在小鎮橫著走，再也不怕什麼八、九境的狗屁劍修。

說到最後，青衣小童諂媚笑道：「老爺，你只要再給我幾顆好一點的蛇膽石，別說年底，明天我就能打遍小鎮無敵手，到時候老爺你帶著我上街欺男霸女，做那無法無天的土豪劣紳，見著哪家姑娘漂亮就拖來泥瓶巷，哇哈哈，老爺，是不是想一想就開心？」

陳平安從粉裙女童手中抓了一把瓜子，點頭道：「你開心就好。」

青衣小童的憧憬笑臉一下子垮下去，長吁短嘆地坐在陳平安身邊，跟粉裙女童一左一右，像是兩尊小門神。只是他覺得新年第一天沒有開一個好頭，有些晦氣，所以掏出一顆普通蛇膽石，嘎嘣嘎嘣咬著吃起來，只能自己給自己討一個好彩頭了。

就在這個時候，陳平安突然從袖子裡拿出兩只精美小袋子，是自家騎龍巷壓歲鋪子售賣的年貨之一，遞給他們倆，打趣道：「都拿著，本老爺給你們的壓歲錢。」

青衣小童沒覺得會有什麼驚喜，結果一打開，眼珠子瞪得不能再圓了——竟然是一顆品相絕佳的蛇膽石，色彩絢爛如晚霞，而粉裙女童手上那顆也是極好的蛇膽石。

青衣小童當時瞧得清清楚楚，除去八、九十顆普通蛇膽石，陳平安回到這棟祖宅後，當時包裹裡還剩下十一顆價值連城的蛇膽石，然後一下子就給了他們一人兩顆，這就沒了四顆，如今又掏出來兩顆，豈不是嘩啦啦一下子半數沒了？陳平安你真當自己是廣結善緣的散財童子啊？

雖然死死攥緊手中的蛇膽石，青衣小童實在忍不住開口提醒道：「老爺，你這麼送東西，攢不出一份豐厚家底的，以後娶媳婦咋辦？」

粉裙女童雙手捧著「壓歲錢」，低著頭沉默不語，粉嫩白皙的小臉蛋上，眼淚啪答啪答往下掉。

青衣小童扭扭捏捏，實在是不吐不快，問道：「老爺，你就不怕我吃了這三顆蛇膽石修為暴漲，結果老爺你這輩子都趕不上我？」

陳平安反問道：「如果你有個朋友，他過得好，你會不會高興？」

青衣小童點頭道：「當然高興，我這輩子結交朋友、兄弟，都不是嘴上說說的那種。」

陳平安又問道：「那如果你的朋友過得比你好很多，你會不會高興？」

青衣小童有些猶豫。

陳平安嗑著瓜子，笑道：「我會更高興。」

青衣小童在這一刻有些神色恍惚，突然覺得自己混了幾百年的那個江湖，似乎跟陳平安的根本就不是同一個。是自己的江湖太深，還是陳平安的江湖太淺？

陳平安說過了之後就沒多想什麼，本就是隨口一聊而已。倒是青衣小童一直悶悶不樂，粉裙女童收了石頭後，也有些沉默。

陳平安有些後悔，難道這筆壓歲錢送錯了？或者應該晚一點送出手？愁啊。

就在這條泥瓶巷，走了宋集薪和稚圭、顧璨和他娘親後，卻多出一戶新人家，在年前就主動拿出了一份祖上的房契，跑去交給龍泉縣衙。衙門還想仔細勘驗一番，因為如今小鎮寸土寸金，外邊不知道有多少人想要擠進來，即便無法購置房舍，都願意在這兒租房住下，所以縣衙戶房就想著一定要慎重，千萬別給奸猾之輩鑽了空子。但是很快，從龍泉縣第一任縣令——升為龍泉郡首任太守的吳鳶親自殺到縣衙，全盤接手此事。很快，泥瓶巷就多出了一個名叫曹峻的年輕人，祖輩從此地搬遷出去，如今回鄉打拚。

曹峻深居簡出，幾乎從不露面，街坊鄰居對此頗為好奇。由於開山建府一事，小鎮當地百姓多有參與，而且出自縣衙、郡府的一份份條例公示，對於世上有神仙一事，龍泉百姓已經不得不相信。一開始也猜測容貌俊美、異於凡人的曹峻會不會是仙人之一，只是回頭一想，住在泥瓶巷的神仙？未免太不值錢了些。

今天泥瓶巷來了兩個陌生人：一個手纏綠色絲繩的老者和一個身後橫放長劍的年輕人。兩人一起走向泥瓶巷，從顧璨家宅子那邊走入，途經宋集薪和陳平安兩家的院子，院牆低矮，老人瞥了眼青衣小童和粉裙女童，笑意有些玩味。

粉裙女童有些懵懂，沒當回事；青衣小童看似漫不經心，其實在心中默念：『不會又是某個老神仙大妖怪吧？』

年輕劍客笑著伸手打招呼：「陳平安，咱們又見面了。」

陳平安站起身打開院門，笑問道：「是來我們這兒跟人拜年嗎？」

年輕劍客搖頭道：「有點事情要處理，不過順便拜拜年也是可以的。」

曹曦笑咪咪出聲道：「聽說是你小子害得我家祖宅給一頭搬山猿踩踏了屋頂，然後又是你幫著出錢修好的？」

曹峻的家族長輩？陳平安心一緊，道歉道：「老先生，不好意思，這件事確實怪我。」

曹曦擺擺手：「我心裡有數，就那麼一棟破宅子，再不修肯定就要自己塌了。你道什麼歉，應該是我們曹家感謝你才對。之前曹峻那個傢伙想要搶你東西，對吧？你放心，我這就去教訓他……哈哈，忘了說，新年好新年好。」說到最後，和藹可親的老人竟然主動抱拳拱手，微微搖晃，算是拜年禮。

陳平安趕緊還禮。

年輕劍客皺了皺眉頭，不動聲色地上前一步，剛好擋在曹曦和陳平安之間，摟住後者肩膀，笑著走向院門，轉頭對曹曦說道：「曹老先生，你先回家，我稍後登門拜訪。」

曹曦瞇眼點頭，對此不以為意，獨自緩緩離去。

不知道經過了幾個一百年之後，他終於故地重遊。

院門上的兩尊彩繪門神，在陳平安和年輕劍客跨過門檻後，肉眼凡胎看不出的那一點點靈光已經煙消雲散。

年輕劍客進門之後，輕聲道：「以後行走江湖，抱拳行禮，記得男子需要左手抱住右手，這叫吉拜，反之則犯忌諱，容易害得對方觸霉頭。」

陳平安猛然望向他。他看似漫不經心道：「這些講究，記在心裡就好。」

家裡就三條小板凳，粉裙女童趕緊讓出，年輕劍客沒有著急坐下，笑道：「大年初一登門，空手不像話，就送兩件小玩意兒好了。」

他伸出手，手心疊放著兩塊無字玉牌，玉牌四角篆刻有大驪宋氏獨有的雲籙花紋：「它們叫太平無事牌，平時可以懸掛腰間，對你們兩個將來在此落腳算是有點用處。如果出遠門，那麼行走於大驪版圖，也會更方便一些。」

青衣小童有點眼饞，因為他知道這東西的珍貴。

粉裙女童不明就裡，只是望向陳平安。收不收，得看自家老爺的意思。

陳平安猶豫了一下，還是點頭道：「收下吧。」

粉裙女童和青衣小童接過後，同時向年輕劍客鞠躬致謝。

年輕劍客送過了見面禮，就馬上告辭離開。

陳平安不知如何挽留，只好送到院門口。

曹家老宅，曹曦站在屋內的水池旁邊，屋頂天井的口子上坐著一隻紅色狐狸，曹峻蹺著二郎腿坐在椅子上，斜眼看著自家老祖，一聲招呼都懶得打。

年輕劍客走入後，曹曦笑問道：「你跟那少年關係不錯？」

年輕劍客笑道：「以曹老先生的修為和地位，竟然還會對一名陋巷少年出手？」

曹曦哈哈笑道：「略施薄懲而已，最多不過是一年晦氣纏繞家門，不算什麼，便是祖蔭稍多、陽氣稍旺一些的凡夫俗子都經受得起。再說了，你不也從中作梗，幫著少年祛除了那點災厄嘛。」

年輕劍客搖搖頭，不再說話。

世事就是如此荒誕，同樣是驪珠洞天走出的大人物，謝實性格忠厚，名聲傳遍數個大洲，是公認的宗師風範，能夠在劍修遍地、道家式微的北俱蘆洲脫穎而出，有望成為一位分量十足的天君，哪怕是謝實的敵對修士，都會心存欽佩。反觀曹曦，性格古怪，名聲一直不好，都說此人刻薄寡恩，只是機緣太好才一路攀升，勢不可當。偏偏是野路子出身的曹曦如今選擇跟大驪站在同一個陣營，謝實卻要做出一件不太光彩的事情。

曹峻站起身，微笑道：「我知道你是墨家的許弱，在中土神洲行走江湖多年，名氣很大，有『人間蛟龍』的美譽。我覺得東寶瓶洲的魏晉之所以常年廝混江湖，不喜歡待在山上，說不定是學你年輕時候。」

許弱想起風雪廟那個意氣風發的年輕劍仙，搖頭笑道：「他沒學我。」

曹曦突然記起一事，跳入乾涸的水池，翻動一塊青石板，裡邊藏有一枚鏽跡斑斑的普通銅錢。他爽朗大笑，收那枚銅錢入袖，嘖嘖道：「好兆頭，好兆頭。」

曹曦抬頭望向許弱：「要我看啊，當年那只被打碎的本命瓷，是你們大驪和龍泉有錯在先，導致出了紕漏。不過當初大驪就做出了補償，對方也接受了，照理來說，這件事情就算結完帳兩清了，如今卻由那個買家往幕後層層遞進，最終搬出了謝實這尊大菩薩來嚇唬人，事情做得不地道，相當不講究。其實很好解決，一鼓作氣打死謝實，有我在、你在，加上聖人阮邛，咱們三個聯手，謝實不但會輸，就是想跑都跑不掉。謝實自己找死，怨不得別人。」

許弱問道：「就算打死了謝實，可這座破碎下墜的驪珠洞天給徹底打沒了，我們大驪怎麼辦？」

曹曦站著說話不腰疼：「打死一個謝實，敲山震虎的效果，不比打造出一座白玉京遜色。」

許弱不搭話，曹曦繼續蠱惑人心：「你們大驪不是馬上要南下嗎？打死謝實之後，你看看大隋境內的十境和上五境的老王八到時候還能剩下幾隻。我敢打賭，絕對不會超出一隻手。如果我曹曦輸了，多出的老王八全部交給我來解決，如何？」

許弱疑惑道：「你跟謝實有深仇大恨？」

曹曦搖頭道：「沒啊，只是老鄉而已，跟他又不是一輩人，從沒見過面，兩家祖上也沒啥糾葛。我就是看不慣謝實仗著修為欺負大驪而已，太忘本了，好歹是大驪出身，不念著養育之恩也就罷了，還跟大驪對著幹，這種人，我曹曦看不順眼。」

「放你娘的臭屁！」屋頂上的火紅狐狸一語道破天機，譏笑道，「南婆娑洲的醇儒陳氏是當年中土神洲的分支之一，真正的陳氏本家跟道家一直不對付。打死一個謝實就是天底下最大的彩禮，別說是把醇儒陳氏嫡系女嫁給曹峻，就是中土本家再嫁一個給你曹曦都無妨。」

「妳這個碎嘴婆姨。」曹曦笑罵一句，抬手揮袖，火紅狐狸砰然炸裂，化作齏粉。牠恢復完整原貌的時間，明顯比起之前被曹峻飛劍分屍要長很多。牠掀起一塊瓦片狠狠丟向曹曦，快若奔雷，然後掉頭就跑。

曹曦輕輕接住瓦片，往上一拋，丟回原先位置。其實那塊瓦片已經支離破碎。

許弱拒絕了曹曦的建議：「這種事情，不是我可以擅自做主的。」

曹曦翻白眼道：「那你們大驪到底誰能做主？」

許弱笑道：「皇帝陛下、藩王宋長鏡、國師崔瀺，就這三個。」

曹曦氣憤道：「那倒是來一個啊，你許弱來了，光看戲不出手有啥意思？謝實既然膽敢孤身趕來，肯定有所憑仗。一個萬一，我們三人聯手都會讓他跑掉，到時候給他達成目的，還給他跑回北俱蘆洲，我們三個可憐蟲加上你們大驪宋氏全部完蛋！」

許弱點頭道：「會來的。」

曹曦瞬間沉默下去。因為他從來喜歡以小人之心度君子之腹，很怕大驪收拾了謝實再來收拾自己，何況大驪宋氏又不是君子。

某位真正的君子，一個比他曹曦加上謝實都要厲害的傢伙，已經死得不能再死了，而且就死在這裡。這件事情當然怪不得大驪王朝不仗義，怨不得宋氏皇帝當縮頭烏龜，但是曹曦就是覺得太晦氣，不吉利。加上來的路上收到大驪關於驪珠洞天的諜報，其中有提及他的祖宅倒塌修繕一事，就讓他更加心情不快意了。如果不是醇儒陳氏開口，他其實根本不願意當這過江龍，尤其是他至今仍然沒有推算出來齊靜春那場必死之局的死結所在，這讓他一走入龍泉郡就渾身不自在。所以，他希望謝實之死能夠將其勾引出來，到時候即便是猜想中那個最壞的結果，還有大驪宋氏、聖人阮邛以及自己身後的醇儒陳氏、中土本家陳氏一起來分攤風險。

富貴險中求。山下山上都一樣。

謝家老宅在桃葉巷，家族子嗣談不上枝繁葉茂，到了這一代，其實已經家道中落，如果不是長眉少年成為阮邛的記名弟子，早就到了需要賣出祖宅維持生計的慘澹地步。

一個中年漢子開始敲門，裡頭一個少女開了門，問道：「你是？」

漢子正兒八經回答道：「是妳祖宗。」

眉清目秀的少女看似婉約，其實性子潑辣，頓時怒道：「大年初一的，你怎麼開口就罵人呢？信不信我拿掃帚抽你！」

漢子神色如常：「妳去翻翻族譜，找到那部甲戌本，上邊會有個叫謝實的人，就是我。『實』字缺了一點。」

一炷香之後，謝家上下全部跪倒在家族祠堂外的地面上。

謝實不理睬那些戰戰兢兢的家族晚輩，一言不發地推開祠堂大門，進去燒了三炷香，然後沉聲道：「那個眉毛比常人長一點的可以進來燒香，其餘人都回去，反正老祖宗們見著你們，不用你們燒香就有一肚子火氣了。」

祠堂外一個婦人滿臉驚喜，激動得淚流滿面，一把抓住身邊兒子的手臂，一手摀住嘴巴，不讓自己哭出聲。

長眉少年深吸一口氣，在他娘親鬆開手後站起身，戰戰兢兢跨過祠堂門檻，一步一步走向那個背影。

小鎮外邊的驛路上，一輛馬車緩緩而行。馬夫是在棋墩山阻攔過某位劍客的劉獄，車廂內坐著一個老夫子模樣的儒雅老者和一個眉眼天然清冷凌厲的少女。

國師崔瀺、宮女稚圭。

或者說是老崔瀺和……王朱？

小院裡，青衣小童又開始抱頭哀號。怎麼這座山下的小鎮這麼煩人啊，才新年第一天就又來了兩個看不出深淺的厲害角色，用膝蓋、屁股想也知道是那種能夠一拳打死自己的可怕人物。青衣小童以前總覺得自己好歹是見過大風大浪的，如今到了這裡，才知道之前的風浪簡直都比不過門外泥瓶巷裡一攤小水窪啊。他開始由衷佩服陳平安，能活到今天，太不容易了！果然能夠成為他老爺的，不會是簡單人，難怪當初身邊跟著一個那麼凶殘的弟子。

青衣小童淚眼婆娑地抓住陳平安的手，發自肺腑：「以後我肯定對老爺好一點。」

陳平安一把推開他的腦袋，笑道：「就你最怕事，丟不丟人。」

青衣小童眼角餘光打量著沒心沒肺的傻妞兒，覺得自己是挺丟臉的，默默坐回板凳生悶氣。

粉裙女童確實比他更加心大，捧著那塊細膩溫潤的太平無事牌，愛不釋手。

當然，心最大的，還是他們的老爺陳平安。他搬出了一塊塊刻有文字的竹簡，放在兩家院子中間的黃泥矮牆上，算是曬書簡了吧。

竹簡們安安靜靜躺在院牆上，跟主人一起曬著初春時分的溫暖陽光。

然後來了一個不速之客——董水井。

當初不願意跟隨李寶瓶三個同窗一起遠遊大隋的質樸少年選擇留在小鎮，而石春嘉，那個紮羊角辮的小姑娘，則選擇跟隨家族一起遷去大驪京城。留在齊先生學塾的最後五人就此分道揚鑣，天各一方。

見到董水井後，陳平安趕緊讓他進院子坐下，粉裙女童則手腳伶俐地搬出了點心。

董水井有些拘謹，還有些難為情，像是個犯了錯的蒙童，坐在學塾等待先生的責罰。

陳平安真沒覺得董水井當時留在小鎮就是錯的。遠遊路上，有次晚上被膽子小的李槐喊去一起拉屎，聽李槐閒聊說起過董水井的身世，說他之所以叫『水井』，是因為他娘親懷著他的時候，挺著大肚子去鐵鎖井挑水，結果一彎腰就把他給生了下來，因此淪為學塾同窗們的笑柄。董水井從來不刻意解釋什麼，別人說笑就隨他們去，至於董水井和林守一都喜歡李柳的事情，陳平安更是一清二楚，至於真假，他不太感興趣。

董水井簡單聊了一些小鎮新學塾的事情，陳平安就跟著說了些遊學趣事，沒敢說太光怪陸離的事情，怕董水井多想，畢竟人老實，不代表就是缺心眼。

董水井得知小鎮將來會有自己的驛站，就跟陳平安討要了大隋山崖書院的寄信地址，說一定要給李寶瓶他們三個寫信。陳平安有些猶豫，他知道驛站寄信一事，寄的是家書信件，更是真金白銀，董水井如今孤苦無依，未必承擔得起，但是陳平安最後還是沒有說什麼，只是把這件事情默默記在心裡。

董水井開心離去，青衣小童嘖嘖道：「這傻大個還算不錯，我還以為是跑來找老爺蹭吃蹭喝的。他要是敢開口……」他下意識望向陳平安，把到嘴邊的話咽回肚子，「那我就好言相勸，一定好好跟他講道理，說做人要將心比心。」

陳平安笑著拍了拍青衣小童的腦袋：「難為你了。」

大年初二，小鎮風俗是開始拜年走親戚。

陳平安沒親戚可走，就乾脆帶著兩個小傢伙去往落魄山。

落魄山位於大郡龍泉的西南方向，附近三座山頭大小不一，只是規模都遠遠比不過落魄山，分別叫跳魚山、扶搖麓和天都峰，各自被大驪以外的仙家勢力買下，為了打造出別具一格的府邸，在去年末的除夕夜之前，仍是幹得熱火朝天，晝夜不息。

今天陳平安三人路過天都峰的時候，山峰總算安靜了。這一年時間裡，各大山頭，一座座府邸宮觀、亭臺樓榭、庭院高閣、山巔觀景大坪、懸浮於兩山之間的索道長橋等等，一處處千奇百怪的豪奢建築在山林之間拔地而起，讓人嘆為觀止。

至於落魄山的開山，因為幾乎全是大驪工部的既定開銷，加上他這個主人並沒有額外的建造需要，雖然山大地大，反而顯得比較寂寥。有山神坐鎮的落魄山尚且如此，那麼寶籙山、彩雲峰、仙草山就更不用提了，死氣沉沉，讓附近山頭負責監工的各家修士每次眺望鄰居都覺得好笑。有大錢買山，沒小錢開山，這也太荒誕了。

在陳平安他們臨近自家山頭後，魏檗又神出鬼沒地出現。陳平安遞給魏檗一個小袋子，裡頭裝著一顆上等蛇膽石，讓魏檗幫忙送給那條來自棋墩山的凶悍黑蛇。魏檗笑著收下這筆壓歲錢，說一定送到，絕不貪墨。

一起登山，陳平安問了魏檗關於學塾的事情，魏檗當然比董水井要知道更多內幕，娓娓道來。原來是龍尾郡陳氏開辦的家族學塾，不過對所有人都開放，而且不收任何費用，便是許多年幼的盧氏刑徒遺民都可以進入學塾讀書，這就等於一下子挽救了數十條性命，否則那些體魄孱弱的孩子能否熬過去年的寒冬還真不好說。

隨著龍泉郡的蒸蒸日上，還有大量從附近州郡遷移而來的家族，多是不缺錢、不缺人的郡望大族，在小鎮和周邊大肆購買宅屋、土地，一擲千金，福祿街、桃葉巷的大宅院當然是首選，如今就連騎龍巷、杏花巷一帶，許多老宅都紛紛更換了主人。短短一年時間，學塾就有了一百多名學子，教書先生俱是聲望卓著的文豪大儒。

說到這裡，魏檗笑問：「是不是覺得殺雞焉用牛刀？那些平時架子極大的讀書人為何願意背井離鄉跑來這裡吃苦頭，而且他們傳道授業的對象還只是一幫孩子？」

陳平安點了點頭，問道：「是龍尾郡陳氏花了很多錢？」

魏檗哈哈大笑，擺手道：「還真不是錢的事情，那些飽讀詩書的先生當中，賢人就有兩個，怎麼可能圖錢。他們啊，是希冀著進入披雲山，因為山上即將出現一個名為林鹿書院的有趣地方。」

青衣小童在一旁打岔問道：「你之前說住在披雲山，該不會在林鹿書院打雜吧？」

「去去去，一邊待著涼快去，我跟你家老爺聊天下大事呢。」

魏檗做出揮袖驅趕的姿態，然後繼續跟陳平安說道：「其實瞎子都看得出來，大驪所謀甚大，林鹿書院明擺著是要跟大隋山崖書院唱對臺戲的，一旦大驪南下順利，大隋高氏覆滅亡族，觀湖書院之外，東寶瓶洲第二座儒家七十二書院之一的名額必然要落在林鹿書院頭上。所以越早進入林鹿書院，就越有可能躋身為『從龍之臣』。從龍，附龍，一字之差，天壤之別啊。沒辦法，讀書人想要施展抱負，經國濟民，你得在廟堂上有一把椅子，否則就全是紙上談兵。當然，擠不進官場，退一步，窮則獨善其身，做好學問也不差，在地方上傳道授業、教化百姓、引導民風也行，可比起前者，畢竟寂寞了些。」

魏檗一席話說得雲淡風輕，登山的時候，兩只大袖搖晃不已，如兩朵白雲飄往山巔，看得背著書箱的粉裙女童目不轉睛，想像著以後自家老爺也會是這般風姿卓然。

陳平安突然問道：「魏檗，你如今是山神了嗎？」

魏檗會心笑道：「陳平安，我一直在等你問這個問題。」

青衣小童撇撇嘴，滿臉不屑。

山神？我還有一個統御大江的水神兄弟呢。

魏檗抬手指向披雲山那邊：「我如今暫時是披雲山的山神。」

跟粉裙女童並肩而行的青衣小童偷偷搖頭晃腦，作妖作怪。

魏檗補充了一句：「如果沒有意外的話，披雲山很快會破格升為大驪的北嶽。」

陳平安停下腳步，問道：「北嶽？不是南嶽嗎？」

魏檗搖頭：「就是北嶽。」

粉裙女童「哇」了一聲，眼神中流露出滿滿的仰慕。五嶽正神，那真是好大的一尊神祇了，何況還是大驪王朝的大嶽神靈。

青衣小童咽了咽口水，潤了潤嗓子後，快步走到魏檗身邊，抬頭微笑道：「魏仙師，走路累不累啊，需不需要坐下來歇息？我幫您老人家揉揉肩膀、敲敲腿？」

魏檗笑咪咪道：「喲呵，怎麼不跟我抬槓啦？」

青衣小童一臉正氣道：「魏仙師！你是我家老爺的好哥們兒、好兄弟，我跟老爺是一家人，那麼咱倆就是半個朋友。這麼說合不合適，魏仙師？」

魏檗伸手擰著這條小水蛇的臉頰，勁道不小：「調皮。」

青衣小童笑容僵硬，不敢反抗。

沒法子，如果魏檗沒騙人，那麼如今他和老爺都算是寄人籬下，哪怕陳平安擁有山頭再多，只要還身處龍泉郡，一樣需要仰人鼻息。作為高高在上的山嶽正神，打個噴嚏都能讓轄境內的山峰抖一抖，截留靈氣、挖掘山根等等行徑可以做得神不知、鬼不覺。

魏檗笑問道：「神秀山那邊動靜很大，哪怕今天也沒有中斷開山事宜。陳平安，你要不要去瞅幾眼？很有意思的。」

陳平安有些期待，使勁點頭道：「好啊，之前就一直想去看。」

魏檗吹了一聲口哨，很快山上傳來一陣聲響，動靜越來越大，最終一條腹部生出一根金線的巨大黑蛇游弋而至，出現在他們視野當中，讓青衣小童和粉裙女童都有些緊張。蛟龍之屬，同類相殘再正常不過，而且這條黑蛇已經是名副其實的嶄露頭角，展現出了走江化蛟的資質。譜系龐雜的蛟龍之屬遺種，許多修出人身並且躋身七、八境，甚至是九境的強悍大妖，連半點化蛟的跡象都沒有。青衣小童經常念叨他們修行靠天賦，並非全是自身懶惰的藉口，至少有一半是對的。

魏檗將那只袋子拋給黑蛇：「陳平安送你的壓歲錢，不用急著吃進肚子。接下來你載著我們去往神秀山。」

黑蛇一雙眼眸極為平靜，沒有半點掙扎抗拒，緩緩垂下頭顱，表現出足夠的溫馴。

一行四人站在黑蛇的身軀上，翻過落魄山，從北麓下山，其間黑蛇小心翼翼地繞過了山神廟。離開棋墩山到達落魄山之後，性情暴戾的黑蛇已經收斂了太多，顯而易見，魏檗功莫大焉。

一路迅猛推進，魏檗指著遠處山腳的一群人，笑著解釋：「那些是精於機關術的墨家子弟，還有幾個擅長堪輿風水的陰陽家術士，都被聘請來到龍泉郡大山之中。這兩撥人經常一起出現，配合得天衣無縫，是開山立派、打造神仙府邸的關鍵人物。」

在一處半山腰，他們看到幾隻龐大的灰色蛤蟆，肚囊鼓鼓，雪白一片，正在緩緩向山上挪動。原來牠們是能夠在肚子裡容納數萬斤江河之水的吞江蛤蟆，到了山上，只需要對著開鑿完畢的水池張開大嘴，水源就會源源不斷地湧入池塘。還有一種體形稍小的蟾蜍，被稱為開路蟾，肚皮堅韌至極，一路爬行，可以碾壓出一條寬度適宜的平整山路。

不過他們沒能看到魏檗所說的那幾頭大驪朝廷豢養的年幼搬山猿。

在黃花峰一帶，陳平安他們遇到了一群道士，正指揮著一尊尊身高兩丈的黃巾力士開山破土，搬運巨石。原來打造洞天福地，幾乎繞不過道家符籙派修士，在他們手中，一張張符紙落地即化為傀儡，靈智稍開，能夠聽從一些最粗淺簡單的指令，聽命行事，不用休息睡覺，直到耗盡靈氣，就自動變作一堆符紙灰燼。

魏檗帶著陳平安去了趟梧桐山，哪怕是在山腳遠遠望去，仍是會讓人覺得蔚為壯觀，因為這條綿延山脈的整個山頭都被削平了。等到黑蛇載著他們登上那塊塵土飛揚的大坪，聽人介紹，才知道這塊山坪占地得有方圓四、五里，將來會成為一座「渡口」，只是山下百姓的渡口是乘舟泛水，山上修士的渡口多是泛海——雲海的海。至於「大船」為何物，魏檗故意賣了一個關子。

過了梧桐山，距離神秀山就不遠了，中間只隔著一座掛在陳平安名下的寶籙山，和一座由某個南澗國修士買下的牛角山。牛角山不高，山勢顯得很敦厚，從山腳到山頂，一棟棟建築依次綿延遞進。

魏檗跳下黑蛇背脊，讓陳平安幾人都下來，然後吩咐黑蛇留在山腳別亂動。

山腳牌坊懸掛「包袱齋」三字匾額，金光燦燦。

魏檗是內裡行家，邊走邊說：「此處既是典當行，又是古玩店，無奇不有，什麼都可以賣，什麼都可以買，只要價格談攏，一手交錢、一手交貨。創始人最早是個窮酸野修，只能背著個包袱，裝著一堆破爛兒各地奔波，倒買倒賣，賺取差價，飛黃騰達之後，就乾脆給鋪子取了名字叫包袱齋。牛角山是他們一家分鋪，每棟樓出售的古董珍玩種類都不同。如今樓蓋得差不多了，就是貨物才運來很小一部分，應該是等梧桐山渡口建成，才好大規模運送。」

牛角山上上下下，不管是包袱齋的實權管事，還是來此遊歷觀光的散修、野修，見到了這位即將成為大驪山嶽正神的白衣男子後都畢恭畢敬，客氣得近乎諂媚卑微，所以幾人一路暢通無阻。包袱齋甚至專門派出一個氣態雍容的婦人為他們帶路，講解一棟棟藏寶樓的珍玩。

陳平安大開眼界，在「一片樓」內，擱放有一種特殊的青瓷詩文罐，篆刻著出自道家典籍的青詞文章，共七個，高的約莫有半人高，矮的也有一臂長。據說裡頭裝有泉水，全部是從天下百大名泉之中汲取而來，泉水澄澈如玉，流淌如虹，最適宜煮茶待客。

「人可以一日無穀，不可一日無水，水為食精，所以世人所謂的入鄉隨俗，飲水第一。我們包袱齋有專門修士去精準測量各地泉水，用銀製小方斗和一杆小秤稱其重量，輕、清、甘甜，三者具備，才能收納儲藏於這些青瓷罐中，不敢說是瓊漿玉液，但可以保證靈氣充沛，每一斤泉水，皆絕不流於世俗。」婦人雖不姿容絕美，但是嗓音溫柔，宛如泉水叮咚，悅耳動聽。

在「壯觀樓」內，他們剛剛跨入門檻，就看到了一組等人高的畫卷屏風，上邊繪有十二名絕色美人，俱是出自丹青聖手筆下。更加出奇的地方在於那些美人活靈活現，或低頭撫琴，袖如流水，或托腮凝望而來，或持扇撲蝶，嬌憨動人。一眼望去，滿屏絕色，各有千秋，美不勝收。

還有繪有二十四節氣的氣候屏風，那幅驚蟄即是電閃雷鳴的景象，清明時節則小雨紛紛，種種奇思妙想，讓旁觀者忍不住拍案叫絕。

因為有魏檗在，婦人破例帶著陳平安他們參觀了私家靈圃，當時還有懷揣著奇花異草的農家修士正在田間勞作。培植靈圃一事，除了能夠販賣名貴花草樹木之外，還能夠留住山水氣運，同時可以賞心悅目，所以歷來被仙家勢力所青睞。

看過了這些匪夷所思的畫面，陳平安才知道什麼叫真正有錢。

跟那個一直沒有自報家門的婦人致謝告辭，下山走出牌坊樓，魏檗先讓陳平安轉頭望向牛角山，伸手在他眼前打了個響指，笑道：「再看看，有什麼不同。」

陳平安凝神望去，發現整座牛角山籠罩在一層青灰色的霧氣當中，時不時有一絲絲雪白電光飛掠而過。

魏檗解釋道：「這就是所謂的護山大陣。牛角山的這座陣法出自陣圖當中著名的《氣蒸雲夢澤》，原本是一位儒家聖人的山水畫，後來被人不斷推演完善，最終變成了一幅陣圖，除了起到庇護山頭、抵禦攻勢的作用，還兼具了擺放風水石的功效，抵擋邪穢煞氣，將濁氣轉為清氣。」

陳平安感嘆道：「真厲害。」

魏檗笑道：「是不是一下子覺得自己太窮了？」

陳平安搖頭道：「沒覺得窮，但是會覺得不富裕。」

魏檗開懷大笑，一行人重新躍上黑蛇背脊，繼續去往神秀山。

魏檗告訴陳平安，山上交易，真金白銀不是沒有，但基本上只是一個數目而已。除非雙方都擁有珍稀罕見的方寸物、咫尺物，否則太麻煩。這件法寶八十萬兩黃金，咋辦？折算成白銀，註定更加誇張，所以山上的大宗買賣，會有專門的「錢幣」。

他們很快就近距離看到了那座神秀山。神秀山太高了，若非還有一座披雲山，就數這座高山最為挺拔俊美，足以力壓群山。

陳平安問道：「阮姑娘在山上嗎？」

魏檗搖頭道：「不在。」

神秀山有一面陡峭山壁，在雲海滔滔的遮掩之中，刻有四個大字——「天開神秀」。除非御風飛行，哪怕是鍊氣士抬頭仰視，恐怕都無法窺見真容。

因為阮邛當初訂立下的規矩，在龍泉郡轄境內，任何修行之人不得擅自御風掠空，使得大驪周邊的鍊氣士憑空多出很多麻煩，說是怨聲載道都不為過。

當初東寶瓶洲之外的遙遠北方，浩浩蕩蕩的劍修南下，路過當時的小鎮上空，仍是降低了高度，以示善意。除了對鑄劍師阮邛表示認可，更多是尊重這座浩然天下的兩個字——規矩。這無形中為阮邛增加了一層威勢，那撥去往倒懸山的劍修之中，陸地劍仙可不止一位。所以阮邛在大驪王朝的地位水漲船高，一些本來就嗓門不大的異議澈底消失。

在浩然天下，一旦修成了山上神仙，當然可以十分逍遙，可以不遵守許多世俗禮儀，但是別忘了還有儒教三大學宮、七十二書院，以及九座巍峨雄鎮樓的存在。

山海、妖魔、劍仙，九座雄鎮樓無不可鎮之物。

阮邛個人訂立的規矩，哪怕他是風雪廟出身，並非儒教門生，但只要契合更大的規矩，符合儒家的大道宗旨，那麼儒家的統治力反過來就會饋贈阮邛，最終幫助阮邛的小規矩形成一種無言的威懾，雙方相輔相成，最終相得益彰。這就是當初禮聖親自訂立的天地大規矩，看不見、摸不著，卻無處不在。

魏檗沒有登山，而是讓黑蛇原路折返，盤腿而坐，感慨道：「就像這裡，任何一個王朝的版圖上，山頭林立，一座座仙家府邸、一個個幫派宗門，在山為山主，在水為龍王。有的君王將其視為王朝屏藩；有的皇帝心中認為是聽宣不聽調的割據勢力，是一位異姓王、土皇帝，尾大不掉，只是礙於山上勢大，不得不虛與委蛇。歸根結底，山上、山下，能夠大致保持一個相安無事，還是歸功於那位禮聖的造化之功。」

陳平安坐在魏檗身旁，輕聲道：「這些離我太遠了。」

魏檗笑了笑：「說遠很遠，說近很近。」

陳平安回望神秀山，喃喃道：「這樣啊。」

泥瓶巷，一名青衣少女站在陳平安祖宅外邊，看著院門緊閉的場景，打量了幾眼春聯和門神，打算轉身回家。此時正巧有三個婦人快步走來，身邊還拖拽著兩個十來歲的孩子，她們瞧見了少女後，笑道：「秀秀姑娘也來了啊。」

阮秀置若罔聞，沒有理睬，其實她心底有些厭煩。

市井婦人們不以為意，她們雖然不知道少女的爹，鐵匠鋪的那個阮師傅到底是何方神聖，但是大致曉得阮師傅的了不得，好些神神祕祕的小道消息，什麼縣令老爺都跟那漢子平起平坐的，反正她們不是不信，但只肯信一半。只不過很多次去騎龍巷那兩間鋪子，跟少女打交道多了，就從一開始的惴惴不安變成了心安理得，沒覺得她如何小姐脾氣，就是沒啥笑臉罷了。

阮秀很想跟往常一樣忍住不說話，可今天如何都忍不住了，望向她們，冷聲道：「妳們去鋪子白買東西就算了，我可以不告訴陳平安，幫妳們算在我自己的帳上，可妳們怎麼還來陳平安家裡鬧？」

「哎喲，我的秀秀姑娘，妳是不曉得我們跟小平安的關係。我們幾個婦道人家，年輕的時候跟他娘親關係可好啦，所以小平安爹娘走了之後，不說其他，光是兩場葬禮，我們誰不是有錢出錢，有力出力？後來小平安孤零零一個人，如果不是我們這些好心的街坊鄰居幫襯著，那麼點大的孩子，早就餓死了，哪裡有今天大富大貴的光景喲……」

「就是就是，小平安見著我，還得喊一聲二嬸哩。當年在我家蹭飯，我可是大魚大肉捨不得自己吃，捨不得自己娃兒吃，都要夾到小平安碗裡去的。這份恩情是不值錢，可如今小平安發達了，不但有了兩間那麼大的鋪子，聽說連山頭都有好幾座，總不能過河拆橋吧？不能不念著我們這些嬸啊、姨啊的好吧？那得多沒良心才做得出來……」

「秀秀姑娘，我們知道妳是大戶人家出身，對妳也是客客氣氣的，妳不能否認吧？但是秀秀姑娘妳真是不知道我們窮苦人家的難處，娃兒要上學塾，龍窯那邊又不景氣，苦啊。再說了，我們又不是跟小平安要幾千、幾萬兩銀子，這不新年了，給娃兒們向小平安這個當哥哥的討要幾十兩銀子的壓歲錢，秀秀姑娘，妳摸著良心說，這不過分吧？」

阮秀臉色冷淡，直接撂下一句：「我覺得很過分。」

嘰嘰喳喳的小巷子，氣氛頓時無比尷尬。

一個婦人一拍大腿：「秀秀姑娘，話可不能這麼說啊，小平安上次離開小鎮後，秀秀姑娘是托人給咱們送了些謝禮，我們也不昧著良心說話。對，是多少收了些東西，可那些玩意兒換不了銅錢啊。貧苦人家過日子，沒錢買米，揭不開鍋，怎麼活啊？我們這些大人也就算了，可孩子還這麼小，秀秀姑娘，妳瞅瞅，我兒子這胳膊細的，一點不比小平安當年好啊，你怎麼忍心？」

阮秀板著臉點頭道：「我忍心的。」

婦人們一個個呆若木雞。其中一個回過神，輕聲道：「咱們不跟她聊，就找陳平安，他要是好意思摳摳搜搜，我們就戳他的脊梁骨，看他還要不要名聲了。」

其餘兩個婦人點點頭，這個法子肯定可行。

一人眉飛色舞，壓低嗓音笑道：「陳平安最怕別人說他爹娘的不好，這個最管用。」

「滾！」阮秀伸出一根手指指向泥瓶巷一端，面無表情，「要不然我就打死妳們。」

阮秀身後傳來一個蒼老嗓音：「打死她們做什麼，不嫌髒手啊？」

婦人們原本第一次見著發火的秀秀姑娘，有些驚嚇，當她們看到那個老人露面之後，便鬆了口氣。畢竟是個小鎮百姓都熟悉的面孔，多少年過去了，家家戶戶無論貴賤，可都需要跟老人打交道，或者說跟老人所在的楊家藥鋪打交道，畢竟就算是閻王爺要收人，也得先問過楊家藥鋪的郎中們答應不答應。就是收錢狠了些，讓人不喜。

阮秀轉頭看了眼老人，不說話。

楊老頭大口大口抽著旱煙，看著那些個長舌婦。心腸歹毒她們倒算不上，可要說良善之輩，那真是八竿子打不著。陳平安年幼落難，沒了雙親，差點活不下去那會兒，出手幫忙的街坊鄰里確實不少，畢竟陳平安的爹娘為人厚道，人心都是肉長的。比如顧璨的娘親，還有如今已經去世的幾個老人，就都經常拉著陳平安去自家吃飯，飯菜不好，天寒地凍就送些舊衣衫，縫縫補補的，可好歹能幫著實實在在續命。

只是世事有嚼頭的地方就在於此，真心幫了大忙的，事後都沒想著收取回報，看到少年出息了，只是由衷有些高興，願意跟自家晚輩念叨幾句好人有好報，說：「看吧，老天爺是開眼的。這不，那對年輕夫婦的兒子，如今所有福報就都落在兒子身上了。」連帶著他們對生活都有了些盼頭和希望，想著自家以後也能有這般好運氣。

反而是當初沒怎麼出錢、出力的，估計還沒少說風涼話，在少年發跡之後，那真是拚了命地獅子大開口，個個把自己當作救苦救難的菩薩。比如眼前三人，就經常去騎龍巷白拿白吃，還拖家帶口一起去。阮秀忍著，不願意陳平安被人說閒話，又不願意鋪子生意在帳面上做差了，只好拿出自己的家底銀子來填上窟窿，數目雖不算太大，可一年下來差不多下來也得有四、五百兩銀子。這筆錢，擱在泥瓶巷、杏花巷這種一年到頭都摸不著幾粒碎銀的市井底層住的窮苦地方，就真不小了。

楊老頭望向其中一個沒有帶子女來的婦人，開口道：「去跟妳那個在縣衙當差的漢子說一聲，再讓他跟背後的人說一句，人在做、天在看，噁心人的事情要適可而止，小心以後生兒子沒屁眼，真成了禍事，誰都兜不住。」

那個婦人有些心虛：「楊老頭，你在說啥呢，我怎麼聽不懂？」

「聽不懂拉倒。」楊老頭吐出一口霧濛濛的煙圈，「那我就說句妳們都聽得懂的。以後妳們去我鋪子抓藥，費用一律加倍。遇上個要死人的大病，我鋪子的郎中直接不上妳們三家的大門，妳們直接準備棺材好了。」

婦人們頓時愕然。

楊老頭瞥了一眼一個怯生生站在他娘親身旁，眉眼清秀、根骨硬朗的孩子，搖頭嘆息道：「可惜了，讓妳娘的一百兩銀子硬生生斷了長生路。以後無法在西邊大山裡立足，離了家鄉顛沛流離的時候，多想想我今天說的這句話。」

楊老頭徑直離去：「秀秀姑娘，接下來如果她們還不滾，那就真可以打死她們了，合情合理合規矩，誰都挑不出毛病。打死後，不用收屍，只需要記得丟出泥瓶巷。髒手之後，去龍鬚河洗洗就是了。」

阮秀先前對楊老頭的觀感談不上多好，總覺得雲遮霧繞看不真切，所以還有些忌憚，但是現在好感驟增，笑道：「下次我跟陳平安一起去鋪子拜年。」

楊老頭「嗯」了一聲，點點頭，沒拒絕。他一想到李二家那個潑辣媳婦，再回頭看看這樣通情達理的小姑娘，心情就有些複雜，好壞參半。這個小鎮，恐怕也就那個缺心眼的愚昧婦人有本事也有膽子跟他滿嘴噴糞了，關鍵是他還罵不過她。有次被婦人堵著門罵慘了，實在忍不住，讓李二好好管管自己媳婦的那張破嘴，結果李二憋了半天，回答了一些讓他越發火冒三丈的混帳話：「師父你要是真氣不過，就揍我一頓好了，記得別打臉，要不然回到家給我媳婦瞧見，她又得來罵你。」如果不是看在李二家丫頭的分上，楊老頭真想一巴掌把那婦人拍成肉泥。

巷子裡三個婦人不敢再待下去，乘興而來、敗興而歸，出了巷子還起了內訌，各自怪罪對方起來，罵罵咧咧，推推搡搡。那個被楊老頭單獨拎出來說的孩子，在娘親跟人對罵的時候，始終臉色沉靜。孩子轉頭望向狹窄深深的巷弄，只覺得心裡頭空落落的，說不上來原因，像是失去了什麼很重要的東西，比如婦人燒菜少了鹽，樵夫上山丟了柴刀。

阮秀在婦人們灰溜溜離開後，發現陳平安家的兩尊彩繪門神不知為何，失去了那一點真靈。這很奇怪，哪怕是集市上販賣兜售的普通紙張門神，只要所繪門神並未消逝於光陰長河，金身猶在，香火猶存，那麼就都會蘊含著一點靈氣，只是這點靈氣很快就會被風吹雨打散去，抵禦不了太多的邪風煞氣，所以每逢新年就需要更換嶄新門神，不單單是新春佳節平添喜氣這麼簡單。阮秀眼中這兩幅門神繪畫的文武聖賢，是大驪王朝袁、曹兩大上柱國姓氏的締造者，如今在大驪更是門庭興旺、香火鼎盛，照理來說不該才貼上就真靈消逝。阮秀皺著眉頭走上前，伸出手掌在粗劣彩紙上輕輕抹過，紙上很快就金光流淌，正氣凜然，不過肉眼凡胎無法看見罷了。

青衣少女這才心滿意足地離開，至於隔壁宋集薪家院子的門神光景如何，她根本看也沒看一眼。她一路散步到劉羨陽家的巷子，吹了一聲口哨，很快就有一條土狗歡快躥出，在少女身邊圍繞打轉。她笑著丟下一顆香氣彌漫的火紅色丹丸，老狗很快吃下肚子，跟在少女身後，腳步輕巧，輕輕搖晃尾巴。

一人得道，雞犬升天。若說人比人、氣死人，可如果有鍊氣士看到這一幕，那就是跟一條狗相比，都能氣死人。

沒能見著想見的人，阮秀原本有些失落的心情此刻重新開始高興起來：『看吧，他要她照顧的，不管是那籠雞崽兒還是這條狗，她都照顧得很好呀。』

青衣少女走在青色的石板路上，一頭青絲紮成馬尾辮，天高地遠，風景這邊獨好。

送陳平安回到落魄山後，魏檗又消失，來到了落魄山的山頂。山頂上有一座氣勢雄偉的山神廟，廣場宏大，用一種形如白玉、質如精鐵的奢侈奇石鋪就，廟內金身已塑，只是尚未正式接納百姓香火。

魏檗大袖流水，瀟灑前行，一名風塵僕僕的大驪工部員外郎聞訊後趕緊過來問好。魏檗看著那名滿臉倦容、十指凍瘡的大驪清流官員，一邊散步，一邊與他和顏悅色地交流工程進展，內心難免感慨。大驪宋氏能夠從一個盧氏王朝的附屬小國，一步步崛起稱霸北方，絕對不是只靠虛無縹緲的運勢。

員外郎沒有走入山神廟，只是留在了門檻外，魏檗獨自跨過門檻後，他立即快步離去，繼續去親自盯著建造事宜，大小事務，事必躬親。

大驪官場，兩袖清風、逍遙快活似神仙，這是形容清貴超然的禮部官員；大塊吃肉、快刀殺人、鐵騎破陣開疆拓土，這是說兵部武人；吃土吃灰喝西北風，這是說工部官員。但是身為一名實權在握的員外郎，並且出身豪閥世族，如此兢兢業業，仍是其他王朝難以想像的場景。

魏檗輕輕揮袖，關上大門，山神廟內有一股良材美木的沁人清香瀰漫開來。

大殿供奉的落魄山山神，那顆項上頭顱為純金打造，頗為古怪。

一名儒衫模樣的男子現出金身，從塑像中飄蕩而出，脖頸之上，一張臉龐顯現出淡金之色，只是不如塑像那麼突兀、醒目。

山神為宋煜章，正是前任龍泉窯務督造官，在小鎮生活了二十餘年，宋集薪曾經被誤認為是他的私生子，那座懸掛「風生水起」匾額的廊橋就是宋煜章親自督造。最後宋煜章離開此地，返京赴任，又在重回龍泉小鎮期間被那位大驪娘娘派人擰斷了脖子，私藏了頭顱裝入匣中。殺人滅口，卸磨殺驢，不外如此。

宋煜章知曉太多大驪宋氏的醜聞內幕，他其實一開始就知道自己必死無疑，甚至當初在返京途中，這位當得起「骨鯁」二字的大驪文官就做好了暴斃途中的準備，忠心耿耿，慷慨赴死，亦是不過如此。所以當時被大驪娘娘派遣殺人滅口的王毅甫，那位盧氏亡國大將，才會發自肺腑地說出那句蓋棺論定：「原來讀書人也有大好頭顱。」

宋煜章作為落魄山山神，對眼前這位未來的北嶽正神作揖行禮：「小神拜見大神。」

魏檗啞然失笑，挪步側身，擺手道：「宋先生無須如此。」

宋煜章跟著轉移拜禮方向：「規矩如此，不可例外。」

魏檗只得完完全全受了這一禮，無奈道：「你們讀書人夠傻的，生前死後都一樣。」

宋煜章直起身，坦然一笑。

魏檗笑問道：「禮部和欽天監的人有沒有跟你說過擔任山神的注意事項？」

宋煜章自嘲道：「他們不敢多說什麼，封神典禮完成之後便早早下山離去了，沒把我當作山神，倒是把我當作了一尊瘟神，還是有勞北嶽正神為小神解惑。」

魏檗點了點頭，讓宋煜章站在自己身旁，使勁一揮袖，大殿內山水霧氣升騰而起，四處彌漫。地面上，很快就出現了一座落魄山轄境的地界全貌，山水不分家，雖然一位山神統轄根本只是山頭，但是發源於山上的溪澗或是山腳路過的河流，山神都擁有程度不一的管轄權。世間江水正神，尤其是品秩更低的河伯、河婆，往往不如大山正神吃香，前者往往需要主動跟後者拉攏關係，根源就在這裡。

魏檗指著地上那座落魄山的山巔祠廟道：「醜話說在前頭，我們山水神靈其實沒太大意思，就是躺在功勞簿上享福，吃香火，不用修力、不用修心，一點點積攢陰德就行了。幫著朝廷維持一地山水氣數，相較上個十年，轄境內天災人禍是多了還是少了，人口數目有無增減起伏，有無舉人進士冒頭，有無修士搬遷扎根於此，出現過某種祥瑞徵兆的話自然更好，這就是神靈的功德、當官的政績。」

宋煜章是官員出身，魏檗以官場事說神靈事，宋煜章很快就恍然大悟，很好理解。

魏檗笑道：「總之一切功過得失都清清楚楚記錄在朝廷官府的帳面上，一目了然。別以為當了山神，就只需要跟我打交道，事實上，你真正需要理會的對象還是大驪朝廷。龍泉郡總計三座山神廟，我占據披雲山的山嶽大殿，你在落魄山，還有一座建在北邊地帶，這在別的地方很少見，屬於粥少僧多，以後你會很頭疼，因為需要爭奪善男善女的信徒香火，當然，你跟我爭不著……」

宋煜章玩笑道：「我哪裡敢，這叫以下犯上。以前活著，還可以告訴自己怕個屁，大不了辭官不做了，最大的大不了就是一死，如今可不行，想死都難嘍。」說到這裡，宋煜章又再次作揖告罪，言語中帶著笑意，「山嶽大神多次蒞臨落魄山，小神都沒好意思露面，實在惶恐，應該是小神主動去披雲山拜訪才對。」

好歹是一名在小鎮扎根多年的底層官員，而且喜歡親力親為，常年待在那三十餘座龍窯裡，宋煜章身上的官氣早就給磨光了，別說是插科打諢，就是葷話都知道不少。

魏檗無奈道：「好嘛，宋先生立即就從一個官場融入另一個官場了，悟性很高。」

宋煜章笑問道：「北邊那位？」

一山不容二虎，佛還要爭一炷香呢，更何況是他們這些依靠香火存活的山水神靈。其中的彎彎繞繞，蠅營狗苟，絲毫不比世俗官場遜色。

魏檗想了想，輕聲道：「不是善茬，生前是戰功彪炳的大驪武將，脾氣很臭。不過聽說人家跟文昌閣、武聖廟裡的兩位關係很好。」

宋煜章打趣道：「這麼當官可不行，不拜正神拜旁門，進錯了廟，燒錯了香，是會吃苦頭的。」

魏檗爽朗大笑，伸出大拇指：「這話說得讓我解氣啊。」他手指輕輕提起，山水霧氣當中的落魄山越來越高，最後露出某處一幅纖毫畢現的畫面。

在溪澗水面上，有人拉直一根繩子，兩端繫在兩棵樹上，一只小瓶子在打開塞子後掛在繩子上頭。岸邊一棵樹下，有一個粉裙女童時不時就會輕輕跳起搖晃一下繩索，河面上的瓶子就隨之晃蕩起來。

魏檗解釋：「這是一只品相尚可的繞梁瓶，可以收納世間諸多美妙聲音，但需要有人在旁邊輕輕搖晃繩子，若不然，就得消耗更多的時間才能填滿。」

宋煜章問道：「是山主陳平安的瓶子？」

魏檗點頭道：「是的。你對陳平安印象如何？」

宋煜章毫不猶豫道：「因為宋集薪……因為殿下的關係，我對陳平安的成長一清二楚，所以印象很好。能夠在落魄山成為山神，我覺得很不錯。」

魏檗突然轉頭盯著這位下轄山神，第一次將宋煜章稱呼為「宋大人」，然後笑咪咪說道：「你別告訴我，沒有想到一種情況，大驪是需要你監視著陳平安，說不定某天就又要你做出違背良心的齷齪事情。」

宋煜章灑然笑道：「當然有所猜測，我大驪為此付出那麼多心血，為了建造出那座廊橋，死了多少個大驪皇族子弟，想必你已經知道。如今陳平安否極泰來，鴻運當頭，我大驪怎麼可能全然不防備著意外？」

我大驪！生前以此為榮，死後仍是不改。大概這就叫死不悔改？

魏檗沉默良久，將那些霧氣收攏回大袖之中，如倦鳥歸林，竟然能夠讓宋煜章感受到它們的歡快氣息。

魏檗笑了笑：「好的，那我知道了。」就此身形消逝。

宋煜章獨自留在了山神廟內，嘆息一聲。自己難道真的是不適合當官？處處坎坷，生前死後皆如此。

魏檗帶著陳平安巡遊四方，言下之意，誰不清楚？宋煜章知道，北邊那位山神廟裡頭的塑像一樣清楚，所有買下山頭的仙家勢力，哪個不是活成了人精，更是心知肚明。

魏檗故意帶著少年行走於各大山頭，無疑是在直白無誤地彰顯一個事實：陳平安是我魏檗罩著的，你們這些外地佬，不管是什麼來頭，只要想在我的地盤上討一碗飯吃，就得掂量掂量一位新北嶽正神的分量。因為魏檗不是什麼普通的山嶽大神，未來極有可能是觀湖書院以北，力量、地盤、權勢最大的一位北嶽正神，沒有之一！

第四章　我是一名劍客

大年初三，小鎮西面的群山之中，李希聖帶著一個書童模樣的少年，各自手持一根竹杖，一起涉水越嶺，走向那座落魄山。

少年名叫崔賜，名字是他自己取的，家住小鎮袁氏祖宅，卻不是袁家人。

李希聖除了手持便於行走山路的竹杖，腰間還懸掛著兩塊木片合在一起的桃符，古樸素雅，掛在他腰間，再合適不過了。

他如今在龍尾郡陳氏開辦的學塾當中擔任助教，尚無名聲，遠遠不如那些享譽四方的大儒文豪，故而還擔不起夫子、先生的稱呼，但是學塾孩子們卻最喜歡他，喜歡聽他講述那些精彩紛呈的奇人異事。崔賜更是如此，不惜死纏爛打，終於讓他答應做自己的先生。

崔賜天生對萬事好奇，問道：「先生，道家聖人有言：『吾生也有涯，而知也無涯。以有涯隨無涯，殆已！』這可如何是好？」

李希聖在想著事情，一時間沒有答覆。

崔賜早已熟悉先生的神遊萬里，繼續自顧自問道：「那位聖人又言：『人生天地間，若白駒之過隙，忽然而已。』分明是佐證前者，如何是好啊？」

李希聖終於回過神來，微笑道：「所以要修行啊，每跨過一個門檻，就能夠長壽十年、百年，就能夠看更多的書。」

崔賜還是覺得沒有完全解惑：「可咱們儒家雖然也推崇修行，讀書更多是為了入世，為了讓這個世道更好，從來不似道家那般，只追求個人的出世和證道，這又如何是好？」

「不精不誠，不能動人。」李希聖笑著說了八個字，站在原地，眺望四周景象，山清水秀，然後又說了八個字，「腳踏實地，自然而然。」

崔賜聽到「自然而然」四個字，就自然而然想到了在東寶瓶洲無比興盛的道家。他嘆了口氣：「我在一本書上看到，說亂世，道家下山入世救人，佛家閉門敲木魚；治世，道家上山自修清淨，佛家開門收銀子。先生，聽上去道家真的不錯哎，佛家和尚就不怎麼樣了，難怪他們在咱們洲不吃香，佛法不興。」

李希聖搖頭笑道：「這只是某些讀書人的憤懣偏激之言，不是全然沒有半點道理，只是道理說得少了，以偏概全，反而不美，不如不說。三教能夠立教，當然各有各的厲害之處，而且三教的道統都很複雜，開枝散葉很多，脈絡駁雜，所以你想要認清楚三教宗旨，就一定要追本溯源才可以評價一二，不要略知皮毛就信口開河，見著了一個或幾個壞道士、壞和尚就一棍子打死所有，這樣很不好。」他望向遠處一座大山的山頂，「三教有辯論，會有三人各自闡述立教根本，三方道理之深遠幽微，旁人無法想像，所以最為凶險。」

崔賜疑惑不解：「先生，三個人各自說話，怎麼就凶險了？」

李希聖從高處收回視線，平視望向遠方，微笑道：「既然是辯論，你除了知道自己教義之長短，還需要瞭解別人之優劣，才可以成功說服對方二人，認可自己的道理。如此一來，就會有人在鑽研別家學問的時候，或幡然醒悟，或如被當頭棒喝，辯論還沒開始，就已經改換門庭，走上一條別家道路了。」

崔賜一知半解，迷迷糊糊。

李希聖笑道：「先別想這麼多，向前走著。」

崔賜使勁點頭，忍不住又問了個問題：「先生，我們進山到底是為啥？」

李希聖回答道：「因為我覺得有件事情，有些人做得很不對，既然是錯，就不能一錯再錯了。我需要做點力所能及的事情。」

崔賜笑容燦爛道：「先生總是對的！」

李希聖搖頭道：「書上那些經久流傳的寶貴道理，不管是哪一教、哪一家的，都不可落在空處。」

見崔賜有些猶豫不決，李希聖調侃道：「今天你還可以問最後一個問題。」

崔賜雀躍道：「我在另一本文人筆劄上看到，天底下有九座雄鎮樓，為何最後一座，名字的字數不一樣？」

李希聖想了想：「你是說那座名為『鎮白澤』的雄鎮樓？因為白澤是一個……傢伙的名字啊，如果名叫鎮白樓或鎮澤樓，多不合適。」

崔賜撓心撓肺，苦著臉，想要再問一個問題，卻又不敢。

李希聖忍俊不禁道：「再問便是了，今天天氣很好，山水秀美，可以多問幾個。」

崔賜歡天喜地，在先生身邊蹦蹦跳跳：「雄鎮樓鎮壓的那個白澤，跟鍊氣士幾乎人手一冊的《白澤圖》有關係嗎？」

李希聖點頭道：「有的，就是同一個名字。」

崔賜嘖嘖道：「先生，這其中一定有很多學問吧？」

李希聖不露聲色地抬起頭，向一個方位歉然一笑，然後對少年叮囑道：「儒家聖賢告誡我們為長者諱，不僅僅是對待文廟裡的那些聖人，對於三教百家的聖賢一樣適用。將來你獨自行走於山川湖澤，不要胡亂直接喊出對方的名諱。」

崔賜納悶道：「白澤？」

李希聖笑著打了一下他的腦袋：「你說呢！」

崔賜哈哈大笑，不以為意。

兩人繼續跋山涉水，去往那座落魄山。

東寶瓶洲的西海之濱，有貂裘男子立於崖畔，心思微動，轉頭向東面望去，皺了皺眉頭。他身邊站著一個頭戴帷帽的宮裝婦人，正是那個風雪夜在棧道跌落山崖的狐魅。

她小心翼翼問道：「是東寶瓶洲有某位聖人對老爺出言不遜？需不需要奴婢去教訓、敲打一下？」

男人收回視線，淡然道：「只是大驪一位六境鍊氣士。好一個『天下未亂瓶先換』。」

婦人瞠目結舌，乖乖閉上嘴巴，在心中趕緊告誡自己少說為妙。

魏檗在竹樓找到陳平安，他當時正在空地上，在夕陽下練習劍爐立樁。

青衣小童和粉裙女童則比老爺還老爺地坐在竹椅上吃著零嘴兒。

魏檗來到陳平安身邊站著，沒有出聲打攪，直到陳平安收起劍爐樁，才轉身讓粉裙女童幫忙搬來兩把竹椅，說是要跟她家先生說點正經事。

不等粉裙女童出手，青衣小童就已經狗腿地一手一把椅子飛奔而來，放下竹椅後，不忘彎腰撅屁股，用袖子使勁擦拭椅面。等他回到粉裙女童那裡站著，注意到她的嫌棄眼神，理直氣壯道：「妳懂什麼，這叫大丈夫能屈能伸！」

魏檗和陳平安並排坐在小竹椅上，魏檗率先開口道：「別怪我偷看竹樓發生的景象，你當時跟那塊劍胚的意氣之爭，形勢的險峻遠遠超乎你的想像，很容易就輕則走火入魔，重則當場斃命。」

陳平安點了點頭，順勢解開了這個小心結。

魏檗緩緩道：「劍修有兩事，練劍與鍊劍。練習之練練的是劍術劍法，鍛鍊之鍊鍊的是佩劍本身和本命飛劍。」

魏檗簡明扼要地開宗明義後，略作停頓，可見他對於今天言論的重視程度：「因為你那塊劍胚，我看不出品秩的高低，不好妄下斷言，但是一些共通的道理，我可以簡單說一說。比如磨礪一把實物飛劍，或是錘鍊和溫養一把本命飛劍，需要消耗的天材地寶不計其數。所以我帶你走了一趟各個山頭，是要你明白一件事：山上修行，是要吃掉金山、銀山的，山底下的有錢人富甲一方，財富可以形容為幾輩子都花不完，但是在山上，沒誰擁有這輩子花不完的錢，可能……三教老祖才能例外。」

後邊的粉裙女童正襟危坐，豎耳聆聽。這些事跟身為一條火蟒的她是沒半點關係，可跟她家老爺有莫大關係啊，她怎麼可以不用心聽講？萬一老爺聽漏了，她事後就可以幫著補上。旁邊的青衣小童則聽得百無聊賴，直翻白眼。

陳平安聽得就更認真了，如果魏檗今天不說，他很快也會下山去找阮秀打問。

魏檗雙手攏在袖中，這一點跟崔東山有點相似，緩緩道：「有沒有成為劍修的資質，是鍊氣士的第一道門檻；成了劍修，有沒有錢修練飛劍，是第二道門檻，而且這道門檻一點都不低。一把劍的堅韌程度取決於劍身的密度，所以需要鑄劍師的千錘百鍊。劍的鋒銳程度也需要不斷砥礪，這就是那片斬龍臺山崖為何如此值錢的原因，以至於聖人阮邛一人都不敢獨占，必須拉攏風雪廟和真武山一起瓜分，才可以防止他人覬覦。」

陳平安心中感慨，原來一方聖人也有無奈之事。

魏檗隨手指向身後極遠處的一座山頭，那裡就存在一片巨大的斬龍臺：「只要是神兵利器，對於磨石的要求就會極高，這也是斬龍臺為何價值連城的原因，有價無市，奇貨可居，只要留在手裡，怎麼都是賺的。除非萬不得已，急需救命錢，才會有人願意脫手。這要是在包袱齋，放出消息說有一塊手掌大小的斬龍臺要賣，我估計整個牛角山都是人頭攢動的場景。」說到這裡，魏檗伸出手指點了點少年，「陳平安啊陳平安，你那些當大白菜隨手送人的蛇膽石為何值錢？在於世間是藥三分毒，尋常丹藥再靈，品相再高，都會對自身氣府造成一定影響，極難根除，一開始能夠壓制、積攢在體內某些僻遠的氣府內，可是隨著鍊氣士的修為越來越高，那點積垢就會越來越明顯，在內視神通之下，那點瑕疵就會顯得越來越大，是會妨礙到大道的。十境鍊氣士就可以被世俗稱為聖人，但是他們為何一個個龜縮不動？是喜歡當老王八？當然不是，他們只是在一點一滴地艱難祛除汙漬。」

青衣小童有些擔驚受怕，一下子坐直腰杆，紋絲不動，再不敢吊兒郎當地四處張望。粉裙女童就有些愧疚，其實她一直想著，第三顆上等蛇膽石自己是幫著老爺保存而已，她不會吃掉的。

魏檗正色道：「我接下來要跟你說一些祕事，就連我想要知道那些，都是付出了不小的代價的，陳平安，希望你不要隨便說出去。」

陳平安點頭道：「你放心，如今除了阮姑娘和李大哥，我在小鎮已經沒什麼好聊天的人了。」

魏檗這才繼續說道：「倒懸山，聽說過嗎？」

陳平安臉色一變，不說話，也不點頭、不搖頭。

魏檗以為阿良說過，並不奇怪：「倒懸山，出自道祖座下三位弟子之一的天大手筆，可以說是世間最大的一座山字印，以磅礴道法加持，堅不可摧。此地是浩然天下和蠻荒天下的交界處，是第一座雄關險隘……也有可能是最後一座。」

陳平安問道：「為何是最後一座？」

魏檗苦笑道：「一旦洪水決堤，後邊怎麼攔？」他仰起頭，背靠椅背唏噓，「所以不光是盛產劍修的北俱蘆洲，就是上次掠過東寶瓶洲的那些仙人，在你們小鎮還降低御劍高度，短暫露過面的，其餘天下劍修，這次都被徵召去往了倒懸山。他們要穿過倒懸山，去一個名為劍氣長城的地方，抵禦另外一個天下的妖族入侵。

每逢妖族作亂，掀起戰事，天下劍修都會應召前往倒懸山，過山入城，在那堵高牆之上，於生死之間砥礪劍道。劍氣長城，那裡彙聚著天底下最著名的劍仙，數量最多的劍仙做著天底下最危險的壯舉，但是你知道那邊最缺什麼嗎？」

魏檗轉頭望向陳平安，陳平安當然只能搖頭。

魏檗給出答案：「缺劍！因為那裡戰事太頻繁且太慘烈，許多被外界劍修攜帶過去的絕世神兵，有資格躋身一洲法器前列的名劍，劍身斷的斷，劍意碎的碎，劍主隕落，死傷無數。所以那邊土生土長的劍修，想要擁有一把好劍，很難很難。加上妖族之中也有數量可觀的劍修喜歡搜刮名劍殘骸，一來二去，在劍氣長城抵禦妖族的劍修就需要大量的劍，甚至需要不斷透過倒懸山跟外界買劍和求劍。倒懸山外扎堆的商賈坐地起價，待價而沽，無數人因此而暴富。」

陳平安欲言又止。

魏檗彷彿知道陳平安的想法，譏笑道：「你以為所有人都是你啊，濫好人一個，隨手送寶貝，送完了還擔心人家拿著重不重，要不要你幫忙提著。」

青衣小童臉色尷尬，捏了捏鼻子，覺得自己是不是應該良心發現，以後對陳平安真的好一些？

陳平安默不作聲。

「陳平安，我這些混帳話，你別放在心上啊。說實話，我其實很佩服你的。」魏檗有些歉意，長長呼出一口氣，像是積攢在肚子裡太長，不吐不快，然後眼神轉為凌厲，冷笑道，「那個天下的大妖之中，僅我以前所知道的消息，就有三位成名已久的絕世劍仙，戰力之高，殺力之大，無法想像。如今這麼多年過去，數量是多了還是少了，就不知道嘍。」又一拍腦袋，「差點忘說了，至於妖族為何不停地攻打劍氣長城，很簡單，生活環境實在太過惡劣，靈氣稀薄，不利於修行。他們肉身強橫，精於廝殺，一個天地就像一個龐大的養蠱場，強者占據絕大多數的山頭地界、修行資源和眾多子嗣。而我們浩然天下就是一塊大肥肉，不在嘴邊，但是看得到，自己碗裡殘羹冷炙，別人碗裡大魚大肉，如何能夠不垂涎三尺？」

魏檗臉色逐漸恢復平靜：「其實要說對錯，一個是為了自身生存和擴張，以及為了讓子子孫孫活得更滋潤；一個是為了守衛家門，誓死捍衛邊境。如果換成一個身處旁觀位置的第三者來看待此事，可能就沒有那麼強烈的善惡之分。這些內幕，我也是進入披雲山，答應成為山嶽正神，算是跟大驪宋氏結成一樁很大的盟約後，才知道的。接下來的一些事情，你可以只當天書和故事來聽，不用太在意。」

「據說之前有場慘絕人寰的大戰，十數個大妖連袂來到劍氣長城下，跟人族巔峰修士有過一場商議，希望換取倒懸山附近一塊東寶瓶洲大小的土地作為停戰條件。我們當然不會答應，得寸進尺，小孩子都知道的道理。那場大戰之後，出現了一場賭戰。妖族和劍氣長城各自派遣十三人，看哪方先贏七場。若是妖族贏了，就可以一兵不發占據那座劍氣長城；若是我們勝出，就可以獲得妖族天下的所有劍器！」說到這裡，魏檗情不自禁地站起身，「打！我們為何不敢打這十三場架！」

「知道嗎？」魏檗意氣風發地伸出手指，指向南方，「僅是雙方陣營的出戰次序一事，我們浩然天下就絞盡腦汁。號稱陰陽家半壁江山的中土陸氏有一位老祖為此付出了巨大的代價，才大致推算出妖族高手的出戰順序！

這一場前無古人、後無來者的巔峰大戰，雙方排除掉各自前三的最強大高手，以免一個個打得忘乎所以，把兩個天下的邊界打穿，得不償失。這樣一來，這場公平對決就沒了任何意義。但是劍氣長城這邊，先前七場，除去第一場，已經贏了六場。在穩操勝券的大好形勢下，第八場，輸了，而那名女劍仙成了第一個被妖族斬於沙場上的人物。之後就是兵敗如山倒，一直輸到了第十二場，那一場，劍氣長城這邊認為是必勝的，因為那位大劍仙公認戰力卓絕，身經百戰，從無敗績！可是他還是輸了，成為第二個戰死的劍修。

在那之後，我們浩然天下都有些絕望了，因為所有人都覺得必敗無疑。不是劍氣長城最後一個出戰的劍修不夠強大，恰恰相反，他很強大，強大到讓人覺得無敵。妖族最後一個出場的是那個天下萬年以來公認殺力前三的強者，只是他剛剛走出生死關，之前閉關千年，所以不在那排除在外的前三名之列。

陰陽家陸氏高人拚了性命，千算萬算，都沒能算到這一點，顯而易見，妖族必定付出了不小的代價來隱瞞這樁天機。那個大妖，是劍修！十三境巔峰的劍修！在歷史上，妖族無數次攻城之戰，他多次第一個殺上城頭，最後一個退出城頭。」

後邊的青衣小童和粉裙女童已經聽得臉色雪白，就連心志堅定遠超常人的陳平安都雙拳緊握，重重放在膝蓋上，汗流浹背而不自知。

魏檗毫無徵兆地放聲大笑，大踏步前行，袖子劇烈翻搖。

他一手指向遙遠的南方，轉過頭，一手握拳抬起：「但是我們贏了。宰掉劍修大妖的男人，所有人都叫他阿良！所有人都不知道他從哪裡來，要到哪裡去，只知道他在劍氣長城殺了最多妖族！」魏檗暢意至極，狠狠搖晃手臂，對著天地高聲道，**「他就叫阿良！」**

陳平安緩緩轉頭，望向那棟被某個傢伙取名為「猛字樓」的小竹樓，眼淚一下子就流了下來。

記得第一次見面，那個戴斗笠的中年漢子，牽著毛驢，挎著刀，笑著對他自我介紹：「我叫阿良，善良的良。我是一名劍客。」

魏檗又點到即止地聊了一些就不願洩露更多，字畫有留白，說話聊天也是一樣的。

一襲白衣御風淩空，在雲海山風之中飄然而行，在離開落魄山後放緩速度，隨手拈起一團團雲氣，捏雪球似的，不斷加大重量，然後雙手抱在一起，狠狠擠壓。最後，魏檗手心多出一顆鵝卵石大小的白球，他在空中找到小鎮龍鬚河的源頭之一，對著山中溪澗輕輕一拋，白球墜入其中，很快就有一尾青魚將其吞入腹中，然後順流而下，出山。青牛背、石拱橋、鐵匠鋪子，再從龍鬚河和鐵符江交界處的瀑布隨著迅猛水流一起跌下。

河水滔滔，光陰流逝。四下無人的鐵符江畔，那棵主幹橫出水面的老柳樹上，正閉目凝神的鐵符江神楊花突然睜開眼眸，伸手一招，一尾活蹦亂跳的青魚被她抓取到手中。

她以一根手指做刀刃剖開青魚腹部，發現了那顆靈氣充沛的白球。她拇指輕柔一抹，先將那條「寄信」的青魚腹部重新縫合，讓牠從她手心滑入江水。

青魚入水之後，歡快異常，一身魚鱗似乎多出些神潤光澤。

楊花低頭凝視著手心白球，其中夾雜有絲絲縷縷的雲根氣息，珍貴異常。對於任何江河正神，這都是大補之物。山水神靈眼中也有自己的山珍海味，水精雲根等皆由虛無縹緲的山水氣數凝聚成實質，去蕪存菁，這就像斬龍臺之於神兵利器，蛇膽石之於蛟龍之屬的孽種遺存，意義非凡。

楊花抬起頭望去，雲霧之中，隱隱約約有一個白衣男子站在群山之巔，一側耳朵垂掛著一只金色圓環。她之前就在這裡親眼見過此人與大驪守門人之一的墨家豪俠許弱一同騎乘著那條道行平平的黑蛇沿著江水逆行去往大山之中，但她沒有想到，這個魏檗竟然會一躍成為大驪北嶽正神，品秩遠遠在她之上。

她不知為何魏檗要向自己表現出善意。地位不穩，所以需要拉攏人心？楊花冷笑不已，攥緊拳頭，毫不猶豫地將手心白球捏爆，靈氣全部流淌進入體內，髮絲飛揚，腳下的江水起浪，似乎在為主人的修為遞增而感到喜悅。

魏檗收回遠眺鐵符江的視線，返回他的老巢披雲山。御風路過各座山頭，腳下偶有鍊氣士朗聲問好，魏檗以往都會笑著應答，今天卻沒有這個心情，只是來到一道懸掛於兩座山峰之巔的鐵索橋。橋尚未完工，寬度足夠兩輛馬車通行，山峽罡風再大，也只會讓橋微微搖晃。

關於鐵索橋隨風晃動的幅度大小，負責建造橋梁的墨家鍊氣士匠人、機關師都會有一個硬性要求，絕不會偷工減料。鋪設橋面的青烏木極為堅韌，下五境的劍修傾力一擊，最多在橋面刺出一個孔洞；鐵更是上品精鐵，畢竟在山下，百年老字號店鋪就是一塊金字招牌，而在長生漫漫的山上，五百年以上才敢談老字號。當白衣山神行走在烏黑色橋梁上，這鮮明的對比，越發讓人生出「巍巍乎高哉」的感慨。

魏檗停下腳步，一手扶住橋欄，仰頭望去。他知道自己之所以能夠成為大驪北嶽正神，至少有一半緣故，在於阿良。因為大驪發現自己是在跟那人相逢之後，才莫名其妙地打破禁制，從處境淒涼的土地爺重返棋墩山成為山神的——是那一記竹刀的功勞，魏檗自己都是事後很久才明白。

隨著時間的推移，魏檗逐漸領略到了自己這副金身的不同尋常。一只碗碟，能裝得下一缸水？當然不行。哪怕他曾經是神水國的北嶽正神，本就是一位能夠容納不少香火的上等神祇，只是後來被下棋仙人以無上神通禁錮而已。要想接納大驪北嶽地界的全部香火和靈氣，魏檗剛剛離開棋墩山那會兒，自己都覺得不可能，太不自量力了，不好說蚍蜉撼大樹，但絕對是稚童掄鎚打鐵，遲早會損傷筋骨，壞了元氣根本。

如今，魏檗對於三十餘座山頭的統轄駕馭，簡直就是信手拈來，所以魏檗願意給予陳平安自己最大的善意，願意帶著他行走山水，類似在少年身上貼上大驪北嶽的籤文。一是陳平安不討人厭，二是為了向阿良報恩，三是阿良有可能重返人間，第三點原因最重要。

魏檗很怕阿良萬一真的回到這個天下，一旦覺得自己做得不夠妥當，那麼棋墩山一記竹刀能夠讓自己境界千萬里攀升，披雲山一記竹刀也能將自己打回原形。如果是在棋墩山的魏檗可以沒那麼在意，可是如今的魏檗做不到了，因為那個在大驪長春宮修行的少女。

魏檗轉頭北望，望向遙遠的大驪北方，瞇起眼眸，小聲呢喃道：「一定要過得好啊，這輩子莫要再喜歡讀書人了，讀書人最負癡心人。」

落魄山上的竹樓外，聽過了遠在天邊的故事，青衣小童就想著吃顆普通的蛇膽石壓壓驚。他嚼著蛇膽石，聯想到之前陳平安轉頭望向竹樓的淒淒模樣，忍不住嘖嘖道：「沒想到我們老爺還會落淚，真是性情中人哪，只是聽一個事不關己的故事就如此動容，相信老爺以後混江湖一定會很精彩。路見不平就一聲吼啊，救了小娘子她就以身相許啊，老爺搖身一變成了浪裡小白條啊……」

青衣小童已經將陳平安的江湖生涯想像得無比香豔旖旎，越想越開心，一想到陳平安這麼強而無趣的傢伙某天被江湖女俠主動投懷送抱的場景，就覺得真是有趣極了。

粉裙女童還沉浸在先前的震撼當中，她神色複雜，內心惴惴不安，輕聲問青衣小童：「你說那個天下的妖族如此殘忍暴虐，為何我們在浩然天下這邊還能夠與山上神仙相安無事？鍊氣士為什麼不乾脆把我們趕盡殺絕？」

青衣小童想了想，隨口回答道：「大概是覺得咱們就是路邊的一坨狗屎，踩了嫌棄髒鞋子吧。」

粉裙女童將信將疑，又想不出能夠說服自己的獨到見解，只好暫時將這份憂慮和不安放在心中。

魏檗已經離去，陳平安沒有急著起身返回竹樓，獨自安靜坐在小竹椅上。

初春的山風依舊凜冽，吹拂得少年鬢角髮絲肆意飛揚。

魏檗走之前笑言：「傳言阿良在找一把劍，一把配得上他實力的劍。」

陳平安清清楚楚記得，初次見面時，有人一手持斗笠，一手輕拍竹刀柄，很有吹牛皮嫌疑地說了一句：「暫時找不到配得上我的劍，用來羞辱天下用刀之人。」

魏檗又說：「有人說，他是十三境巔峰的劍修，當時與大妖一戰，所用之劍算不得最好，只是他用慣了，一直不捨得換。粉碎之後，他自然就需要換一把更好的劍！試想一下，若是能夠找到一把讓阿良都覺得稱手的兵器，甚至是找到某把劍，能夠幫助主人提升一個境界的戰力，一個就夠了，就只需要增長一個境界，那麼他就是十四境巔峰的戰力！作為一名劍修，到時候說不定面對那三教祖師爺也可一戰！無法想像，找到了那把劍之後，那個時候的阿良，會是怎樣的阿良？」

魏檗說完這句話就走了，語氣充滿了期待和仰慕，如小山包仰視一座巍峨大嶽。

走入過文聖老爺的那幅山水畫卷，陳平安劈出過那一劍，他現在才知道，阿良捨棄了什麼。

那個雨夜，他跟阿良一起走下山頭。

『你拿走了一樣我以為是自己囊中之物的東西。

你要是以後沒本事在那裡刻下兩、三個字，看我不削你。』

陳平安當時沒有想明白，這些被阿良雲淡風輕說出口的話語意味著什麼。因為阿良說得無比輕巧，所以少年完全不知道真正的分量，不知道那把劍到底有多好，也根本不知道阿良當時到底有多強。

如果在離別之前陳平安早早知道這些，那在阿良走之前，他一定會先去問問那位劍靈化身的神仙姐姐，問她可不可以換一位主人，那個人叫阿良，是一名劍客，人很好。

阿良不說，少年不知道。

阿良走了，少年才知道。

這樣的阿良，多傻啊。他憑什麼罵自己是濫好人？

陳平安怔怔出神了很長時間才站起身走向竹樓，青衣小童小聲問道：「老爺，你沒事吧？被魏檗說的故事給嚇到啦？真不用怕那些，什麼倒懸山、劍氣長城，什麼阿良啊、大妖劍仙啊，跟咱們離著一百、一千個十萬八千里呢，天塌下來都不怕，儒家聖人們可不是嘴皮子厲害而已，打架本事也不差的。再說了，那個名字稀奇古怪的劍客，再厲害跟咱們也沒半枚銅錢的關係嘛，這種人，一定是三頭六臂的，凶神惡煞，見神殺神，見仙斬仙，哪怕有機會跟這種人見面，我也不要見，太可怕了，估計隨便打個噴嚏就能一口罡風吹得我形銷骨立吧……」

陳平安拍了拍絮絮叨叨的青衣小童的腦袋，笑道：「我沒事。」

他來到二樓，握住那柄槐木劍，走到簷下廊道，向著天幕穹頂高高舉起，在心中說了兩句話。

『我是一名劍客。就這麼說定了。』

雖然陳平安長生橋已斷，暫時肯定無法修行，但是江湖上多的是劍客，更有號稱劍術通神的大宗師，就是對上搬山倒海的鍊氣士，一樣可以掰掰手腕。

世間的純粹武夫，最瀟灑飄逸的永遠是劍客。實力身分、容貌氣度都相當的兩名武道高手，一個用拳頭，一個用長劍，總歸是後者更討喜。用拳頭，要麼拳拳到肉，打得對手皮開肉綻，甚至是直接一拳打得別人頭顱爆裂、肚腸開花，哪裡比得上用劍？

「由來萬夫勇，挾此生雄風。……笑盡一杯酒，殺人都市中。」

「劍術已成君把去，有蛟龍處斬蛟龍。」

瀟灑不瀟灑？風流不風流？當然！就連陳平安這般無趣古板的人，聽到崔東山在大崖大水之畔吟誦此詩，都忍不住心嚮往之。

之前陳平安練拳，好歹還有一部《撼山譜》，哪怕寧姑娘看不上它，總歸給陳平安指明了一條習武的道路。那麼練劍，也該有劍經之類的東西，要不然陳平安覺得就自己這點天賦悟性，估計練到天荒地老都練不出花頭來，這讓陳平安有些發愁。

竹樓外，有人遠遠走來，手持竹杖，腰懸桃符，高聲喊道：「陳平安。」

在二樓發愁的陳平安轉頭望去，大聲回覆：「李大哥，你怎麼來了？」一路飛奔下樓。

李希聖帶著算是半個弟子的少年崔賜，特意登上落魄山尋訪山主陳平安。

李希聖摘下腰間桃符，開門見山道：「我有可能要離開小鎮，所以趕緊過來送你一樣東西，省得到時候匆匆忙忙，話都說不清楚。」

陳平安沒有伸手去接。倒不是擔心眼前男子包藏禍心，而是習慣了無功不受祿，實在是沒有白拿東西的臉皮。

李希聖說道：「我弟弟李寶箴，你知道吧？」

見陳平安點頭，李希聖又道：「朱鹿在枕頭驛試圖行凶一事是他暗中指使，他當然是錯的，我知道的時候，已經來不及阻攔。李寶箴從小就不是願意認錯的人，但是沒辦法，他是寶瓶二哥，我是他大哥，一家人就是一家人，既然他做錯了事情又不願意悔改，就只好由我來代為彌補。」

李希聖看到依舊沉默的黝黑少年，笑道：「你放心，就事論事，這塊桃符，只跟刺殺一事有關，之後我離開小鎮，你要自己小心李寶箴。如果是你穩穩占據上風，陳平安，我懇請你能夠給他一次活命的機會，給他洗心革面的機會，一次，就一次。當然，若是勢均力敵、你死我亡的險峻形勢，你不用手下留情，萬事以自保為上。」

陳平安仔細思考片刻，緩緩道：「好的！」

李希聖遞出桃符，笑容溫暖：「既然如此，就安心收下。小東西而已，不值一提。」

「李大哥，你不用送我東西，而且你放心，我答應你的事情，就一定會做到。」陳平安擺擺手，笑道，「能讓李大哥趕這麼遠的路專程來送的東西，肯定很珍貴。而且……」

說到這裡，陳平安就不再多說什麼。

事實上，阿良曾經提過一嘴，說驪珠洞天真正的大機緣還留在福祿街和桃葉巷。

直覺告訴陳平安，這可能跟李希聖的這塊桃符有關。

李希聖見到少年異常堅持，猶豫了一下：「能否單獨聊？」

龍泉由縣升郡之後，原本龍泉縣這個沾著龍氣的特殊縣名就改成了相對普通的槐黃縣，郡府設置在大山以北地帶，縣衙依舊位於小鎮之上，縣令是一名姓袁的年輕官員。不

同於事事親力親為的前任父母官吳鳶，袁縣令極少露面，但奇怪的是，在吳鳶吳郡守升官之前，原先停滯不前的諸多事宜，例如選址為老瓷山和神仙墳的文武兩廟建造，已經有條不紊地展開，所以許多人都覺得吳鳶這只繡花枕頭的跳級升官很沒道理。

新任窯務督造官是一個年輕人，姓曹，同樣是一個上柱國姓氏。比起神龍見首不見尾的袁縣令，曹督造更加願意拋頭露面，不但主動登門拜訪福祿街、桃葉巷的富貴門庭，龍尾郡陳氏創辦的學塾也經常能夠看到此人的身影，尤其是學塾助教李希聖的授課，曹督造只要一得閒就會去旁聽，脫下官服，換上儒衫，堂而皇之坐在學堂最後排，跟一大堆蒙童稚子同處一室，從不覺得丟人現眼。

槐黃縣的東邊驛路，最靠近縣城小鎮的驛站，名為槐宅驛站，規模不大，麻雀雖小、五臟俱全，五匹驛馬俱是乙等戰馬，這對於其他郡縣小驛站而言，簡直就是做夢都別想。

今天槐宅驛站來了一撥撥貴客，清晨時分，郡守吳鳶就從西邊郡府移駕而來，只帶了兩名心腹文武祕書郎，然後袁縣令乘車趕到，見著了等候在驛路旁邊的上官吳鳶，竟是連個招呼都不樂意打，徑直走入驛站，要了一壺茶水，坐在那邊自飲自酌。

曹督造獨自策馬而來，滿身酒氣，搖搖晃晃翻身下馬，打著酒嗝，牽馬而行，多半是昨夜酗酒、今早又借酒醒酒了。見到吳鳶後，趕緊此地無銀三百兩地使勁拍了拍衣衫，驅散酒味兒，牽馬走到郡守大人身前，笑呵呵作揖行禮：「下官曹茂拜見郡守大人。」

吳鳶升了高官，卻沒有任何春風得意的姿態，彬彬有禮道：「曹督造是禮部衙門的直屬官，見到本官其實不用行拜禮。」

窯務督造官曹茂一臉笑意，面如冠玉，身材修長，不愧是風姿瀟灑的「曹家玉樹」，言談舉止讓人如沐春風：「這怎麼行，官帽子小的見著大的就得恭敬些。再說了，吳大人以後若是成了袁家的乘龍快婿，那就是一遇風雲便化龍，在官場上更加勢如破竹，我可不敢有半點怠慢。」

曹茂姿態擺得很低，但是言談無忌，這些話說得很不合官場規矩，對於吳鳶這個管著一個大郡的封疆大吏，其實也沒有太多尊敬。

這並不奇怪，曹茂作為曹家寄予厚望的長房嫡子，對於吳鳶這個袁氏女婿，有足夠的理由喜歡不起來。京城袁、曹兩大上柱國本是關係莫逆的姻親世交，近百年以來卻變得水火不容，幫著兩個家族光耀門楣的祖輩曹沆、袁瀣曾是一輩子並肩作戰的堅定盟友，更是大驪崛起的關鍵砥柱，加上兩人是同鄉人氏，所以被史書譽為「沆瀣一氣、文武雙璧」，大驪鄉野市井間至今還有諸多傳奇事蹟廣為流傳，如今龍泉郡轄內懸掛的那對文武門神其實就是曹沆和袁瀣。至於兩家各自讓嫡系子弟來此為官，是否有山上高人指點，或是心存接納某些祖蔭的念頭，就不得而知了。畢竟那棵老槐樹已經倒塌，枝幹盡毀，槐葉散盡，這個袁、曹兩姓的「龍興之地」還能不能剩下點祖宗槐蔭，真不好說。

很快又有數人連袂而至，全是上了歲數的老者。有手持拐杖的趙家老嫗，她的孫子趙繇作為齊靜春的書童，在小鎮發生變故之前就已經乘坐牛車遠離家鄉。

還有神意內斂的李家老祖宗，在驪珠洞天的禁制消散後，老人成功躋身十境，為家族掙得兩個恩蔭官身，本是留給自己的兩個孫子，可誰知嫡長孫李希聖卻拒絕了，這剩下的一個名額就只好「餘著」，反正可以留給有出息的李氏後人。

第三名老者是住在桃葉巷街角一棟宅子裡的矮小老人，慈眉善目，當初陳平安幫著發送家書，老人還想請少年去家裡喝水，只是出身於泥瓶巷的泥腿子沒敢答應而已。

其餘幾位老者同樣是小鎮四姓十族的家主，手握數目不等的龍窯、大量良田和尋常山頭，是真正的小鎮土財主。

一位頭頂高冠的儒衫老人輕輕掀起車簾子，走下馬車，瞇眼環顧四周，頓時就讓所有人感到一股撲面而來的窒息威勢。

人的名，樹的影。這位老人，擁有無數個蘊含著巨大力量的頭銜——文聖首徒、齊靜春大師兄、大驪國師、儒家聖人、與白帝城城主於彩雲間手談的圍棋國手……

東寶瓶洲是天下九大洲中最小的一個，但是國師崔瀺的出現，幫助這個小洲吸引了很多幕後大人物的視線。

崔瀺下車站定後，所有人都不約而同地作揖行禮。等到眾人緩緩起身抬頭，才驚訝地發現位高權重的老人身後跟著走出了一個宮女裝束的美麗少女，這讓一些知情人措手不及。

崔瀺語氣淡然道：「所有人都回去。」

沒有任何人膽敢提出異議，甚至不敢流露出絲毫憤懣。

崔瀺兩指摩挲著腰間一枚玉佩，走向槐宅驛站，少女臉色漠然地緊隨其後。

崔瀺在一張桌子旁坐下，讓驛站拿三罈酒來，驛丞跟手下捧著酒罈往這邊走的時候，一個個口乾舌燥。

崔瀺揮揮手，不讓那些人在旁伺候，自己揭開了酒封，同時手掌下按，示意肅立於桌旁的少女坐下，笑道：「不用太過拘謹，這趟出行，我只是給妳保駕護航而已，妳才是這方小天地的主人。」

崔瀺端起大白碗，喝了口滋味平平的鄉野劣酒，對此不以為意。

當年叛出師門，一人一劍行走天地四方，什麼苦頭沒吃過？崔瀺一直自認吃得住苦，也享得了福，所以才能活到今天。

崔瀺望向侷促不安的少女，笑問道：「妳跟欽天監說的那些內容已經記錄在案，每個字我都仔細看過了，那麼還有沒有妳沒有說過的小故事？雞毛蒜皮的都行，比如謝實、曹曦兩人年少時，他們身邊有沒有差不多有趣的同齡人？又比如有誰遭殃了卻大難不死，有誰從小就特別孤立？」

原來少女是大驪皇子宋集薪的婢女稚圭，本名王朱，真身古怪，竟然是世間最後一條真龍魂魄凝聚而成的珠子。

稚圭想了想，搖頭道：「沒有。」

崔瀺啞然失笑，倒是沒有惱火，繼續獨自喝酒。

沒過多久，就有三人走入驛站——富家翁曹曦、木訥漢子謝實、墨家游俠許弱。兩位從驪珠洞天走出去的大人物見到稚圭之後，確定了她身上的那股氣息。

曹曦微微發愣，然後捧腹大笑，伸手指向她：「他娘的，丟人丟到姥姥家了。當年嚇得老子半死的傢伙，原來是這麼個柔柔弱弱的小姑娘啊。」

謝實雙手抱拳，向稚圭彎腰道：「桃葉巷謝實，感謝姑娘的兩次救命之恩！」

稚圭冷著臉，只是對謝實點點頭而已，至於曹曦，她根本就沒看一眼。

許弱雙手環胸，斜靠在門口，開始閉目養神。

今天的事情，如果談攏了，就跟他沒關係；如果談崩了，估計就關係大了。

曹曦笑聲不斷，一屁股坐在稚圭對面，一副見著了寶貝的欠揍表情，嘿嘿道：「當初我站在鐵鎖井口子上往下邊撒尿，結果才半泡尿下去，鐵鎖嘩啦啦作響不說，整個井水一下子就漫到了腳邊，嚇得我另外半泡尿都不敢撒完，褲子也不提了。當時的情景，真是名副其實的屁滾尿流啊，我曹曦這輩子鬧出的糗事很多很多，但是這一件，肯定可以躋身前三名！」

稚圭終於板不住臉，怒目相視：「要不是你逃得快，讓你喝井水喝到撐破肚子！」

曹曦伸出一根手指抹過鬍鬚，幸災樂禍道：「我記得後邊整整一個月我都站在離鐵鎖井兩丈遠的地方使勁往裡頭丟石頭，有沒有砸到過妳啊？一次總該有的吧？」

稚圭瞪眼，嗤笑道：「天生壞種，後悔沒有把你淹死在溪裡！」

曹曦不怒反笑：「小時候確實有那麼點頑劣，哈哈，孩子心性嘛，不過就是跟同齡人游水的時候經常放屁而已。沒辦法，我打小就喜歡看著一個個水泡從背後浮出水面。不過我算厚道了，往水井撒尿那次，真是被嚇得魂飛魄散，害得家裡長輩還請人給我招魂來著，丟死個人，從泥瓶巷一直敲鑼打鼓到鐵鎖井，喊一聲曹曦，我就得答應一聲。妳是不知道，事後我在學塾給同窗笑話了好幾年……」說到這裡，曹曦呵呵一笑，給自己倒了一碗酒，「那些同窗，如今地底下的骨頭都爛沒了吧，不過那些傢伙的名字，我都還記得。」

稚圭冷笑道：「是誰大半夜偷偷往鐵鎖井裡倒了大半桶黑狗血？」

曹曦乾笑道：「我不是聽老人說，黑狗血能夠驅邪嘛。」

稚圭看到這個傢伙就煩，曹曦小時候是如此，老了之後更是如此。

謝實一直沉默不語。

稚圭猶豫了一下，問：「你們到底誰當上了真君，誰成了劍仙？」

曹曦端起白碗，指向坐在崖邊對面的謝實：「他是北俱蘆洲的真君，馬上就要成為道家天君，好幾個王朝的五嶽都有他那一脈的宗門府邸。整個北俱蘆洲的道教派系就數他一家獨大，其餘都是不成氣候的旁門左道，那些所謂的掌門真人、一國真君，給咱們謝真君提鞋都不配，他們在咱們這位老鄉謝實面前全部都是孫子，一個都不例外。」

謝實臉色陰沉：「閉嘴。」

曹曦告饒道：「好好好，不說就不說，誰讓你是道門天君，而我只是一介野修，惹不起啊。」

王朝之內，道教一國真君的任命，除了需要君主的提名舉薦，更需要一洲道統道主的承認，之後就需要一洲之內半數以上天君的點頭，最後再討要來中土神洲某個宗門的一紙敕令，才算名正言順。北俱蘆洲的道主正是謝實，所在宗門即是居中主香，加上北俱蘆洲劍修昌盛，佛家香火遠遠壓過道家，使得一位天君都沒有出現，只能算有半個，那就是謝實本人。

當然，東寶瓶洲也好不到哪裡去，作為九大洲中版圖最小的一個，哪怕道家勢力遠遠超過佛門，東寶瓶洲的天君仍只有一人，而且還是剛剛破境躋身十二境的新天君——南澗國神誥宗的祁真。與謝實一樣，所有的真君人選，純粹是一個洲、一個人一言決之。但是在別的大洲，中土神洲不用多說，就是疆域廣袤的南婆娑洲，道家天君也有一雙手之數。

「長話短說。」謝實直截了當地道，「那件本命瓷被打碎的事，我們可以既往不咎，但是我要跟你們大驪討要三個人。」

崔瀺放下手中酒碗，微笑道：「稍等，什麼叫既往不咎？陳平安的本命瓷破碎一事，雖是我們大驪窯務督造衙署失責在先，可是，首先，當初陳平安的資質勘驗，買瓷人是早早確認過的，並無特殊之處，屬下中下之資；第二，本命瓷被人打破，我大驪當時就該追責的追責，賠償的賠償，買瓷人同樣點頭認可了，賠償也痛快收下了。謝實，你所謂的既往不咎，根本就站不住腳。」

謝實淡然道：「買瓷人當然沒資格胡攪蠻纏，可是買瓷人之後的勢力就有資格跟你們大驪不講道理了。」

崔瀺哈哈大笑，竟是毫不猶豫地點了點頭，重新端起酒碗，小酌了一口，嘖嘖道：「世事多無奈啊。」

曹曦齜牙。稚圭眼神閃爍，似乎聽到了感興趣的事情。

崔瀺問道：「那麼如果大驪不答應呢？」

謝實毫無身陷重圍的覺悟，繼續說道：「大驪南下已成定局，如果你們不答應，就要擔心後院起火。」

後院起火？大驪的北部版圖已經抵達北邊的大海之濱。曹曦神色玩味，看來這三個人，北俱蘆洲的某些大人物認為是勢在必得，否則不會如此咄咄逼人。

顯而易見，謝實的言下之意，是北俱蘆洲的修士會趁著大驪鐵騎南下征伐的時候公然跨海南下，襲擾大驪北方國境。那個名叫陳平安的少年，他的本命瓷被打破，歸根結底，就是一樁已經蓋棺論定的芝麻小事，只是某些人一個蹩腳的藉口。

當大人物們開始登臺謀劃天下大勢的時候，小事就不小了。

崔瀺輕輕嘆息。山上人不講道理的時候就是這樣，跟小孩子過家家打鬧差不多，脾氣一上頭，就要用盡氣力打生打死，很嚇唬人，但又不是在嚇唬人。

不是崔瀺感到陌生，恰恰相反，崔瀺親身經歷過很多次，所以顯得格外淡然。

他只得率先退讓一步，轉為詢問道：「你想要帶走哪三個人？」

謝實喝了坐下來後的第一口酒，道：「賀小涼、馬苦玄、李希聖，重要程度，就是排名順序。你們大驪能交出幾個人，就可以拿到相對應的不同回報。」

崔瀺哈哈笑道：「回報？是雷霆震怒才對吧？」

謝實默不作聲。

李希聖是大驪龍泉人氏，屬於最好商量的一個。馬苦玄已經是真武山弟子，短短一年時間就已經聲名鵲起，殺性極大，天賦極高，一日千里。賀小涼更是神誥宗的得意門生，天資驚人，福緣更是嚇人。除了名聲不顯的儒生李希聖，其餘兩人俱是師門希望所在，一個兵家祖庭之一，一個道家聖地，大驪哪怕已經占據半壁江山都未必願意跟其中一方交惡。更何況，如今連大隋都沒有覆滅，一旦神誥宗和真武山振臂一呼，大驪就需要面對東寶瓶洲半數兵家修士以及大半道士的敵意，這筆買賣怎麼算都是虧的。

崔瀺覺得這樁買賣沒得談了，估計回到大驪京城之後，對於白玉京添補飛劍一事，需要作出最壞的那個打算。

謝實突然說道：「只要你們答應此事，我就會帶人去往靠近觀湖書院的避暑山，幫你們震懾書院以及整個南方勢力，放心，絕不是做做樣子。就像你們不答應，我們就會南下攻打大驪北境一樣，絕不是開玩笑，你們只要點頭，同樣不會讓你們吃半點虧。這是北俱蘆洲幾位頂尖修士的承諾，也包括我謝實在內。」

曹曦愕然。有點意思了，如果謝實真願意帶人死守避暑山，而不是故弄玄虛，那麼這一斷，就讓大隋尚未跟大驪開戰就被砍掉了半條命。甚至可以說，東寶瓶洲的半壁江山，大半可能已經落入大驪宋氏之手。

崔瀺感慨道：「原來是這麼大一個賭局，真的有點出乎意料，我得跟我們陛下打聲招呼才行。」

謝實點頭道：「情理之中。我可以等，最多半個月，你們大驪皇帝必須給我答覆。」

崔瀺突然指了指稚圭：「她的兩次救命之恩，你謝實就沒有一點表示？」

謝實爽朗笑道：「當然。若你們不答應此事，南下襲擾一事，我謝實不會參與其中；若是答應此事，我會收取兩到三名大驪出身的嫡傳弟子重點栽培，絕不含糊。你們應該清楚，不妨先說一句，我謝實很快就會晉升天君，以我的年齡，在九洲所有的道家天君當中只能算是青壯，說一句不要臉的話，那就是真正的大道可期，而且我謝實在開宗立派的千年歲月當中，只有三名嫡傳弟子！」

崔瀺指了指稚圭：「她算一個？」

謝實搖頭道：「她不算，但是只要她願意，名額不在那兩、三個之中。」

崔瀺沉吟不語。

稚圭有些心不在焉。

她有些著急，想著早點回去泥瓶巷的院子看一眼，哪怕那籠毛茸茸的雞崽兒已經餓死，她也要親眼看到牠們的屍體才死心。萬一牠們還活著，那麼這次見著了一定要親手捏死牠們。作為她飼養出來的小東西，將來死在野貓、野狗嘴裡，多不像話？

陳平安和李希聖走到竹樓二層登高望遠，崔賜和兩個小傢伙在樓下相互瞪眼。

李希聖問道：「知道福祿街和桃葉巷的寓意嗎？」

陳平安搖頭。他只知道那邊住著的人有錢，很有錢，青石板路、石獅子，就連彩繪門神都像是更加神氣一些。

李希聖提起手中那塊桃符：「『福祿』是『符籙』的諧音，『福』其實代表著『符』

字，桃葉巷則是桃符之桃，顛倒過來，就是桃符。這是小鎮很大的一樁機緣，比起金色鯉魚在內的五行之物，這塊桃符，可能有過之而無不及。」李希聖娓娓道來，「我在年末做了一個古怪的夢，模糊記得看到了很多人、很多事，但是醒來之後又都忘記了，好像是跟誰下了一盤棋，再就是記住桃符的內幕了，其中曲折，玄之又玄，實在無法細說。」李希聖指了指竹樓方向，「我本來是想要將這塊桃符懸掛在竹樓門上的，萬邪避退，萬法不侵。這麼說可能有點誇張，但是它的確可以讓這棟本就十分神奇的竹樓變得越發堅不可摧，而且長久懸掛桃符，能夠催生出種種奇異的草木之精……」

說到這裡，李希聖笑著打趣道：「陳平安，真不要？過了這村可就沒這店了。」

陳平安毫不猶豫道：「既然這麼好，李大哥就自己留著吧，不是要出遠門嗎？我剛剛去過一趟外邊，千奇百怪，凶險萬分，肯定需要有一件法器傍身。」

李希聖笑咪咪問了個問題：「你覺得我缺法器嗎？」

陳平安愣了愣，記起了泥瓶巷裡李希聖跟劍修曹峻鬥法的場面，但是他靈機一動，想起書上的一個說法，道：「多多益善！」

李希聖無可奈何，只好收起桃符，重新懸掛在腰間，遺憾道：「本來懸掛在竹樓門上，很搭的。」他甚至轉過頭，望向身後的竹門，「掛在這邊，真的很搭啊。」

其實是有些孩子氣的，所以陳平安想笑又不好意思笑，只好憋著。

因為李希聖是李寶瓶的哥哥，所以一開始就對他心生親近。幾次相處下來，陳平安越來越喜歡這個讀書人，不是因為李希聖有一肚子浩然氣，不是他作為鍊氣士，初出茅廬就可以直接跟曹峻打得難分難解，而是這個男人與旁人相處的點點滴滴，會讓人覺得舒服，比如阿良之於劍客，齊先生之於讀書人。哪怕阿良從頭到尾都沒有提起過劍，齊先生自始至終都不曾跟陳平安說過書上的大道理，但陳平安就是覺得，他們就是最好的劍客、最有學問的讀書人。陳平安內心深處，希望自己成為那樣的人，但是關於這些心裡話，陳平安沒有跟誰說起過，因為怕被認為自不量力。

李希聖突然下定決心：「不行不行，委實是良心難安，我不能就這麼離開！」

陳平安剛要說話，李希聖突然伸手按在他的肩膀上，神色嚴肅道：「陳平安，我多嘴說一句，以後跟人相處，千萬不要以自己的行為準則來要求別人。比如你會覺得拒絕收下桃符一事是天經地義的事情，因為你是在為我李希聖考慮，所以問心無愧，對不對？對，很對。但是，你要知道，世間一樣米養百樣人，你自己心安之後也要多想一步，想著如何讓身邊的人跟你一樣心安理得。」李希聖拍了拍陳平安的肩膀，「就當我是強人所難，你不用多想。如果換成別人，我根本不會開這個口，但是你陳平安不一樣，我覺得你很好，而且可以更好。有些時候，你甚至會讓身邊的人覺得自慚形穢，知道嗎？」

陳平安一臉茫然——我有這麼好？

李希聖開懷大笑，走到欄杆邊，對樓下的崔賜招手：「把行囊拿上來，我現在要用。」

「好嘞，先生等著。」

容貌精美如瓷器的少年趕緊跑上樓，動作嫻熟地摘下背後的包袱，裡邊有文人羈旅必備的百寶匣，裝有整套的筆墨紙硯，都是老物件，富貴氣不濃。

李希聖拿出一支略顯小巧的毛筆，筆管為竹製，但是代代傳承，經過漫長歲月的積澱，散發出一種朱紅色的圓潤光澤。更加奇怪的是，筆尖硬毫是淡金色的，筆挺如尖錐，筆管上半段篆刻有「風雪小錐」四字。等到李希聖拿過筆，陳平安湊近一看，才發現筆管下半段原來還有不易察覺的四個蠅頭小字：「下筆有神」。

李希聖顯然也發現陳平安看到了那四個字，微微提起毛筆，笑著解釋道：「讀書百遍，其義自見；讀書破萬卷，下筆如有神，還有你們練拳也有類似的說法，叫『神不到，拳不妙』。聽上去很虛，其實半點不虛，說的就是一個『勤』字，熟能生巧，巧出玄妙，循序漸進，便知道了。知道了一法，一法通、萬法通，萬法皆成。」

崔賜這一瞬間靈光乍現，好似抓到了什麼苗頭，抓耳撓腮，急不可耐。自幼飽讀詩書的粉裙女童渾渾噩噩，只覺得像是喝了一罈老酒，醉醺醺的。唯獨青衣小童坐在欄杆上摳鼻子，渾不在意，只是見著了兩個傢伙的異樣後，才開始發愣。陳平安倒是沒太多感觸，只是將這些道理默默記在心裡。

李希聖對著筆尖輕輕呵了一口氣，金色硬毫在這一刻似乎變得溫潤起來，雖然鋒芒依舊，筆尖如刀錐，卻有了靈氣。

李希聖微笑道：「授人以魚不如授人以漁，既然你不收桃符，那我總得拿一點看家本領出來。我李希聖讀書尚未讀出大學問，但是自認還算精於篆刻以及畫符，今天我就在竹樓的這些竹片上寫字畫符。放心，寫過之後，不會留下任何一個肉眼可見的文字，所以不會破壞竹樓的整體美觀，但是將來有一天，有可能會顯露出一些景象，屆時你無須奇怪便是。今天主要還是教你畫符一事，什麼時候你覺得抓住那點意思了，我才會停筆。你不用著急，我慢慢寫，你慢慢體會。」

陳平安赧顏道：「我比較笨，李大哥你做好心理準備。」

李希聖輕輕挪步，面對竹樓如面壁，一手負後，一手持筆，尋找落筆之處，微笑道：「如果與人為善是笨，勤勉堅韌是笨，那麼說明我們這個世道是有問題的。陳平安，我希望你繼續保持這種不聰明。」

陳平安撓撓頭。他從小就被姚老頭罵習慣了，也習慣了看到別人的精彩，結果今天李希聖這麼誇獎他，真是不太適應。

李希聖想了想，轉頭說道：「畫符一事，向來以道家符籙一脈為尊。其實我們畫符不必太拘泥於道統派系，世間至理，終究逃不過一個化腐朽為神奇，就像你練拳……」說到這裡，李希聖會心一笑，「就很美好啊。」

有少年練拳，有山時看山，有水時觀水。李希聖覺得世間再沒有比這更有詩意的畫卷了。他輕輕搖了搖頭，屏氣凝神，肅容道：「畫符需要符紙，符紙可以是世間萬物，但是你目前還是需要按部就班，老老實實在紙上畫符。回頭我會送給你一大摞品相不錯的符紙以及一部入門的符籙圖譜，你暫時可以不用擔心購買符紙的開銷，但是用完之後，你就需要自己憂心費用了，這是沒辦法的。修行之難，其中一點就在於太耗錢財，劍修錘鍊飛劍，符師損耗符紙，必不可少。

一點真氣，灌注筆尖，然後一氣呵成，如藕斷絲連，字可斷，神意不可斷，必須遙遙呼應，如兩座大山之巔，相互高喊，必有迴響。陳平安，看好了。」

李希聖突然將手中「風雪小錐」筆交換到另一隻手，閒下來的那隻手在袖子上擦了擦，做完之後，這才換回來，對陳平安笑道：「這是學你的，對於某些事情要有敬意。以前我不如你，見賢思齊。」

第一次在福祿街李氏大宅門口見面，陳平安從李希聖手中接過書本之前，先放下陶罐擦了擦手。陳平安哪裡想到自己這麼個無意間的動作，就讓李希聖如此鄭重其事。

李希聖終於開始畫符，其實更像是讀書人認真寫字：「樓觀滄海日」。

李希聖的字體很中正平和，比起道士陸沉幾張藥方上的那種「寡淡無味」，形似，卻神不似，可陳平安說不出其中緣由，只是一種妙不可言的感覺而已。

李希聖之後寫下了一句句他自認為「美好」的詩句、聖賢教誨，道家經典、百家學問的宗旨精髓。他會踮起腳尖寫在高處，會彎下腰寫在低處，會一次次挪步，會一次次呵筆潤毫。寫到酣暢淋漓的時候，甚至會讓崔賜從樓下搬來竹椅，站在椅子上寫，又或者乾脆就坐在地上，只管恣肆汪洋。

他寫了「不敢高聲語，恐驚天上人」；他寫了「破山中賊易，破心中賊難」；他寫了「人是未醒佛，佛是已醒人」；他寫了「欸乃一聲山水綠」，還寫了「夫子之道，忠恕而已矣」。在陳平安沒有說「我懂了」之前，他就一直寫，孜孜不倦，不厭其煩。每個字都會很快寫完，寫完之後，竹壁上的金光即散，可是意味長存，綿綿不絕。

青衣小童已經跳下欄杆，在粉裙女童耳邊低聲問道：「寫的啥？」

粉裙女童壓低嗓音道：「看得懂字，但是看不明白意思……太大了。」

青衣小童哈哈笑道：「妳笨嘛。」

崔賜轉頭瞪眼，教訓道：「不許打攪我先生寫字！」

青衣小童撇嘴道：「這是我家，你小子再嘰嘰歪歪，小心我讓你捲舖蓋滾蛋。」

崔賜憤懣道：「你有眼不識金鑲玉，白瞎了先生的苦心。」

青衣小童雙手環胸，背靠欄杆，譏笑道：「你管我？我家老爺才有資格教訓我。」

李希聖寫字，陳平安看字，對於身後的細碎吵鬧，置若罔聞。

天色已暗，李希聖已經站在了廊道一端的盡頭，停下筆，笑問道：「如何？」

陳平安苦笑搖頭。

李希聖溫聲道：「沒事，我們去樓下。」

於是一行人到了竹樓一樓，粉裙女童和崔賜幫著拿蠟燭，秉燭照字。

青衣小童雖然嘴上叨叨叨，可是依舊看得頗為認真，目不轉睛。

「子在川上曰：『逝者如斯夫，不舍晝夜。』」

今天就是如此。

崔賜持燭之手猛然一抖，原來是蠟燭燒盡，燒到了手指。

秀美少年默不作聲地換上一支。

當李希聖寫到「焚符破璽」四字時，陳平安突然脫口而出道：「不對。」

李希聖停下筆，轉頭望向少年，哈哈大笑：「這就對了！」

這位儒衫書生面色微白，滿臉疲憊，但是神采奕奕。他深吸一口氣，伸了個懶腰，將手中毛筆遞給少年：「陳平安，這支『風雪小錐』就送給你了，我相信你不會辱沒它。」

陳平安這個時候才記起問題癥結所在：「我無法修行，做不成鍊氣士，畫符需要靈氣支撐，我如何能畫出一張靈符？」

李希聖笑著洩露天機，緩緩解釋道：「我之後交給你的那部符籙圖譜裡，靈符種類繁多，但是品秩都不會太高，所以很多種符籙對於靈氣的要求不高，只是對氣府會有一定要求。你畫符就等於一場劍走偏鋒的武道修行，武人也有真氣，正因為它與鍊氣士的運氣根本截然相反，就變成了每一張符即是一場短暫的考驗，是一場沙場上的短兵相接。狹路相逢勇者勝，你必須以最快的速度、最穩的凝氣畫完一張符籙，否則哪怕只差一點，仍是無法成就。只要你肯堅持，久而久之，滴水穿石，畫符不僅僅是畫符，無形中也會幫助你淬鍊體魄、砥礪神魂。」

陳平安接過毛筆後，點頭道：「明白了！」

夜幕深沉，李希聖轉頭望向山外：「經此一別……」他沒有說完心中所想，驅散那點愁緒，笑道，「我本就想去外邊看看，不過是提前一些，不壞。」

之後李希聖沒有選擇留在落魄山，而是帶著崔賜一起夜行下山，甚至沒有答應陳平安要將他們送到山腳的提議。

陳平安站在竹樓外悵然若失，青衣小童笑嘻嘻道：「老爺，這傢伙真的不錯，道法高，人品好，講義氣，我喜歡！有資格成為我的兄弟。」

陳平安沒好氣道：「你願意，人家願意？」

青衣小童滿臉想當然的神色，傲氣道：「天底下還有人不願意成為我的兄弟？他傻不傻？」

陳平安笑道：「人家傻不傻我不知道，你傻不傻我是知道的。」

青衣小童得意大笑：「老爺，我當然是絕頂聰明。」

粉裙女童望向身邊同伴的眼神有些憐憫。以前只覺得他行事狠辣、性情暴戾，現在突然覺得他其實挺呆笨的。

青衣小童敏銳發現她的眼神，叫囂道：「傻妞兒，不服氣？我們單挑！」

粉裙女童躲在陳平安身後。她又不傻。

月光朦朧，李希聖帶著崔賜緩緩下山，走出落魄山的地界後，在一處溪澗掬水洗臉，幫著清醒神志，畢竟每一筆都聚精會神，極其耗費心力。

洗完抬起頭，他看到溪澗對面站著一位老人，正大口抽著旱煙。

李希聖站起身，行禮道：「李希聖見過楊老先生。」

楊老頭不動聲色地側過身，躲過年輕書生的拜禮。

等到李希聖直起身，才說道：「我需要你幫忙為陳平安算一卦，可否？」

李希聖沒有任何猶豫，點頭道：「當然沒問題。」

楊老頭「嗯」了一聲：「事後我自有回報。」

李希聖對此沒有說什麼，直接給出答案：「大道直行，有山開山，有水過水。宜速速遠遊，利在南方。」

楊老頭笑道：「我信得過你。」

李希聖雖有疑惑，但是並不詢問。

楊老頭瞥了眼年輕書生腰間的桃符，複雜眼神一閃而逝，人影亦是隨之煙消雲散，原來老人只是一縷紫色煙霧。

兩人繼續趕路。

崔賜問道：「先生，如果你要遠遊，能不能帶上我啊？」

李希聖笑道：「可以啊。」

崔賜大為震驚：「啊？」

本來以為要先生答應此事比登天還難，哪裡想到比下山還容易……

李希聖輕聲道：「因為有人想要你跟隨我，而我呢，不覺得這有什麼不好的。」

崔賜沉默許久，低下頭，情緒有些失落：「先生，我想知道我從何處來。」

李希聖嘆了口氣：「那可不容易，不妨先想清楚往何處去吧。」

崔賜驀然開心起來：「我還能去哪，只管跟著先生走唄，先生去哪我就去哪！」

李希聖笑而不言。月明星稀，神清氣爽，既見君子，便是美好。

崔賜清晰地感知到了先生的心情，也跟著高興起來，腳步輕盈，充滿歡快。

短短一夜之間，落魄山被壓得緩緩塌陷了一尺有餘。

魏檗一直就在附近的某座山頭上，盯著落魄山一點一點下降。

原來世間真正的文字，是這般沉重的。

魏檗笑道：「厲害，真是厲害。連我都有些好奇李希聖你到底是何方神聖了。難道那棵陳氏楷樹當真與你無關？那你又能是誰？」

晝夜交替之際，魏檗情不自禁地再次望向那棟竹樓。

相得益彰，日月交輝。

竹樓外，既然沒有睡意，陳平安三人就並排坐在竹椅上，一起等著天亮。

陳平安突然問青衣小童：「一顆普通蛇膽石跟你換一萬兩銀子，賣得貴不貴？」

青衣小童一臉呆滯。陳平安忐忑道：「太貴？」

青衣小童跳起來：「才一萬兩？老爺你是在羞辱我嗎？」

陳平安放下心：「那就一萬一千兩？」

青衣小童氣呼呼道：「老爺你再這樣，我就要離家出走了！」

陳平安自然不會當真，好奇問道：「山上的修行人做買賣用什麼錢？」

青衣小童嘿嘿一笑：「老爺你等著，我給你瞅瞅山上神仙用的錢財啊，我家底厚著呢！」他一揮袖，隨身攜帶的那只方寸物瞬間嘩啦啦似下了一場雨，地上全部是堆積成山的晶瑩玉石，全部雕琢成銅錢模樣，大致有三種，大小各異。他蹲在地上開始給陳平安講解每一種玉石的來源，以及各自的價值差異。

這可是神仙用的錢！守財奴陳平安趕緊離開椅子，蹲在錢山旁邊，用心傾聽青衣小童的詳細講解，最後突然冒出一句話：「我想把寶籙山送給阮姑娘，你們覺得合適嗎？」

粉裙女童眨了眨眼，不知所措。

青衣小童噗通一聲跪在地上：「老爺，你難道不心疼嗎？一定要克制，克制啊！求你老人家千萬別衝動，秀秀姑娘是天底下最好的姑娘了，這點我絕不否認，可她畢竟還沒有被老爺娶進門啊！」

陳平安不計較什麼娶不娶的混帳話，只是搖頭道：「我不心疼。」

青衣小童鬼哭狼嚎道：「但是我心疼啊！」

小鎮學塾有個矮小老人，名叫陳真容，雖是夫子先生，卻衣著邋遢，喜歡喝酒，醉酒之後就會對著空氣伸出手指隨便勾畫，蜿蜒曲折，無人知道他到底在寫什麼或是畫什麼；

醉話連篇，既不是大驪官話，也不是東寶瓶洲雅言，總之誰也聽不懂。

老人雖然姓陳，卻非龍尾郡陳氏出身，學塾夫子們對於這個性情孤僻的糟老頭子觀感不佳，但身分尊貴的陳松風對老人卻敬重有加。

今天，陳真容喝著酒，醉醺醺走過石拱橋，走向鐵匠鋪子，用自家方言大聲念叨著：「扶河漢，觸大岳，騎元氣，遊太虛，雲蒸雨飛，天垂海立，壯哉！」

他到了鋪子外邊，總算沒有就這麼闖進去，曉得跑去龍鬚河邊洗了把臉。大概是幾捧涼水洗不清醉意，他乾脆就趴在地上，把整個腦袋放入冰冷河水中使勁搖晃，最後猛然抬起，哈哈大笑：「舒坦舒坦！」

冷不丁又嘆了口氣，因為想起了小鎮上諸多陳氏子孫的慘澹光景，竟然給別家姓氏為奴做婢。雖然他與他們並無淵源，也知道世道艱辛，怨不得當下那些丟光了祖宗臉面的陳氏子弟，可畢竟是同一個姓氏，他實在是積鬱難消，只得打開酒壺，又猶豫不決，一番天人交戰之後，四處張望一番，這才做賊似的，鬼鬼祟祟小小喝了口酒，嘀咕道：「若是在南婆娑洲，只要是有據可查的陳氏後裔，便是再落魄不堪，也不會淪落到給人做牛做馬的境地，這丟的可是醇儒陳氏的臉皮。」說到這裡，莫名其妙給了自己一耳光，「老不要臉的東西，又管不住嘴，說好不喝了還喝！」他打過了耳光，嘿嘿笑著，乾脆破罐子破摔，又喝了兩口，只不過又給自己甩了兩記不痛不癢的耳光。

喝過了兩大口從美婦手中買來的醇酒，陳真容總算心滿意足，徑直走入鐵匠鋪子，大聲嚷嚷著阮邛的名字。

很快，阮邛就從一座劍爐後走出，摘掉腰間的牛皮裙子，隨手丟給身後的長眉少年。

陳真容一見到這位出身風雪廟的兵家聖人，就開始砸場子：「阮邛，你不如齊靜春哇，真的遠遠不如齊靜春……」

阮邛對此不以為意，似是早已習以為常，竟是連一聲招呼都不跟陳真容打，依舊沉默寡言，倒是他身後那個長眉少年皺起了眉頭，只隱忍不發。

阮邛在前邊帶路，陳真容跟他並肩前行，還不願意放過阮邛的耳朵，像個市井婆姨那般碎碎念叨。這次他用上了南婆娑洲的正統雅言，別有風韻：「阮邛，你瞧瞧齊靜春，所在文脈如此被我們針對，卻願意以德報怨，幫忙看顧那棵楷樹。換成是我，就先讓陳對那丫頭見著了墳頭樹木，回頭再一腳踩爛，讓我們空歡喜一場，豈不痛快？只可惜齊靜春是正人君子，不做這種事。所以某人去找咱們老祖宗講道理的時候，哪怕他偷走了老祖肩頭上的一輪日頭，老祖仍是不願撕破臉皮，由著他『借用』百年。你再看看你，真不是我說你，意氣消沉，道行修為寸步未進，到頭來收了小貓小狗兩、三隻做開山弟子。就說這小長眉，靠著家族氣數能有多少年的好光景？一百年，還是兩百年？」

陳真容說到這裡，朝那長眉少年展顏一笑。聽得稀裡糊塗的少年原本還有些惱火，嫌棄老人不夠尊敬自己師父，但是當老人對他露出長輩的慈祥神色，吃軟不吃硬的謝家少年只得微微點頭，根本不知道這隻老狐狸一肚子壞水，其實正說他壞話呢。

陳真容跟著阮邛來到一處屋簷下，那裡並排放著幾把蒼翠欲滴的小竹椅。

三人坐下後，陳真容冷哼道：「少了拇指的小丫頭，蠢笨得一塌糊塗，當真是你的同道中人？最後那個更是可笑，一個野豬精，偏偏幻化成了一個英俊的年輕公子哥。哈哈，阮邛啊阮邛，老子都快要被你笑掉大牙了，你不覺得丟人，我都替你丟人！」

阮邛終於開口說話：「說完了沒有？說完了就請你喝酒。」

他讓長眉少年起身去拿酒來。

「請我喝酒？這個可以啊，又不是自己想喝，我只是入鄉隨俗，客隨主便，是你這聖人的待客之道，這種酒，喝得，大大的喝得！」陳真容坐在竹椅上，扭轉向阮邛，「但是喝酒歸喝酒，收徒歸收徒，既然你離開了風雪廟那座小山頭，終於要開山立派，如今山頭已有，就該商議開山大弟子的事情了。實在不行，老子給你找三個徒弟，換了，全換了！哪怕只是在我南婆娑洲一洲陳氏子弟當中篩選，都保證比你當下三個記名弟子要強。」

阮邛不為所動：「我收弟子，不看天賦，不重根骨，只選心性。」

陳真容氣憤道：「就知道是這麼個混帳措辭，你阮邛就是塊茅坑裡的臭石頭。」

阮邛破天荒笑道：「那你陳真容還跟我做朋友？」

先前阮邛能夠以兵家身分接替儒家齊靜春掌管驪珠洞天，固然跟阮邛的境界很高有關，但是醇儒陳氏在幕後其實出力不小，阮邛對此從不否認什麼。

「老子樂意，你管得著嗎你？」陳真容氣呼呼轉過身，叫嚷道，「酒呢，說好的待客酒怎麼還不來？那小子怎麼回事，是不是成心氣我……」

阮邛看著咋咋呼呼的老友，笑問道：「怎麼，到了龍泉郡，見著了小鎮兩支陳氏子孫的境遇，心裡不痛快？不是我說你，跟你和醇儒陳氏都八竿子打不著的關係，你氣什麼？」

「不提這個，竄火。」陳真容嘆了口氣，斜眼瞥了一下阮邛，「你呢？為了秀秀，本想著躲清淨，現在可好，這裡反而成了一塊是非之地。你還好吧？」

阮邛搖頭道：「無妨，錯有錯招。」

陳真容嗤笑道：「骨頭硬可以，可千萬別嘴硬。」

阮邛輕聲道：「如果有麻煩，我肯定不跟你客氣。」

陳真容眼角餘光瞥見從遠處走來的青衣少女，以及她身邊的長眉少年——他倆一起送酒來了——立即眉開眼笑，朝少女揮舞手臂：「秀秀，來來來……唉，怎麼轉頭走了啊？別走啊，秀秀，有沒有心儀的男子啊？沒有的話，我來幫妳找，別在東寶瓶洲這麼個屁大地方挑男人，鳥不拉屎的蠻夷之地，能有啥好男人？風雪廟魏晉和大驪宋長鏡倒是還不錯，可到底年紀大了點，所以說，要找就在我們南婆娑洲找……唉，秀秀走遠了啊。」他垂頭喪氣，好在有長眉少年送來的兩壺酒，一壺放在腳邊，一壺打開，仰頭咕咚咕咚牛飲起來。

阮邛接過了酒壺，卻沒有品嘗的打算：「你們醇儒陳氏找來找去，還不是只找了個曹峻？如果我沒有記錯，他都已經百歲出頭了吧？」

陳真容急眼道：「曹峻咋了，我看就挺好，如果不是早年遭人陷害，不比魏晉差，歷史上大器晚成的大劍仙可不止一、兩個。唉，要怪就怪他那個老祖宗曹曦，本事不夠大，換成是我們陳氏子弟，有此天賦資質，看誰敢使絆子？」

阮邛不說話。他對曹峻的印象極差。

陳真容唏噓道：「我就奇了怪了，同樣姓氏，小鎮這邊的人怎麼就混得這麼慘。那些氣運都跑哪裡去了？這一、兩千年裡頭，有姓陳的人在東寶瓶洲或是別洲飛黃騰達嗎？」

阮邛想了想：「好像沒有。」

陳真容突然一想：「這樣就對了。但是以防萬一……」

阮邛如臨大敵，近乎斥責道：「你陳真容什麼時候變得如此市儈了！」

陳真容伸出一隻手掌，原來五指一直在顫抖不停：「畫不了真龍啦，只能畫些軟趴趴的四腳蛇，還真容，我看以後改名假容才對。」他喝了口酒，無奈道，「這件事情，若是以前，我說話還能有點用，現在不行了。」

阮邛怒道：「堂堂醇儒陳氏……」

陳真容打斷阮邛的言語：「哪個家族不是泥沙俱下，儒家道統之內，不還有聖人、君子、賢人，這不還有個高低之分？更何況這件事情沒你想的那麼齷齪。」

阮邛默然，心情沉重，如大山壓在心頭。

人力有窮盡之時，聖人亦是。

雖然不需要走親戚，可大過年的，一直待在冷冷清清的落魄山上，總歸不是個事兒，所以陳平安就帶著兩個小傢伙走出大山，返回熙熙攘攘的小鎮。那裡已經熱鬧得不輸黃庭

國任何一座郡城，只是沒了鐵鎖的鐵鎖井，沒了老槐樹的老街，沒了齊先生的學塾，人氣再旺，年味兒再足，仍是讓陳平安覺得有些失落。

臨近小巷，青衣小童埋怨道：「老爺，如果這趟去泥瓶巷，路上還給我撞見凶神惡煞，就是一拳頭能打死我的那種，不是我撂狠話，我以後可就真不再下山回老宅了！到時候不許怪我不講義氣啊。」

結果剛走到泥瓶巷的巷口，陳平安就看到了一個熟悉的身影，纖細婀娜，像一枝春風裡的嫩柳條。她正雙手提著一只水桶，應該是剛從杏花巷那邊的水井返回，略顯吃力，於是她乾脆放下水桶，彎腰喘氣。

水桶重重墜地，濺出不少水花，只是少女全然不在意這點。

這少女便是稚圭。陳平安並不埋怨她選擇成為宋集薪的婢女，因為書本上說了，良禽擇木而棲。

那天風雪夜裡，少女奄奄一息倒在積雪裡，拚盡最後的力氣，伸手輕輕拍響門扉。救不救人，是陳平安自己的事情；別人是否知恩圖報，則是別人的事情。

只是再次重逢，比想像中要快很多，陳平安心情複雜。

稚圭也看到了陳平安，她一邊用手背擦拭額頭的汗水，一邊打量他。草鞋還是草鞋，只是髮髻別上了簪子，個子似乎也高了些許，而且不再一個人孤零零走來走去，身邊多了兩個小拖油瓶。

陳平安剛要打招呼，就發現青衣小童使勁攥住他的胳膊，不讓他再往前走。不光是他，粉裙女童也躲在了他的身後，死死抓緊他的袖子。兩個小傢伙一起牙齒打戰，大氣不敢喘，就像是膽小的凡夫俗子，生平最怕鬼，然後當真白日見鬼了。

青衣小童心中悔恨，恨不得給自己一個大嘴巴——讓你烏鴉嘴！

粉裙女童在陳平安背後小聲嗚咽道：「老爺，我害怕，比怕死還怕。」

陳平安嘆了口氣：「那你們去小鎮別處逛逛，比如我們在騎龍巷那邊的鋪子，你們幫忙看著點生意，回頭我去找你們。」

兩個小傢伙如獲大赦，飛奔逃離。

陳平安獨自走向泥瓶巷，像那麼多年來一模一樣的光景。

他幫稚圭提起水桶，一起走入巷子。

稚圭問道：「那兩個傢伙，是你新收的書童、丫鬟？」

陳平安笑道：「妳看我像是做老爺的人嗎？他們喊著玩的。」

稚圭「哦」了一聲。

經過曹家祖宅的時候，院門大開，曹曦蹲在門口嗑瓜子，曹峻蹲在牆頭，還是嗑瓜子。顯而易見，兩人一起看熱鬧來了。

曹曦笑呵呵道：「小姑奶奶，這位是妳的小情郎啊？一大早上就卿卿我我，讓我和曹峻兩個大老爺們好生羨慕。」

喜歡瞇眼看人的曹峻笑容依舊，腰間懸佩那雙長短劍，點頭道：「羨慕，羨慕。」

稚圭冷哼道：「上梁不正下梁歪！難怪祖宅都會塌了。」

堂堂南婆娑洲的陸地劍仙，一座鎮海樓的半個主人，曹曦竟是半點不惱，反而笑意更濃道：「小姑奶奶教訓得對，就是不知道為何這麼多年下來，咱們老曹家的香火小人一個都沒有。照理說我在南婆娑洲混得風生水起，這邊怎麼都是門楣光耀、夜間生輝的景象，咋就家道中落到這般田地了？」

稚圭腳步不停，轉頭望向曹曦，笑容天真無邪：「天作孽猶可恕，自作孽不可活唄，難不成還有人吃了你們家的香火小人啊？再說了，小鎮術法禁絕，想要靠著家族祖蔭溫養出一個香火小人比登天還難，說不定你們曹家從來就沒有過香火小人呢。對吧？」

曹曦哈哈大笑：「有道理、有道理。小姑奶奶慢點走，巷子破舊，小心別拐腳。」

稚圭背對著那個老王八蛋，臉色陰沉。

從頭到尾，陳平安一言不發。

曹峻笑問道：「老曹，咋回事？在南婆娑洲那邊，以你的成就，香火小人的數量都能在門楣、匾額上扎堆打仗了吧？」

曹曦不以為意道：「驪珠洞天很難出香火小人是一回事，她沒說謊。不過以我和謝實的成就，還是應該剩下一、兩個的，比如桃葉巷謝家，就是靠一對香火小人維持家風數百年，勉強保住了香火子嗣，要不然，早就跟咱們家這棟破房子一樣，人都死絕了。」

曹峻嘖嘖道：「給那少女折騰沒啦？那你還這麼和和氣氣，該不會是想睡她吧？」

一隻火紅狐狸從屋頂蹦跳到曹峻腦袋上，嬉笑道：「睡她？老曹哪有這膽子。那少女如今是萬眾矚目的存在，老曹再高出一個境界都不敢對她毛手毛腳，最多就是嘴花花幾下，銀樣鑞槍頭，中看不中用。」

曹曦轉過頭，笑道：「滾遠點，一身狐臊味，妨礙我盡情呼吸故鄉的氣息。」

站在曹峻頭頂的狐狸伸出一隻爪子，指向自己腳底，還不忘使勁跺跺腳：「來來來，有本事祭出手腕上那把本命劍往我這裡砍。曹曦，你不砍就是我孫子。你只管往死裡砍，我要是躲一下，我就是你孫女！」

曹峻晃了晃腦袋，沒將那隻狐狸甩出去，無奈道：「你們倆嘔氣歸嘔氣，能不能別連累我？說句公道話啊，老曹不過是娶了第三十八房美妾而已，如果實在忍不了這口惡氣，就乾脆剝了她的皮囊來當妳的新衣裳啊，這種事情妳又沒少做，多熟門熟路，為啥偏偏要拿我撒氣？」

火紅狐狸嗤笑道：「老王八蛋就喜歡腚大臀圓的，這麼多年就沒半點長進，真是令人作嘔。」

曹曦重新坐在大門門檻上，嗑著瓜子：「千金難買我喜歡。哦，對了，騷婆娘，過年請妳吃瓜子啊。」

「砰」一聲，火紅狐狸在曹峻頭頂粉碎開來，然後在屋頂上現出原形，只是瞬間牠就又再次爆炸開來，如此反復，從曹家老宅的屋脊到隔壁家一路延伸出去，一直到離開泥瓶巷，火紅狐狸才沒遭殃，一雙眼眸神采暗淡，咬牙切齒地盤腿坐在一處翹簷上，開始呼吸吐納。

曹曦已經沒了瓜子，拍拍手站起身，走回院子，對曹峻吩咐道：「近期別毛毛躁躁的了，大驪王朝如今已是一塊必爭之地，沒你想的那麼簡單。」

曹峻懶洋洋道：「知道了。」

「知道了？」曹曦一番咬文嚼字，冷笑道，「這三個字，豈是你有資格說出口的。」

曹峻玩世不恭道：「曉得啦。」

曹曦大步走入屋子，恨恨道：「九境的廢物！」

曹峻神色自若。

第五章　我輩武夫

陳平安到了隔壁院門前，把水桶遞還給稚圭，隨口問道：「宋集薪沒有回來？」

稚圭答非所問：「我家那籠母雞和雞崽兒呢？」

陳平安一臉茫然道：「我不知道啊。」

稚圭仔細打量著他，突然粲然一笑，不再刨根問底。

她伸出兩根手指，比劃了一下：「現在宋睦比你高這麼多了。」

陳平安「哦」了一聲，就轉身走回自己院子。

剛開鎖，冷不丁瞧見自家屋門上方的那個倒「福」字不翼而飛了，勃然大怒，二話不說直接走到院牆邊：「稚圭，我家『福』字在哪裡？」然後氣極反笑，原來那個「福」字就貼在隔壁屋門上，這賊當得真是膽大包天。

稚圭在灶房放好水桶，姍姍走出，一臉無辜道：「我不知道啊。」跟陳平安之前給出的答案如出一轍。

陳平安怒道：「還給我！」

稚圭張大眼睛：「那我還故意把木人留在灶房，你明明動過了，我都沒說你什麼。」

陳平安頓時啞然，確實有點理虧。

稚圭突然問道：「齊靜……齊先生學塾那邊，你貼春聯了嗎？」

陳平安愣了愣，點頭道：「貼了，春聯和『福』字都沒落下。」他不願意繼續跟她糾纏不清，直接去屋子裡拿出僅剩的一個「福」字，自己架梯子貼上。

稚圭站在院牆邊提醒道：「歪了。」

陳平安不為所動，用手指輕輕夯實紅紙和糨糊。

稚圭焦急道：「真的，騙你做什麼。陳平安你怎麼不知好歹，如果『福』字貼歪了，不吉利的。」

陳平安走下梯子，自己抬頭望去，並沒歪。

稚圭依然喋喋不休道：「真歪了，不信你讓曹曦他們這些修行中人來看，就知道我沒騙你。你是肉眼凡胎，眼力再好，都不如我們。」

陳平安走入屋子，「啪」一下重重關上門。約莫一炷香後，他又躡手躡腳打開門，悄無聲息地跨過門檻，瞪大眼睛，死死盯住那張「福」字。沒歪啊。

稚圭神出鬼沒地打開門，探出腦袋，板著臉說道：「真歪了。」

陳平安有些憋屈，端了條板凳坐在門口曬太陽，過了一會兒，開始練習拉坏。

稚圭站在院牆邊，看了一會兒不再燒瓷的少年，覺得有些無聊，就回自己屋子睡覺。她躺在床上，咽了咽口水。曹家祖宅的門楣裡只誕生過一個香火小人，品相很高，金燦燦的，只差一點點就通體金色了，只可惜還不夠她塞牙縫的。

隔壁陳平安嫻熟練習拉坏，心靜如水。休息的時候，他開始打算自己的將來。

寶籙山、彩雲峰和仙草山都在阮邛家山頭附近，按照約定，本來就會無償租賃給阮邛，連綿一片，就等於幫著阮邛占據了西邊最大的一塊廣袤地界，阮邛為此則需要幫陳平安照看五座山頭，免得陳平安有命有錢，沒命花錢。因為這件事，陳平安對阮邛心懷感恩。

真珠山不去說它，那麼點地方，屬於巧婦難為無米之炊，別說打造出一座洞天福地，撐死了就是在上邊蓋一座茅屋，估計就只有陳平安願意揮霍一枚金精銅錢了，但是落魄山的經營，確實需要用心。

竹樓的不同尋常，陳平安心知肚明。落魄山又有山神廟幫著坐鎮山水，是實實在在的風水寶地，而且還有一條志在走江成蛟的黑蛇，有看家護院的作用，如今又多出兩個蛟龍之屬的小傢伙，所以他才會想著用普通蛇膽石跟青衣小童換銀子，不說讓落魄山變成一個聚寶盆，好歹能夠在將來的日子裡有那麼點貼補家用的希望。陳平安愛錢是因為自幼知道賺錢的不容易，但不代表他有了錢之後就會死死摀住錢袋子。

劍，要練，但是在確定應當如何練劍之前，再著急都沒用。

撼山拳當然要繼續勤學苦練，畢竟離說好的一百萬拳還遠遠不夠。

畫符一事，因為本身就等於是另一種方式的武道修行，前者重在體魄鍛造，後者傾向氣府竅穴的內在淬鍊，雙方並不衝突，反而是相輔相成的好事，無非是將走樁立樁的一部分時間劃撥給畫符。但是畫符需要符紙，符紙就是真金白銀，這讓陳平安難免有點發虛、犯怵。說到底，錢還是掙得少了。

除了這些，當下陳平安心中最大的遺憾是暫時無法駕馭劍靈贈送的那件方寸物。雖說把大部分家底放在鐵匠鋪子也放心，但終究是不方便的。崔東山和青衣小童的咫尺物、方寸物讓陳平安見識到了這類寶貝的珍貴實用，難怪山上神仙都不是人人都有。

陳平安望向南邊，不知道阮師傅的劍鑄得如何了。阮師傅答應過寧姑娘，要幫她打造出一把神兵利器的。如果哪天鑄造成功，她就有了一把稱手的佩劍，而陳平安則有一把槐木劍。陳平安覺得給它們取名為「降妖」、「除魔」很不錯，加上那塊劍胚，雖說文聖老爺說是叫作「小酆都」，但是陳平安覺得改名為「初一」或是「早上」更妥當，畢竟它是在正月初一的大早上第一次以飛劍姿態來到這個世界的嘛。

當陳平安腦子裡生出這麼個念頭，原本沉寂許久的劍胚在氣海之中立即興風作浪。陳平安剎那之間就變得滿臉通紅——開始遭罪了。他深吸一口氣，來不及去往屋內，只好以劍爐立樁應對劍胚的迅猛報復，苦不堪言。

大驪國師崔瀺最近一直下榻在距離小鎮最近的驛站，既沒有大肆宣揚，也沒有刻意隱蔽行蹤。今天崔瀺走出驛站，不讓許弱跟隨，獨自遠行。他每跨出一步，就是三、四里路，最後站在一條羊腸小徑的中間，攔住了一個衣衫襤褸的老人。

狼狽不堪的光腳老人癡癡望向一襲儒衫的大驪國師，視線渾濁，依舊沒有清醒過來，只是憑藉僅存的一點靈犀問出了一個奇怪的問題：「你不是我孫子。我孫子呢？」

崔瀺眼神複雜，欲言又止。

滿身草屑泥土的老人繼續問道：「我孫子呢？我不要見你，我要見我孫子。」

崔瀺雙手負後，十指交錯，微微顫抖。

神志不清的光腳老人突然憤怒喊道：「我孫子在哪裡？你把他藏到哪裡去了？快把瀺巉還給我！」說到這裡，老人氣勢驟然跌落谷底，喃喃，「我要給孫子改名字，改一個更好的名字……」

崔瀺神色悲苦，自嘲道：「恍若隔世，不是恍若，分明就是啊。」

衣衫破敗的老人伸手一把推開崔瀺，徑直向前走去：「你讓開，別耽誤我找瀺巉，我要找他先生，問他我新取的名字到底好不好。」

崔瀺站在原地，沒有阻攔。他望向遠方，有一個面容剛毅的中年僧人緩緩而來。

苦行僧以雙腳丈量天地，是為佛門行者。

在隔著一堵院牆的稚圭眼中，陳平安坐在小板凳上搖搖晃晃，像是在打瞌睡。可在曹峻的感知中，陳平安的神魂劇烈震盪，江水滔滔，一葉扁舟，隨時都有傾覆的危險。

火紅狐狸站在曹峻肩頭調侃道：「那塊劍胚雖然不知來歷，但是可以確定，品秩極高，便是我都要眼饞，你不過是吃了點小虧，就放棄？這可不像你曹峻的行事風格。」

曹峻往隔壁院子丟出瓜子殼，搖頭道：「不搶了。老曹說得對，近期宜靜不宜動，人死卵朝天，命沒了，一切白搭。」

火紅狐狸蠱惑人心道：「事不過三，還有一次機會，搏一搏。馬無夜草不肥，人無橫財不富，你曹峻既然早年跌了個大跟頭，讓人把你的心湖給攪成了一攤爛泥，害你修為阻滯不前，如今不劍走偏鋒，怎麼成大事？」

曹峻默不作聲，只是低頭嗑瓜子，眼神晦暗。

他自出生起就享有大名，本是南婆娑洲百年一遇的大劍仙胚子，在心湖之內，先天生成的一縷縷純粹劍氣亭亭玉立，恰似滿湖荷花，只需要等待綻放的一天。只是後來遭遇一場變故，被一位巔峰強者硬生生打爛心湖，劍氣凋零得七七八八，淪為枯荷。從此，就淪為整個南婆娑洲的笑柄，昔年被他遠遠拋在身後的同輩劍道天才，如今一個個超越了他。

火紅狐狸哀嘆一聲，用爪子拍了拍曹峻的腦袋：「可憐的娃。劍道根基崩碎，前程毀了，這麼多年，就連跟老天爺掰手腕的心氣都沒有了。」

曹峻略微訝異，扭頭望向隔壁院子：「這傢伙心性很不錯啊，之前半點看不出，竟然給他找到了自己的方便法門。」

世間很多事情，對於見多識廣的山上神仙而言，不會嚇人，但一樣會覺得有意思。

火紅狐狸亦是微微驚愕，一個蹦躂跳到了曹峻腦袋上，伸長脖子望去，凝神觀摩少年與劍胚在體內角鬥的氣象，輕聲道：「嗯，類似佛家的拴馬柱，幫著少年的神魂小舟起了船錨的作用。這少年身軀破敗，縫縫補補，能夠走到這一步，殊為不易，但是想要降伏那塊劍胚，還不夠。曹峻，你在被人坑害之前太過順遂，之後又太過坎坷，說不定那少年今天的經歷會成為你修行路上的一點啟發……」

曹峻收斂了全部笑容，臉色凝重起來。

修行，天賦大小，好比祖師爺賞飯吃的那只碗，有些人的碗很大，可如果裡頭盛放的米飯太少，還是吃不飽的慘澹光景，成就自然有限。這一路遠遊，從氣象萬千的南婆娑洲趕到蠻夷之地的東寶瓶洲，曹峻一路上反而收益頗豐，點點滴滴，皆是裨益。

在與劍胚的角力過程當中，陳平安雖然心智堅韌，又有船錨幫著沉潛，不至於讓神魂隨波逐流，可是劍胚的精氣神實在太過鼎盛，氣勢洶洶，橫衝直撞，是一力降十會的蠻橫路數。

火紅狐狸爪子互相拍打，幸災樂禍道：「要輸了，慘慘慘，說不定要在病榻上躺上十天半個月嘍。劍胚明顯剛剛生出靈性，不曉得運用自身蘊含的天賦神通，否則那少年支撐不到這個時候。」

曹峻雖然修為不如頭頂狐魅，可是隔行如隔山，他作為曾經有望登頂的劍修，自有其獨到眼光。他道：「未必。」

火紅狐狸驚訝出聲：「咦？那少年體內有三座好深的城府，難道還是個不錯的劍修胚子？不對不對，應該是後天開鑿而成，不過渾然天成……好大的手筆，難怪會讓我看走了眼。」

「城府深沉」多是世俗說法，形容某人深謀遠慮，略帶貶義，可是在山上，卻是很大的褒獎。竅穴如城池府邸，自然是越高、越大、越壯觀。

火紅狐狸輕輕嘆息：「這麼個不起眼的少年都有不容小覷的古怪，曹峻，你還是乖乖聽老王八蛋的，最近別折騰了。這座破碎的驪珠洞天雖是螺螄殼裡做道場，可藏龍臥虎，行事確實不宜太過囂張。」

曹峻點點頭：「是要夾著尾巴做人。」

火紅狐狸氣惱得一腳踩在曹峻腦袋上：「養不熟的小王八蛋，好心提醒你，怎麼還罵人呢！」

陳平安的氣息逐漸趨於穩定，占據上風的劍胚不知為何突然鳴金收兵，在一座巍峨氣府內安靜游弋。

曹峻不再偷窺那邊的景象，促狹笑道：「聽說你有個妹妹叫青嬰，跟你都是狐族老祖之一，有希望生出第九條尾巴，老曹垂涎她的美貌很多年了，真的很漂亮嗎？」

火紅狐狸提起自己的尾巴，當作扇子輕輕搧動清風，齜牙道：「好看個屁，長了一張死人臉，從小就不愛笑，還眼高於頂，一看就知道是個沒福氣的。就老王八蛋那種眼光，哪怕是頭母豬，只要是腚大的，都覺得美若天仙。」

曹峻猶豫了一下，輕聲問道：「聽說她在那座雄鎮樓附近徘徊百年，難道是希冀著成為那個傢伙的侍妾？」

鎮海樓矗立於南婆娑洲的南海之濱，而曹氏剛好是看門人之一，所以曹峻知曉諸多的內幕。

火紅狐狸鬆開尾巴，捧腹大笑，彷彿聽到了天底下最滑稽的笑話：「白老爺會看上她？白老爺作為所有天下存世最久的大妖之王之一，曾經走遍了兩個天下的角角落落，什麼雌的、母的沒看到過，會看上那麼個稀鬆平常的小狐狸？」火紅狐狸嗓音低沉，「三教聖人待我們白老爺不公！分明是白老爺幫著……」

屋內曹曦暴喝道：「臭婆娘找死？還不閉嘴！」

火紅狐狸猛然回神，自知失言，竟是仰頭望向天空，雙手合十，鞠躬彎腰，像是在虔誠地作揖賠罪。

「二十個字，乖乖受罰！」曹曦接連使出二十縷凌厲劍氣，火紅狐狸一次都沒有躲避。

等曹峻雙手抱住奄奄一息的火紅狐狸走回屋子，曹曦仍是怒火未消，指著狐狸破口大罵道：「找死就往阮邛的劍爐一跳，阮邛還能念妳一點好，別在這邊瞎嚷嚷，連累我曹氏跟妳一起陪葬！天大地大，三位教主可以不計較，那麼他們座下的弟子門生呢？不說其他，只說倒懸山的主人脾氣如何，妳不知道？妳個敗家娘兒們！」

火紅狐狸腦袋一歪，昏厥過去。

曹峻輕聲道：「差不多就可以了。沒有牠，就沒有你曹曦的今天。壞人、惡人是可以做，但是總得講一點良心。」

曹曦驟然停下，眼神陰沉，死死盯住這個沒了笑臉的子孫，揮袖道：「滾去告訴那個叫曹茂的小崽子，讓他別跟袁氏一般見識。米粒大小的眼界，只盯著大驪一座廟堂的得失。一群廢物，怎麼不去死！還有臉來見老祖，讓他滾蛋！」

曹峻抱著狐狸，臉色漠然地轉身離去。

曹曦獨自一人留在祖宅，開始圍繞著天井緩緩散步。

曾幾何時，這裡有個病秧子老人，一年到頭躺在光線昏暗的屋子裡；有個不孝順的爛酒鬼漢子，一天到晚都在頭疼以後辦白事的開銷；有個囁囁嚅嚅毫無主見的婦人，起早摸黑，既要做家務活，還要忙地裡活，三十歲的年齡，就比泥瓶巷其他四十歲的女人還要顯老了。在那個時候，有個性情頑劣的寒酸少年，天不怕、地不怕，每天都嘻嘻哈哈，書也不讀，事也不做，就做著白日夢，總覺得自己遲早有一天會在福祿街買下一棟最大的宅子。即便真有了熬出頭的一天，爺爺和爹娘到時候還是不是活著，當時忙著遊手好閒和癡人說夢的少年，是根本沒想到的。

早已不是什麼少年的曹曦掏出那枚鏽跡斑斑的古老銅錢，高高舉過頭頂，透過四四方方的銅錢孔洞，再透過四四方方的屋頂天井，遙想當年，似乎有過這麼一場對話。

『娘，以後等我飛黃騰達了，就讓妳睡在金山、銀山裡。』

『哎！』

『娘親，我跟妳說真的呢！』

『快收起銅錢，給你爹瞧見了，又要拿走。』

曹曦收起思緒，環顧四周，自嘲道：「成了仙，人氣兒都沒啦。」

陳平安鎖好門，離開泥瓶巷，來到騎龍巷的壓歲鋪子。青衣小童坐在門檻上發呆，見著了陳平安，也只是有氣無力地喊了聲「老爺」。

陳平安跨過門檻，發現粉裙女童站在一條板凳上，神色肅穆認真，正在櫃檯後邊對著桌上攤放的帳本，打著算盤，雙手十指如蝴蝶繞花，讓人眼花繚亂，劈裡啪啦，清脆悅耳，身邊圍繞著幾個小鎮出身的婦人、少女，充滿了震驚和佩服。

性情質樸的婦人和少女們看到陳平安的身影後，都笑著稱呼他為「陳掌櫃」。

粉裙女童聞聲抬頭，道：「老爺，我在幫鋪子算帳呢，很快就好了。」

陳平安笑著點點頭，繞到櫃檯後，讓人拿來紙筆，開始書寫一份禮單。當年他算是吃百家米長大的，也經常能夠收到一些別家少年穿不下的老舊衣衫。對陳平安而言，每一頓飯、每一件衣服，都是救命、活命的大恩情，他當時就跟阮秀說過，以後只要自己還活著，每年都會挨家挨戶送點東西過去。阮秀當時還問為什麼不一口氣多送一點銀子，會更加清爽，還能讓那些人感恩。陳平安說那樣是不行的，他自幼生長於市井底層，對於人心和世道不是不懂，只是說不出書上的道理罷了。比如斗米恩、石米仇，比如看似雞毛蒜皮的瑣碎小事，最是消磨孝心、善心，所以他仔仔細細給阮秀說清楚了他的小道理。

在小鎮這邊，每家每戶的光景其實跟莊稼地差不多，都有大年、小年之分。有的子孫出息，發達了，不缺錢；有的突逢變故，原本還算殷實的家庭可能一下子就垮了。他準備的那些東西，能吃能穿，真有急需用錢的地方，甚至還能把那些東西折算成銀子。送給手頭寬裕的家庭，人家會高興；送給困難的門戶，人家更會珍惜，不管是錦上添花還是雪中送炭，都是好事。只不過陳平安是讀書識字之後，才明白自己為何做對了的。阮秀當時聽了之後，笑得特別開心，說山上、山下不太一樣。

今年的禮單人數比起上次少了一些，恩情分多寡輕重，有些父輩留下的交情不過是點頭之交，其實談不上恩情，陳平安還不至於大方到年年送禮，但是一些上了歲數的老街坊，陳平安哪怕跟他們談不上交情，仍是選擇留在了禮單上。誰的錢都不是天上掉下來的，這跟一個人的兜裡有多少錢沒關係。

陳平安想著，以後有機會的話，還是要修橋鋪路。

粉裙女童對帳完畢，就開始過問鋪子的經營狀況。陳平安不摻和這些，想了想，就將禮單遞給她，讓她不用著急購置物品。粉裙女童鄭重其事地收下禮單，保證一定給老爺辦得妥妥當當。陳平安揉了揉她的小腦袋，來到青衣小童身邊坐下，後者憂心忡忡，長吁短嘆，不斷重複「江湖險惡」四個字。

名叫崔賜的秀美少年背著行囊找到鋪子，說是他家先生在家走不開，就托他來送東西，要陳平安別不當回事，收下後好生收藏。

青衣小童就不待見這個少年，斜眼瞧著老氣橫秋的崔賜，氣不打一處來，猛然站起身：「你家先生跟我家老爺那是平輩相交，你一個小書童放尊重一點，又不是我家老爺得了什麼天大恩賜，你囂張個什麼勁兒？」

崔賜滿臉漲紅，陳平安打圓場道：「崔賜，跟你家先生說一聲，東西我收下了，會好好練習畫符的。」

崔賜板著臉點點頭，轉頭朝青衣小童冷哼一聲，轉身大步離去。

青衣小童對著他的背影，隔著老遠距離耍了一通拳打腳踢王八拳才稍稍解氣，坐回門檻，滿臉愁容道：「老爺，小鎮這麼個窮凶極惡的龍潭虎穴，你是怎麼活到今天的啊？換成是我和傻妞兒，恐怕早就被人抽筋剝皮了。」

陳平安感慨道：「不知道啊。」

粉裙女童來到門檻，心有餘悸道：「老爺，那個提水桶的小姐姐是誰啊？好可怕的，我覺得一點不比老爺的學生差。」

青衣小童使勁搖頭道：「泥瓶巷我是打死都不去了，會羊入虎口的！」

陳平安岔開話題：「我給槐木劍，還有另外一把阮師傅正在鑄造的劍取名為『除魔』、『降妖』如何？」他壓低嗓音，「那塊劍胚，我覺得叫『初一』或者『早上』比較合適。」

兩個小傢伙面面相覷。

陳平安笑道：「我取名字還是可以的吧？」

青衣小童嘴角抽搐，然後擠出一個笑臉，伸出大拇指：「老爺這取名字的功底很深，深不可測，返璞歸真，大俗即大雅，比讀書人還有學問！」

粉裙女童欲言又止，摸了摸胸口，想了想，還是昧著良心不說話吧，正月裡，不可以掃老爺的興。

陳平安看了眼粉裙女童，疑惑道：「難道不是特別好？那麼，湊合總有的吧？」

粉裙女童閉緊嘴巴，不說話已經昧良心了，如果開口說好，她過不去心坎這一關。

青衣小童憤憤不平：「老爺，咋的，不相信我的眼光？那說明你的眼光真的不行！」

陳平安試探性問道：「名字取得不咋的？」

青衣小童嚷嚷一聲，終於忍不住要仗義執言了，站起身，雙手叉腰，慷慨激昂道：「老爺！哪個坑蒙拐騙的道士不念叨著降妖除魔？早上？我還中午、晚上呢！初一？我還十五呢！老爺，這仨全是濫大街的名字啊，不單單沒有氣勢，而且一點都不新穎！看看別人家的劍名，老爺你那個學生的，『金穗』，既符合形象，又不流於世俗，還有那曹峻的『白魚』、『墨螭』，再看看老爺你的，我要是開了竅的劍靈，得一口老血噴出來。」

「認可意見。」陳平安仔細思考半天，「名字不改！」

青衣小童一拍額頭，苦口婆心道：「咱們東寶瓶洲南邊有一座威名遠播的仙家府邸，被開山祖師爺取了個『無敵神拳幫』的名頭，都被笑話多少年了。老爺，你的取名有異曲同工之妙。不過好在老爺你不像是個天才劍修，估計將來佩劍的名字根本不會有幾個人聽說，所以老爺你開心就好。」

陳平安剛要說話，心弦一顫，不露聲色地站起身：「你們在騎龍巷待著，我去別的地方隨便走走。」

陳平安來到楊家藥鋪後院，楊老頭在他落座後緩緩道：「先說點小事情，你屁股後頭跟著的兩條小蛇蟒，讓他們趕緊離開小鎮去往落魄山。接下來阮邛要開爐鑄劍，聲勢會很大，龍泉郡地界上的一切妖物、鬼魅、精怪恐怕都會遭殃，輕則被鑄劍的打鐵聲響給打散辛苦積攢下來的百年道行，重則會被打回原形，乾脆就魂飛魄散了。接下來龍泉郡府和槐黃縣衙都會通知所有記錄在冊的妖物，要麼暫時離開這裡，要麼去往文武兩廟、大山之中避難，因為這幾個地方藏風納水，靈氣充沛，能夠幫著阻擋阮邛的鑄劍餘波。你家那兩個小東西，別仗著有塊太平無事牌就真以為可以太平無事了。」

陳平安臉色沉重：「好的，我回去就通知他們兩個。」

楊老頭抽著旱煙，似乎在醞釀措辭。陳平安正襟危坐，惴惴不安。

楊老頭終於開口道：「齊靜春私藏了一個香火小人，是我苦求不得的東西，嗯，就是之前住在你那把槐木劍裡的小傢伙，如今已經歸我了。作為報酬，我需要護著你一次，就是這次了。如今小鎮風雲變幻，絕不是你可以拋頭露面的，所以此地不宜久留。我又找人幫你算了一卦，等到阮邛鑄劍成功，你就南下遠遊，至於去哪裡，是遊山玩水還是行走江湖，或是去沙場磨礪武道，一切看你自己的選擇。總之，五年之內不要回來了。」

陳平安微微張大嘴巴，楊老頭繼續說道：「泥瓶巷祖宅、落魄山在內的五座山頭、騎龍巷的鋪子等等，你都不用擔心，只會比你自己操持得更好。」

陳平安嘴唇微動，楊老頭笑了笑：「你的朋友之中，不是有個叫寧姚的小姑娘嗎？我不妨告訴你，她來自倒懸山，準確地說來自劍氣長城。在她家鄉那兒，最缺稱手的好劍，你如果有膽量，就去那邊一趟，幫她送一次劍。」

陳平安深吸一口氣，問道：「要我什麼時候走？」

楊老頭思量片刻：「收拾收拾，等到阮邛拿出那把劍，你拿到手後，馬上就走。」

陳平安問道：「如果不走，會如何？」

楊老頭譏諷道：「如何？還能如何，死翹翹唄，好不容易積攢出來的那點家底為他人作嫁衣裳，一群人坐下來，你分山頭、我拿劍胚、他養蛇蟒，瓜分殆盡，皆大歡喜。你呢，估摸著讓人收屍都很難。這還不是最壞的結果，更壞的，我現在跟你說了，不是什麼好事。」

陳平安伸出雙手，狠狠揉著臉頰，突然問了一個好像跟正事不沾邊的問題：「老先生之前說過，小鎮之大，不是我能夠想像的。我想多嘴問一句，小鎮到底有多大？」

楊老頭大口大口吐著煙圈，皮笑肉不笑道：「如果我沒有猜錯的話，你已經見識過那座天上長橋了吧？」

陳平安立即悚然，心湖漣漪陣陣。

楊老頭淡然道：「看在金色香火小人的分上，我可以洩露一些天機給你，比如那座小廟裡頭，當年鬼使神差寫上自己名字的小鎮孩子如今大多隕落了，但是活下來的，無一例外，都是雄踞一方的豪傑梟雄，比如北俱蘆洲的天君謝實和南婆娑洲的劍仙曹曦。而我呢，就是個收租的，年復一年，只要盯著田地裡的收成就行。」

再比如那個你們俗稱為螃蟹牌坊的地方，其實相當於一份契約書。屠龍一役，大夥兒依次坐下，論功行賞。最早在此簽訂盟約的，是三教一家總計四位聖人，馬苦玄跟其中一位有關係。除此之外，牌坊的真正功用早已不為人知，它應該稱呼為『鎮劍樓』，是天底下九座雄鎮樓之一，至於鎮什麼劍，你我心中有數就行了。不過為了掩人耳目，金甲洲也屹立有一座鎮劍樓，雖然那座樓祕製得足以亂真，而且鎮壓之劍也很了不得，但到底還是個假的。不過這類祕事，你可以只當故事來聽，沒聽過沒關係，聽過了也沒用。」

楊老頭瞇起眼，望向天空，「說是鎮劍樓，其實最早的時候，這裡算是一處飛升臺，不過那是很久遠的老皇曆了，多說無益。而你的存在，無形中起了牽線搭橋的作用，我這些年做了不少筆買賣，賺了不少。當年傳授給你那門吐納術，同樣是我做成某筆買賣的盈餘，所以你不用對此心懷感恩，沒必要，生意就是生意，說不定將來有一天，有你的仇家坐在這裡，拿出足夠的籌碼，我一樣會跟他談生意，把你給賣了。」

陳平安默不作聲，有些傷感。

終究還是少年，吃過再多的苦頭，走過再遠的山路，少年都是那個少年，過完年才十五歲而已。

楊老頭指了指陳平安頭頂的簪子：「雖然只是普通的簪子，但是我喜歡上邊的文字，所以我準備跟你也做筆小買賣。你就用這支簪子跟我換取一樣方寸物，哪怕只是二境武夫也可以駕馭，僅憑這一點，就比世上絕大多數的方寸物、咫尺物要稀罕。你接下來獨自南下，不比上一次，是真的無依無靠了，沒有一點真正傍身的東西，走不遠。」

陳平安瞠目結舌，楊老頭安靜等待答案。

陳平安輕聲問道：「如果有一天我想把簪子贖回來，可以嗎？」

楊老頭笑道：「別人多半不行，你陳平安幫著我賺了那麼多次，可以小小破例一次。不過醜話說在前頭，到時候可就不是一件方寸物可以贖回去的了。」

陳平安摘下玉簪子，遞給楊老頭。楊老頭接過那支普通材質的白玉簪子，看也不看，收入袖中。下一刻，不等陳平安收回手，手心就多出了一柄長不過寸餘的碧玉短劍。

楊老頭笑道：「我覺得你給劍胚取的名字不錯，『初一』，很好的兆頭，是那兩個小傢伙不識趣。說來湊巧，這柄袖珍飛劍既可以溫養為一把品秩不低的本命飛劍，又能當作方寸物使用，名為『十五』。」

陳平安低聲問道：「它很珍貴吧？」

「只管收下。」楊老頭扯了扯嘴角，「誰家過年還不吃頓餃子。」

陳平安清晰感受到一股微涼的氣息從掌心傳來，沁入肌膚，之後反而讓人覺得溫暖，像是曬著冬日的太陽。陳平安察覺到那股玄妙氣息沿著體內經脈緩緩流過一座座氣府竅穴，最終選擇在先前隱藏一縷劍氣的地方停歇，掠入其中，在空曠的「宅邸」中悠悠然打轉，與銀色劍胚棲息的另外一座竅穴遙相呼應。

楊老頭吐著煙圈，點頭道：「出乎我的意料，這把劍跟你還算有緣。本來不該這麼順暢的，我還想著送佛送到西，幫你一次，把這柄飛劍先降伏在你某處竅穴內，之後靠你的毅力熬得它聽命行事。」

楊老頭猶豫了一下，又問道：「我實在有些好奇，問你兩個問題，願不願意回答，你看著辦。你練拳這麼長時間，才一隻腳踩在三境門檻上，著急不著急？再有，你練拳是不是冒出過什麼念頭，支撐著你走到今天？」

陳平安老老實實回答道：「會著急的，但是知道著急沒用，因為跟燒瓷拉坯一樣，越著急越出錯，所以就不去多想。有些時候實在止不住念頭，就讓自己腦袋放空，憑藉本能去走樁，要麼就是挑一個視野開闊的地方練習劍爐。如果還是不行，我就會讀書練字，再不行乾脆就胡思亂想，比如想一想自己當下有多少錢……」

說到這裡，陳平安有些赧顏。

楊老頭臉色如常：「繼續說第二個問題。」

陳平安下意識挺直腰杆，沒想著隱瞞，就像是一個家徒四壁的窮光蛋在炫耀家裡最值錢的物件，充滿了不講道理的自信：「我在繡花江上跟人打了一架，越發確定一件事，那就是如果我覺得自己是對的，不管對手是誰，每次出拳，我都可以很快！每一個下一次，只會更快！」

楊老頭問道：「很快？給你打一萬拳、十萬拳，你打得到我的衣角嗎？」

陳平安沒有絲毫氣餒，自然而然脫口而出道：「我先跟自己比，自己覺得問心無愧了，再跟其他人比！」

楊老頭「嗯」了一聲：「這麼想，對你來說沒錯。」

同樣是小鎮出身的馬苦玄，則是另外一條道路上的極致，追求的是真真正正的萬人之上、同輩領袖。這不是馬苦玄太過自負，而是他的天資根骨實在太好，不敢這麼想，才是暴殄天物。天予不取，反受其咎。至於眼前這個剛剛摘掉玉簪子的陋巷少年，應該是在另外一條道路上，初看不起眼，再看還是不顯眼，不管看多少次，最多就是覺得還不錯，其實沒那麼蠢笨不堪，還是有點花頭的，然後大多數人就不會再留心了。

楊老頭正色道：「我教你兩套駕馭十五的口訣，一套用作溫養劍元，一套用來開啟和關閉方寸物。」

陳平安提前問道：「同時有兩把飛劍在體內溫養，不會有衝突嗎？」

楊老頭嗤笑道：「阮邛不就有兩把本命劍，這還是他為了鑄劍求道，必須消耗大量天材地寶以及為一些私事而分心，否則以他的資質和家底，再養兩把都沒事。本命飛劍得看機緣，時候不到，一百年都苦求不得；時候一到，攔都攔不住。只是本命劍此物不是沙場點兵，多多益善，劍修夢寐以求的境界，號稱『一劍破萬法』。為何不說『兩劍』、『三劍』？就在於真正得道的巔峰劍修擁有一把符合心意的飛劍就足夠了，再多反而是累贅。至於你陳平安，練拳是吊命，練劍為何，我懶得猜，但是之外的山頭、法寶之流，你就跟攢銅錢似的，嫌錢多，裝在兜裡太累人？你會嗎？」

陳平安有些不好意思，撓撓頭道：「十五的方寸之地到底有多大，能裝多少東西？」

楊老頭笑道：「跟你那把槐木劍差不多，還行，比起尋常方寸物已經要好上一些。一座金山、銀山是裝不下，但是至少不用你背著大竹簍走江湖。記住，活的東西別放入方寸物，比如那塊劍胚，一旦被你強行攝入其中，就會壞了『洞天福地』的某些規矩，便要玉石俱焚了，到時候你就心疼去吧。」

楊老頭傳授給陳平安兩套口訣，重複了兩遍，在陳平安銘記在心後，老人就繼續抽著旱煙，煙霧嫋嫋升起。

冥冥之中，陳平安像是與那座氣府內的碧玉小劍搭建起了一座獨木橋，能夠與之對話，那種感覺，妙不可言。他心念一動，神魂微顫，飛劍毫無阻滯地透體而出，但是一個剎不住，竟是直奔楊老頭而去。

楊老頭眼都不眨一下，碧綠瑩瑩的袖珍飛劍就像是撞到了一堵高牆，暈暈乎乎反彈回陳平安處，一閃而逝，迅速溜回氣府，像是一個生悶氣的稚童，死活不願意搭理陳平安的心意呼喚了。

陳平安有些驚慌失措，楊老頭覺得好笑，緩緩道：「十五之前的歷任主人哪個不是名氣挺大的人物，從沒碰到過你這麼憨笨的主人，御劍如此糟糕，自然讓它覺得丟人現眼，就不願出來拋頭露面了。沒事，只要勤加練習，你們之間的聯繫就會更加緊密，等到贏得它的真正認可，你這個主人就會掌握更多的主導權，哪怕要它自行粉碎，消散於天地間，也不是難事。」

陳平安點點頭，鬆了口氣。只要可以靠著埋頭做事就能夠做得更好，他就都不怕。他怕的是那些不管自己如何努力都做不好的事情，比如燒瓷。

楊老頭突然說道：「知道為何十五明知你的資質一般還願意選擇與你榮辱與共嗎？因為你想到了一個至關重要的『快』字，這與十五的劍意根本是天然相通的。十五這把飛劍就是快，要快到讓所有對手措手不及，占盡先機，先手無敵。」

陳平安恍然大悟，那塊劍胚之所以跟自己犯沖，估計是自己尚未悟出它的劍意。

楊老頭揮揮手：「最近少走動，安靜等著阮邛的消息便是。」

陳平安欲言又止，楊老頭沒好氣道：「拜年禮？且不說我願不願意破例收，你小子拿得出讓我看上眼的東西？退一步講，就算有我看得上眼的，你願意給？去去去，說完了正事就趕緊回落魄山待著。至於你放在鐵匠鋪子那邊的家當，我會讓人給你帶過去。你如今現身劍爐附近太扎眼，不合適。」

陳平安曉得老人的脾氣，沒有拖泥帶水，起身離開這間藥鋪。只是剛跨出大門，陳平安忍不住又轉身回去，過了側房，看到那個坐在原地吞雲吐霧的老人，向他鞠了一躬。

楊老頭坦然受之。

在陳平安再次離去後，楊老頭敲了敲那支色澤泛黃的竹竿旱煙，思緒翩翩。在漫長的歲月裡，他暗中做了無數樁買賣，時至今日，他依然不是太看好那個少年。

有人真的命好，好到可以形容為洪福齊天，直到某一次命不好的到來，山崩地裂，可歌可泣。命硬的依舊很難冒頭，起起落落，落落起起，真想要往上走多高，難，很容易就被那些天之驕子拉開距離，只能跟在別人屁股後頭吃灰塵。

陳平安就像是楊老頭眼皮子底下那塊莊稼地旁邊的一棵野草，風雨裡一次次被壓趴下，苟延殘喘，可能一條土狗撒尿都不愛靠邊，只是每當春風一吹，次次新年新氣象。所以楊老頭願意順勢而為，不妨押上一注，押在這個原本最不看好的少年身上。

小賭怡情，輸了不傷筋動骨，贏了是額外的驚喜。

命好，就要一鼓作氣；命硬，有更多的後勁。

楊老頭知道大勢走向，大爭之世，百家爭鳴，群雄並起，會是一個天才湧現的「大年份」，千年不遇。修行路上，一步慢、步步慢，你陳平安真的很難脫穎而出啊。

陳平安走在小街上，自言自語道：「十五，不好意思啊，讓你丟面子了。以後我一定努力練習御劍口訣，爭取不會再像今天這樣出醜。」

陳平安確實有些愧疚。當別人對自己表達善意的時候，如果自己無法做點什麼，就會良心難安。

那座氣府內的碧綠飛劍微微一跳，似乎瞬間心情好轉，原諒了陳平安先前貽笑大方的蹩腳御劍。陳平安情不自禁地笑了笑，心想比起脾氣暴躁的初一，同樣是本命飛劍，十五實在是溫柔多了。結果陳平安剛剛冒出這麼個念頭，初一就離開老巢開始翻江倒海，疼得陳平安佝僂起來，站在原地，一步都跨不出去。

十五察覺到異樣，嗖一下掠出氣府，一路游弋，飛快穿過重重關隘，最終來到初一的「家門口」，懸在空中，輕輕打轉，似乎在猶豫要不要登門拜訪。

陳平安實在無法正常前行，只好艱難挪步，在街巷岔口的臺階上坐著。

大概是被飛劍十五吸引了注意力，劍胚初一放過了陳平安。兩柄「遇人不淑」的本命飛劍各自懸停在氣府門內、門外，既像是氣勢洶洶的對峙，又像是猶豫不決的相逢。

陳平安趁著這個間隙趕緊大口喘息，略作休整，就小跑向騎龍巷，喊上青衣小童和粉裙女童重返落魄山。

初一不見十五，不歡而散。

臨近真珠山，其間初一又折騰、敲打了陳平安一次，讓陳平安差點滿地打滾，只得咬緊牙關蹲在地上，汗流浹背，幾乎就要兩眼一黑暈厥過去，讓陳平安只能拚命運轉十八停的呼吸之法。如今打破了六、七境之間的大瓶頸，因此陳平安在跟初一的拔河過程當中，依稀可以保持住那一點靈犀清明，為此付出的代價就是清清楚楚感知到所有神魂震盪帶來的巨大痛苦，這份折磨，絲毫不亞於剝皮之苦、凌遲之痛。

十五對此蠢蠢欲動，不過仍是沒有離開棲息之地，像是在下定決心之前，暫時還是打算隔岸觀火。等到初一心滿意足地恢復平靜，陳平安整個人跟剛從水裡撈出來差不多，步履蹣跚地繼續趕路，走樁走得踉踉蹌蹌，搖搖晃晃。

就連陳平安自己都沒有意識到，無形之中，在他身上流淌的那份拳意越發紮實渾厚。

大山之中，有一位衣衫襤褸的光腳老人，視線渾濁不堪，如同一隻無頭蒼蠅四處亂跑，跌跌撞撞，不斷重複著：「瀺巉的先生呢，我家瀺巉的先生呢……」

剎那之間，瘋癲老人驀然眼神明亮幾分，環顧四周後，並沒有拔地而起，更沒有御風飛掠，而是深吸一口氣，閉上眼睛，仔細探查了山脈走勢，然後一步跨出，就直接走到了一行三人之前。

老人望向那個大汗淋漓的走樁少年，問道：「你是不是叫陳平安？」

陳平安身體緊繃，點頭道：「是的，老先生找我有事嗎？」

青衣小童眼神呆滯，心死如灰。離開了小鎮，本以為是天高任鳥飛了，結果連大山裡頭的荒僻小路上都開始有一拳能打死自己的神仙妖怪了？

老人神色顯得火急火燎，匆忙問道：「我是崔瀺……我是崔瀺的爺爺，你如今可是他的先生？」

陳平安愣了一下，越發小心謹慎：「算是的。」

老人語速極快：「他如今過得怎麼樣？是否會被人欺負？」

陳平安想了想，很難回答這個問題。因為少年國師崔瀺，或者說去往山崖書院的崔東山，那趟遠遊，日子過得真不怎麼樣。陳平安不願欺騙這個自稱是崔瀺爺爺的落魄老人，可又不敢實話實說。潛意識當中，陳平安覺得眼前老人跟之前正陽山的搬山猿氣勢很像，不同之處只在於兩者修為有高低，至於是那頭搬山猿更高還是眼前老人更高，陳平安道行太低，完全看不出深淺。

老人只是一個皺眉，就讓陳平安和兩個小傢伙感到一陣窒息的壓迫感。他冷哼道：「雖然你是我孫兒的先生，我應當敬你，可是連三境都不到的純粹武夫，如何做我孫兒的授業恩師？以後我孫兒遇到了麻煩，你這個做先生的，難道就只能束手無策，在遠處看戲嗎？不行，絕對不行！」老人眼神銳利如刀，死死盯住陳平安，「帶我去一個你認為安全的地方，我要幫你一把！」不等陳平安反應過來，老人就站在了陳平安身側，五指如鉤抓住陳平安的肩頭，「快說！時不我待，我最多清醒一炷香工夫，別浪費時間！」

陳平安一頭霧水，但是老人隨隨便便一握肩頭，不但讓陳平安痛徹心扉，就連初一和十五兩柄飛劍都嗡嗡作響，哀鳴不已。畢竟它們能夠發揮出的威勢與陳平安的境界修為息息相關，所以當下根本就無法出去阻攔老人的咄咄逼人。

青衣小童和粉裙女童不敢動彈，不是不想，而是不能。

相傳世間登頂的純粹武夫，例如第九境山巔境，氣勢凝聚，外放如劍氣傾瀉，勢不可當，只是一聲怒喝，就能夠震碎敵人膽魄的壯舉，無論是在江湖還是在沙場，並不罕見。

老人怒喝道：「快說！再磨磨嘰嘰，老夫管你是不是自家孫兒的先生，一拳打斷你手腳！」

陳平安眼神堅毅，咬牙運氣，準備拚死一搏，為自己爭取一線生機。

老人與之對視，哈哈大笑，鬆開他的肩頭，後退一步，朗聲大笑道：「小娃兒，有點門道，不錯不錯，是塊好料！落在別的狗屁武道宗師手裡，再花心思去雕琢你，你都成不了大氣候，但是我不一樣！」

魏檗一襲白衣，飄然出現在山路上，沉默片刻後，對陳平安開口笑道：「不妨帶著這位老先生去竹樓。如果你答應，我來帶路。」

老人望向魏檗：「喲呵，好久沒見著這麼人模狗樣的山神了，有趣有趣，等老夫恢復一些氣力，有機會一定要找你切磋切磋。」

魏檗笑道：「老先生就別找我切磋了，好好打磨你那孫子的先生的武道境界，估計就夠忙活的了。」

老人滿臉譏諷笑意道：「廢話少說，帶我去陳平安的地盤，是叫什麼落魄山來著，我知道那邊有一處適宜磨刀的地方。帶路！」

魏檗對於老人的氣勢凌人根本不惱火，笑咪咪點頭，打了個響指，山水倒轉，一行人瞬間出現在落魄山竹樓外。

陳平安望向魏檗，後者輕輕點頭。

老人一把抓住陳平安的肩頭，輕輕一躍就來到二樓，帶著陳平安推門而入。

老人挑了一下眉頭，快意大笑道：「好地方，真是好地方！一天至少能夠讓我清醒個把時辰，真是半點不輸給洞天福地了。總算有點我家瀺𩴾的先生的氣度了。」

他後退數步：「陳平安，能不能吃苦？」

從頭到尾都莫名其妙的陳平安下意識點頭道：「能吃。」

老人又問：「吃不吃得了大苦頭？」

陳平安不敢回答這個問題。

老人有些不高興，罵罵咧咧道：「像個小娘兒們似的，行就行，不行就不行，多大的事！太不爽利了，換作別人，老夫真不樂意伺候！」

陳平安默默告訴自己，眼前的人腦子不太靈光，不用放在心上，由著他說就是了。

老人向前踏出一隻腳，擺出一個一拳向前懸空、一拳收斂貼胸的古樸拳架，簡簡單單，但是一瞬間就變得氣勢驚人。

他沉聲道：「吃得苦中苦，方為人上人。我輩武人，想要往上走，在登頂之前，就要去當一條路邊刨食求活的野狗！要告訴自己，要想痛痛快快活著，就必須跟天地大道爭！跟狗屁神仙爭！跟同輩武夫爭！最後還要跟自己爭！爭那一口氣！這一口氣吐出之時，要教天地變色！要教神仙跪地磕頭，要教世間所有武夫，覺得你是蒼天在上！」

這一刻，形象分明比乞丐還不如的白髮老人氣勢之雄壯，精神之鼎盛，無與倫比！

老人彷彿在明明白白告訴少年一個道理——眼前之人，天下無敵！

陳平安呼吸頓時為之一滯。這是一種本能，就像青衣小童和粉裙女童遇見稚圭，甚至跟境界高低都關係不大，純粹就是一種氣勢上的強大鎮壓。

純粹武夫，大概某種程度上，「純粹」二字的精髓就在這裡。

曾經在小鎮窯務督造衙署內，藩王宋長鏡同樣什麼都沒有做，就能夠讓境界不俗的劍修劉灞橋覺得全身肌膚都在被針扎。

砰然一聲巨響，陳平安剛要有所動作以防不測，結果整個人就已經倒飛出去，狠狠撞在竹樓牆壁上，癱軟在地，掙扎了兩下，只能背靠牆根，無論如何都站不起身來，嘴角有鮮血滲出。

一腳踹中陳平安腹部的老人雙臂環胸，居高臨下望著那個淒慘的草鞋少年，冷笑道：「與人對峙還敢分心，真是找死！」

陳平安伸手擦拭嘴角，吐出一口濁氣，掙扎起身站在牆壁邊，如臨大敵。

老人淡然道：「世間只說武道有九境，不知九境之上還有大風光。你暫時才摸著了三境門檻，其實連二境的基石都打得一般。若是老夫不出現，你為了追求破境速度，一旦躋身三境，恐怕就要壞了未來九境成就的根本。武道一途，絕對容不得半點花哨虛誇，你先前做得還算不錯，但是遠遠不夠！因為你在第一境的散氣就做得差了！」

陳平安呼吸逐漸順暢起來，到底是淬鍊體魄不曾懈怠片刻的少年，底子打得很好。要知道，眼前老人嘴裡所說的「一般」、「還算不錯」，是何等之高的評價。朱河之流的世俗武夫，若是能夠得到這樣的評價，恐怕會當場激動得淚流滿面。

陳平安尚未理解這些曲折內幕，只是顫聲道：「受教了。」

老人一步踏出，整棟竹樓隨之一晃，李希聖那些畫在綠竹之上的無形文字微微顯形，流淌出一片不易察覺的素潔光輝，如那只月光瓶傾瀉在溪澗水面上的場景，尤為動人。

老人心思一動，但是沒有理睬這些外物，死死盯住陳平安，道破天機：「第一境泥坯境在於找到那一口先天之氣搭建武道茅廬的框架，氣為棟梁，氣為高牆！但是一氣呵成之前，卻要散氣散得澈底，將後天積攢下來的所有汙穢之氣，甚至是天地靈氣，一併摒除！純粹武夫，何謂純粹？就是純純粹粹來跟這個天地較上一勁！莫要學那山上鍊氣士，鬼鬼祟祟，到頭來只是做了仰人鼻息的看門走狗！」

陳平安聽得一知半解，而且內心深處，並不完全認可老人的說法。

老人嘴角翹起，冷笑道：「第二境俗稱木胎境，我倒覺得叫開山境更好，山上神仙、山上神仙，武夫偏偏就要一拳破開這座山！此境打熬筋骨，基礎打好了，未來成就根本不會輸給佛家的金剛不敗之身或是道家的琉璃無垢之體，我輩武夫同樣可以淬鍊出穩固至極的體魄。至於兵家，呵呵，不倫不類，所取之法，既像毛賊又走捷徑，可笑至極！」

兵家確有一條通天捷徑，除了能夠請神下山，神靈附體，還可以在氣府內溫養一尊戰場英靈。英靈是一種先天強大、死而不散的陰魂，一旦與修士神魂成功交融，自身體魄如同道教丹鼎熔爐，水火交融，屬於另一條道路，是一種極其強大的法門，但是在這個邋遢老人嘴裡，兵家的路數簡直就是不值一提，口氣之大，真是嚇人。

老人朝陳平安勾了勾手指：「來來來，老夫就將境界壓制在第三境，你使出全部氣力往死裡打，能把老夫打得挪動半步，就算你贏！」

陳平安有些猶豫。他根本就沒有搞清楚狀況，從老人莫名其妙出現，到現在莫名其妙要開打，他始終一頭霧水。以崔瀺如今的身分地位，需要自己這個名不副實的半吊子先生去保護？而且老人自己都說了，武道一途，沒有捷徑可走，自己天資又差，這輩子能不能走到崔瀺一半的高度都未可知，老人的說法豈不是自相矛盾？

老人不悅道：「就你這種心性，真是無趣至極。要你打就打，怎的，還要老夫跪下來求你出拳？」

陳平安性格倔強的一面終於展露出來，依舊保持防禦姿態，紋絲不動。

老人眼神深處晦暗不明：「老夫只問你一句，想不想躋身三境，並且是天底下數一數二的三境？」

陳平安點頭，毫不猶豫道：「想！」

老人微微側過頭顱，伸出手指，指向自己腦袋，神色跋扈至極：「那就朝這裡打！你小子的性情脾氣很不對老夫的胃口，但是看在瀺鑱的分上，再多給你一次機會，如果打得有些氣勢，我就扶你一把，讓你去親身體會一下真正的三境風采。」

陳平安緩緩道：「那可真打了？我出拳不會留一手的！」

老人哈哈大笑道：「少廢話，小娘兒們！你家怎麼出了你這麼個沒膽魄的？你爹娘一定是膽小鬼吧？」

陳平安一股怒氣油然而生。看似與人為善、心腸柔軟之人，必然有一塊堅硬如鐵的心境土壤，在苦難人生中死死支撐著那份看似愚蠢的善意。這個泥瓶巷少年就是如此，一路遠遊千萬里，練拳日夜不停歇。

陳平安一步向前，一瞬間就爆發出驚人的速度，來到老人身前，右手一拳就擊中老人的額頭。看似一拳，卻最終響起砰砰兩聲。

剎那之後，陳平安倒退數步，雙臂頹然下垂，然後一退再退。

原來第一拳砸中老人額頭之後，巨大的反彈勁道就讓陳平安的右臂劇痛，但是他的狠勁與此同時迸發出來，力氣更大的左拳緊隨其後，又砸在了老人腦袋上。

只可惜兩拳之後，老人紋絲不動，打著哈欠，一副百無聊賴的可惡模樣，看著不遠處少年的窘態，譏諷道：「你的全力出拳就是撓癢癢啊？老夫是你媳婦，還是你是老夫媳婦？先前說你是個小娘兒們，真是沒錯。老夫要是你爹娘，非得活活氣死。」

陳平安臉色陰沉。

「怎麼，你爹娘已經死了？」老人「哦」了一聲，故作恍然道，「那更好，他們一定會被你氣得活過來的。」

劇痛之後，陳平安雙臂已經澈底麻木，失去知覺，但是他依然快步向前，這一次高高躍起，擰轉腰身，一記鞭腿轟在老人的左側頭顱。除了沉悶聲響，老人仍是毫無異樣，陳平安借勢在空中轉向，第二記鞭腿甩在老人右側頭顱。這一次陳平安落地後，雙腳疲軟，肩頭一高一低，數次才穩住身形。

老人用看白癡的眼神盯著瘸子少年，問道：「既然左腿已經吃夠苦頭，為何第二次右腿還要出力更大？你不知道疼嗎？」

陳平安沒有說話，臉色雪白，肩頭起伏不定，雙腿受的傷肯定不輕。

老人點點頭：「看來這就是你的瓶頸了，真是讓人失望。」

陳平安第三次前衝，以撼山拳六部走樁向前，雖然速度比前兩次都要慢上一拍，但是氣勢絲毫不減。

老人微微一愣，站在原地，好整以暇地安靜等待。

無數次走樁，撼山拳的那股神意早已融入陳平安的神魂，哪怕是手腳受傷，當他開始走樁時，依舊氣勢如虹。腳尖一點，高高躍起，揚起腦袋，猛然向下一鎚，重重砸在老人的額頭上。

毫無意外，陳平安摔在地上，大口呼吸，眼神中充滿了無奈。

「聰明人會知難而退，你小子，可差遠了。但是，不聰明，這就對了。要想當純粹武夫，就不需要太聰明，聰明反被聰明誤。為此，老夫就……」老人這才掠過一抹讚賞神色，步步前行，滿臉笑意，「賞你一腳！」

一腳閃電踹出，幅度極小，剛好足夠踢中地上陳平安的太陽穴一側。陳平安竭盡全力抬起一條胳膊格擋住那狠辣凶險的一腳，最終手臂緊貼頭顱，整個人被一腳踹得撞在牆根，蜷縮著，全身無一處不疼痛。

老人站在原地，居高臨下看著可憐少年：「你的武道底子我已經徹底摸清楚了。方才是開胃小菜，接下來才是真的苦頭。你先去外邊打聲招呼，近期準備好大水桶、最好的溫補藥材和最好的金創藥，當然最好也準備好一副棺材，哈哈，老夫怕你一個想不開就上吊自殺了。也好，一家在地底下團圓。」

陳平安休整了足足一炷香工夫才能夠勉強起身一瘸一拐地走出屋子，魏檗看到後，忍住笑道：「我這就去準備上等藥缸子及藥材、膏藥、靈丹之類的，不用擔心，牛角山包袱齋什麼都有。至於錢嘛，我先幫你墊著，什麼時候有錢什麼時候還，不著急。不過朋友歸朋友，在商言商嘛，利息還是要收一點的。」

陳平安擠出比哭還難看的笑臉，點點頭，等到魏檗消失後，一屁股坐在廊道上，背靠牆壁。

青衣小童輕聲問道：「老爺，練拳苦不苦？」

陳平安癱坐在地上，身軀在情不自禁地微微顫抖，苦澀道：「苦死了。」

陳平安在風雪之中的走樁立樁，青衣小童全部看在眼裡，自認以陳平安的二境武夫體魄，承受那份煎熬，他是無論如何都做不到的。太煎熬了，不是嘩啦一下手臂給人砍斷，鮮血淋漓，哇哇大哭那種，而是另外一種鈍刀子割肉，呼吸一口都是喝罡風、吃刀子的感覺。可如果連陳平安都覺得是吃苦頭，青衣小童無法想像那份煎熬。

粉裙女童轉過頭，默默哽咽。

約莫半個時辰後，屋內盤腿打坐的老人站起身，沉聲道：「陳平安，開始練拳！」

陳平安嘆了口氣，推門而入。青衣小童咽了咽口水，幫著輕輕關上門，連看都不敢看那糟老頭子一眼，之後跳上欄杆坐著，十分惆悵。

想我在御江叱吒江湖數百年，在整個黃庭國都是響噹噹的豪傑，呼風喚雨，高朋滿座，為什麼到了這屁大的一座龍泉郡就處處碰壁？大爺我最近運氣也太背了吧？以後會不會出門撒泡尿都不小心濺到哪路神仙，然後給人一拳打死？這不符合老子行走江湖就應該大殺四方的預期啊！

青衣小童哭喪著臉，雙手使勁拍打欄杆，惱火死了。

粉裙女童在一樓，和魏檗一起幫著生火，煮了一大缸藥湯，香氣撲鼻。

這一大缸子的藥材不貴，也就耗費魏檗八萬兩大驪紋銀。

窮學文、富學武，古人誠不欺我。當然，世間絕大多數武夫肯定不會像魏檗這樣一擲千金，否則再雄厚的家底也要給掏空了。

二樓屋內，老人瞥了眼精神尚可的少年：「老夫除了幫你澈底散氣，還會同時淬鍊你的體魄、神魂，只要你堅持到最後，二境破三境水到渠成，運氣好的話，躋身四境都不是沒可能。」

運氣好的話……陳平安聽到這句話，就覺得沒戲了。

老人微笑道：「接下來，老夫會注意每次出手的力道，不會讓你一開始就覺得難以承受。不過到最後的滋味，呵呵，到時候你自行體會。」

陳平安有一種不祥的預感。

老人收斂笑意，心境頓時古井無波，緩緩擺出一個古樸滄桑的拳架：「老夫年輕的時候喜歡遠遊四方，從不攜帶神兵利器，只靠一雙拳頭，打遍山上、山下，曾觀天師擂響報春鼓！相傳遠古時代，雷神駕車擂鼓，震懾天下邪祟，激濁揚清。」老人臉色平靜，「老夫一次觀摩之後便有所感悟，悟出了這一式，名為『神人擂鼓式』！」

陳平安豎耳聆聽，不敢漏掉一個字，理由很簡單——苦不能白吃！

老人厲色道：「小子站穩了，先吃上十拳！」

竹樓屋內響起一陣爆竹崩裂的清脆響聲，連綿不絕的十拳依次砸在了陳平安身上十個地方，力透氣府，使得氣機激盪不平，如掃帚過處，灰塵四起。

收拳之後，老人笑意古怪。

做好最壞打算的陳平安起先還有些驚訝，覺得老人出拳並不沉重，打在身上完全可以承受。但下一瞬，陳平安驀然七竅流血，倒地不起，開始打滾。

他死死咬住嘴唇，不讓自己痛哭出聲。練拳之時，除了聽朱河說過練武初期不可喝酒傷身之外，還曾多次聽說一口氣不可墜。他好不容易知道一點拳理，無比珍惜，直到今天仍是堅持不懈，哪怕事後知道了阿良那只酒壺內的大福緣，也從不後悔什麼。

老人眼睜睜看著少年四處打滾，嗤笑道：「如何，滋味不錯吧？此拳精髓在於拳勢能夠次次翻倍累加，便是被譽為金身不破的大羅金仙，只要你出拳足夠快，次數足夠多，一樣能摧破得粉碎！」老人說完這些，神情有些恍惚。

當年位於武道巔峰之時，他一直想知道一件事情。若是道祖佛陀願意不還手，那麼被自己這一式不斷累積，最終能夠支撐幾百拳，而自己又能夠遞出幾百拳？

老人很快回過神來，解釋道：「放心，老夫這十拳用了巧勁，不傷身軀皮囊，只捶在了你的魂魄之上。你咬咬牙，多半是能夠熬過去的。」

陳平安在地上足足滾了半炷香，然後靠著楊老頭傳授的呼吸吐納之法以及阿良教的運氣法門，這才在一炷香後緩緩起身，滿身汗水，像是剛上岸的落湯雞。

老人點頭笑道：「看來十拳還行，那就吃下十五拳再說。」

這一次，陳平安躺在地上整整兩炷香都沒能坐起身，更別談跟老人撂什麼狠話了。

老人靜觀他體內氣機的細微變化，繼續說道：「武道武道，也是大道！錬氣士總是瞧不起純粹武夫，只說武學而不言武道，認為武學永遠無法達到『道』的高度。老夫偏不信邪，遍觀百家典籍，某天讀至一段內容，說一名女雨師心繫蒼生，不惜僭越，違反天條，擅自降下甘霖，金身便被拘押在一座打神臺上。天帝中飭的詔書當中，有那『自作自受』四字，老夫當時就拍案而起，大罵混帳！怒氣難平，便走到外邊，正值大雨滂沱，老夫一拳就打得雨幕向上退去十數丈！所以老夫這一拳，名為『雲蒸大澤式』！」

老人悄無聲息地站在陳平安身旁，一腳踩在他的腹部，冷笑道：「起不來，躺著便是！老夫一樣能讓你知曉這一拳的妙處！」

陳平安氣海之中轟然一聲，彷彿迎來一場天翻地覆的劇變。

他當時跟隨崔東山從大隋返回黃庭國，途經一大水之地，霧氣升騰，十分壯觀。他從崔東山文縐縐的言語之中，知道了那叫雲蒸大澤的巍巍氣象。但是美景是美景，承受了老人這一次迅猛踩踏，在自己體內經受這幅畫卷帶來的跌宕起伏，那真是名副其實的「欲仙欲死」。

老人一腳踩得陳平安位於下丹田的那座氣海暴漲上浮，陳平安感覺肝腸寸斷，下一刻就要把五臟六腑全部都吐出喉嚨。體內氣海每一次水霧升騰，陳平安就像是被人向上拽起一次，身軀從地面上彈起，然後墜落地面，如此反復。最後老人似乎覺得身體彈跳的少年十分礙眼，又是一腳踩下：「給我定！」

陳平安被那一腳死死踩在地面上，四肢抽搐，臉龐猙獰，眼神渾濁。只見無數粒極其微小的血珠從他全身肌膚毛孔中緩緩滲出，最後凝聚成片。

老人怒喝道：「陳平安！聽好了！武道之起始的那口氣既然早已被你找到了，難道是拿來做樣子的不成？人不能動又如何？唯獨這一口氣不可停墜！」

陳平安在渾渾噩噩之中，模模糊糊聽到了老人的怒喝，幾近本能地在心湖之中默默發聲，算是發號施令，讓那條氣若火龍的玄妙氣機自行運轉，想去哪裡就去哪裡，因為他當下實在是連一根手指頭都掌控不了了。

老人低頭凝神望去，視線之中，一條粗細不過絲線、宛如火龍的氣機開始在陳平安的經脈裡瘋狂亂竄，大笑道：「好！」

他收回腳，一手負後，一手對著陳平安屈指輕彈，「老夫曾在山巔觀看兩軍對壘，真是精彩，彷彿是龍象鬥力，龍為水中氣力最大者，象為陸地氣力最大者。那一戰可謂沙場百年之絕唱，老夫為之悟有一拳，名叫『鐵騎鑿陣式』！」

老人每一次輕描淡寫的彈指，陳平安就要硬生生斷去一根肋骨。這是他第一次因為痛苦而哀號出聲。因為真正的苦痛，不只在肉身體魄，更是在神魂深處。

廊道外坐在欄杆上的青衣小童心驚膽戰，差點摔下去。

樓下的粉裙女童失魂落魄，突然蹲在地上抱住腦袋，不敢再聽。

看著徹底暈死過去的少年，老人面無表情地走向屋門，打開門後，對那個瑟瑟發抖的青衣小童說道：「抬他去樓下，直接丟到藥桶裡泡著，衣衫、草鞋都不用脫。別小看這麼點分量，對於當下的陳平安而言，想要穩固境界，就不可以動它們。還有，記得告訴那個長得很脂粉氣的山神，別畫蛇添足，往裡頭加什麼靈丹妙藥，不然老夫是無所謂，但是這小子今天的苦頭就算是白白消受了。」

聽過了吩咐，青衣小童嚇得根本不敢走樓梯，直接一個蹦跳就下去了，讓粉裙女童去搬陳平安，他自己根本不敢與老人擦肩而過。然而，在提醒完魏檗之後，他又一咬牙，腳尖一點掠出，飄然上了二樓，搶在粉裙女童之前，硬著頭皮走入屋內，背起了血人一個的陳平安，下樓把他小心翼翼地放入藥桶。

滿臉淚痕的粉裙女童小聲問道：「魏山神，我家老爺真的沒事嗎？」

魏檗看了眼昏厥不醒的陳平安：「如果能夠堅持到最後就沒事，如果半途而廢，不單單是功虧一簣，恐怕會留下諸多後遺症，比如一輩子滯留在武道二、三境之間，因為底子打得太結實，再想要整體拔高境界，無異於稚童提石墩，做不到的。」

粉裙女童有些懵。

青衣小童獨自走出屋子，坐在屋外的竹椅上，雙手托起腮幫，怔怔發呆。

浸泡在藥桶裡的陳平安像是做噩夢而無法醒過來的可憐人，哪怕沉睡，氣息也紊亂至極，到黃昏時分，終於趨於平穩。

粉裙女童踮起腳尖，滿頭大汗地趴在藥桶邊沿，害怕老爺疼死，又害怕老爺淹死，更害怕老爺這一覺睡過去就不會醒過來。她就那麼瞪大眼睛，可其實什麼都做不了。

夜幕降臨，粉裙女童略微放心地走出竹樓，坐在青衣小童身邊的竹椅上。

兩兩沉默許久，青衣小童突然輕聲道：「傻妞兒，我決定了，我真的要好好修行了。」

粉裙女童興致不高，有氣無力道：「為啥？你不是說我們修行只靠天賦嗎，還說你躺著，境界就能嗖嗖嗖往上暴漲。」

青衣小童破天荒地耷拉著腦袋：「我不想次次都遇到能夠一拳打死我的傢伙。」

粉裙女童覺得這很難，但是今天自家老爺已經這麼慘了，她不願意再打擊身邊這個傢伙，畢竟現在還是正月裡呢。

青衣小童揚起頭顱，高舉拳頭：「我要爭取做到那些傢伙兩拳才能打死我！」

粉裙女童有些彆扭，總覺得這話怪怪的。

志向高遠？好像不太對。目光短淺？好像也不對。

青衣小童替自己打氣鼓勵：「我這麼個講究江湖道義的英雄好漢，不希望次次遇到那些傢伙時只能躲在陳平安身後，太對不起我『御江俠義小郎君』的名號。我要讓陳平安曉得，我是真講義氣，不是嘴上說說的！」

這次粉裙女童誠心誠意地伸出一只小拳頭，輕輕揮動道：「加油！」

直到這一刻，打心眼裡瞧不起火蟒的青衣小童心底突然有些感觸。

這個傻妞兒，蠢笨是蠢笨了點，原來還是滿可愛、討喜的。

他一下子恢復嬉皮笑臉的德行，賤兮兮笑著問道：「傻妞兒，上回說過的事情，妳想好了嗎？做我的小媳婦唄，有事、沒事一起滾被窩。哪怕我現在不怎麼喜歡妳，可是感情都是可以培養的嘛，只要妳喜歡我就行了。精誠所至，金石為開。總有一天，我會變得跟妳喜歡我一樣喜歡妳，想到這個妳就美滋滋了，對吧？」

粉裙女童泫然欲泣：「你臭不要臉！我要跟老爺告狀去！」

「咱們老爺睡覺呢，才顧不上妳。」青衣小童樂呵呵道，「天上掉個大餡餅在妳頭上都不曉得接住，算啦算啦，真是個傻妞兒！也就陳平安沒見過世面才把妳當個寶，換成我，最多給妳一顆上等蛇膽石。」

粉裙女童鼓起腮幫，氣呼呼道：「請你喊老爺！」

青衣小童一下子沉默下去，雙手抱住後腦勺，望向遠方，輕聲道：「是啊，陳平安是我們的老爺。」

陳平安是在大半夜醒過來的，行走無礙，但是體內氣象堪稱慘烈。只是不知為何，斷了的肋骨都已經接上，當然尚未痊癒，但足以見得魏檗花出去的那八萬兩真不算打水漂。事實上，如果換成別人去跟包袱齋購買，十六萬兩銀子都未必拿得下來，這就是北嶽正神的身價。

陳平安換上了一身嶄新衣衫，不敢走出這棟竹樓。粉裙女童善解人意地搬來一把小竹椅，陳平安就在門檻附近安靜坐著。他什麼話都沒有說，一直坐到旭日東昇，練習了一下劍爐立樁，這才起身去一樓的小床鋪躺下睡覺。

下午，老人睜開眼站起身，沉聲道：「開始練拳。今天只錘鍊魂魄，讓你去蕪存菁。」陳平安隨之睜眼醒來，嘆了口氣，默然走上二樓，之後又被青衣小童背著離開二樓，再次在半夜醒過來後，吃了一頓飯，哪怕沒有半點胃口，仍是強行咽下。

看著自家老爺拿筷子的手一直在顫抖，夾了幾次菜都掉回菜碟，粉裙女童一下子就滿臉淚水。青衣小童只是埋頭扒飯。

這次陳平安略作休息，在門口坐著，雙手顫抖地練習了劍爐，很快就去睡覺。

整整一旬光陰，三天錘鍊神魂，一天捶打體魄。老人每次出手都拿捏得恰到好處，保證會讓陳平安一次比一次遭罪，所以根本不存在什麼習慣了、適應了那份痛楚的可能。

陳平安越發沉默，往往一整天清醒的時候都不說一句話。偶爾，粉裙女童詢問什麼，或是想要讓自家老爺開心一些，陳平安起先是笑著搖頭，後來就是皺著眉頭了，最後有一次竟是滿臉怒意，雖然看得出來，陳平安在克制壓抑，但是青衣小童和粉裙女童都被驚嚇得無以復加。當時陳平安欲言又止，嘴唇微動，可是始終沒有說什麼，去床鋪上躺著，閉上眼睛，不知是睡是醒，甚至不知是生是死。

青衣小童曾經試探性地詢問魏檗，陳平安在挨揍的時候到底有多痛苦。魏檗想了想，說陳平安第一天遭受的苦楚大概是一般的凡夫俗子被人一刀刀剁碎十指吧，連骨頭帶肉一併剁成肉醬的那種，而且還得讓自己盡量保持清醒，之後每天就更嚴重了。

第一天而已。在那之後，青衣小童就再沒有問這類問題。

他開始修行了，變得比粉裙女童還要勤勉。

這一天，陳平安在夜幕中坐著，癱靠在椅背上。

魏檗緩緩走來，站在他身邊，陪著他一起看著懸在夜空裡的那輪明月。

陳平安沙啞問道：「魏檗，能不能麻煩幫我問一聲，阮師傅什麼時候鑄劍成功？」

魏檗這一次笑不出來，只是嘆息一聲，點頭道：「我去問問看。事先說好，阮邛這次開爐鑄劍，是他離開風雪廟後的第一次出手，必然很重視，所以多半不願分心，未必能夠回覆我。」

陳平安「嗯」了一聲。他已經顧不得什麼花錢如流水了，最早幾天，他還會在心裡默默記帳，後來就完全沒了這份心思。

最近粉裙女童和青衣小童都有意無意地讓陳平安獨處，並不去打攪他。

陳平安起身的時候，輕聲道：「幫我跟他們說一聲對不起，我不是有意的，就是有些時候，真的忍不住。」

魏檗問道：「怎麼不自己去說？」

陳平安愣了一下，苦笑道：「我也不知道為什麼，好像只是想到這件事情就會很累，我怕說了那句話，明大練拳就會撐不下去。」

魏檗點頭道：「有點玄乎，但是我勉強能夠理解。放心吧，我會幫你說的，他們也會體諒的。」

天底下的武道修行，恐怕真沒有幾個武夫能連續吃這種苦頭。

老人悄無聲息地站在二樓簷下，聽到兩人對話後，只是笑了笑，便轉身回屋內。

魏檗無法澈底理解很正常，因為老人的出拳本身就是一種不斷累加的「神人擂鼓式」，是心性上更深層次的一種隱蔽錘鍊。淬鍊體魄、清洗經脈、伐髓生骨是第一步，壯其膽、雄其魂才是第二步。真正考驗人的還是錐心，老人就像是一次次以尖銳大錐狠狠釘入少年心田，其中滋味可想而知。

老人其實也很驚訝。一是少年至今還沒有失心瘋，還在咬牙熬著，打死不願說那句「我不練拳了」。二是這棟竹樓的玄妙，真是妙不可言。

陳平安躺在床鋪上，捲起被褥後，整個人蜷縮起來，面向牆壁，一隻手使勁摀住嘴巴。指縫之間，有嗚咽聲。

又是一旬。這一旬，陳平安遭受的劫難變得更加慘絕人寰，其中就包括老人要求陳平安自己剝皮和抽筋——他自己親手去做！

有天夜裡，包紮得像個粽子的陳平安坐在竹椅上，突然站起身，身形微微搖晃，走向門外的山崖。他似乎想要練習很久沒有練習的走樁，只是一遍之後，就只能放棄。

他呆呆轉頭望向小鎮方向，嘴唇顫抖，欲哭不哭。

「魏檗，我知道你在附近，你能不能給我帶一壺酒？」陳平安突然問道。

魏檗點點頭：「我身上就有。」

一只已經開封的酒壺在陳平安眼前緩緩落下，陳平安伸手接住後，轉頭望向竹樓：「能喝嗎？」

二樓傳來一陣冷笑：「喝個酒算什麼，有本事以後跟道祖、佛陀掰掰手腕才算豪氣！」

陳平安轉回頭，月明星稀，望向遙遠南方的山山水水，低下頭嗅了嗅酒味。他曾經背過一個醉酒的老秀才，老秀才使勁拍打他的肩頭，嚷嚷著「少年郎要喝酒哇」。

面容枯寂多時的少年驀然笑容燦爛起來，狠狠灌了一口烈酒，咳嗽不停，高高舉起酒壺，竭力喊道：「喝酒就喝酒！練拳就練拳！」

片刻之後，少年憋了半天，還是忍不住給那一大口烈酒嗆出了眼淚，小聲抱怨：「酒真難喝……」

但是少年仍是又逼著自己喝了一大口，一邊咳嗽一邊朗聲道：「書上說了，『美人贈我金錯刀，何以報之英瓊瑤』！酒不好喝，但是這句話，真是美極了！」他莫名其妙地有些臉紅，不知是喝酒喝的，還是難為情。

他輕輕向遠方「喂」了一聲，像是在悄悄詢問某位讓他喜歡的少女。

喂，妳聽到了嗎？

聖人有云：「天將降大任於斯人也，必先苦其心志，勞其筋骨……」

魏檗幾乎每天都會往落魄山跑，帶著從包袱齋帶來的珍貴藥材給陳平安。對於陳平安這兩句光陰的淒慘境遇，魏檗雖然說做不到感同身受，但是陳平安的韌性，以及那個糟老頭子的心狠手辣，都讓魏檗感到詫異。這得是多大的「大任」才需要遭此劫難，總不至於當天下大變之時，倒懸山傳來噩耗，然後要求這少年去「一劍當百萬師」？

當這個念頭浮現後，魏檗自己都覺得荒謬。天何其高遠，地何其廣闊，要知道，東寶瓶洲是浩然天下的九洲中最小的那個，何況距離倒懸山最近的大洲還是那個秀木如林、枝繁葉茂的南婆娑洲，例如曹曦之流，已是戰力極高的陸地劍仙，可是在南婆娑洲，依然難稱最頂尖。真正會當凌絕頂的修士，是潁陰陳氏的老祖之流。

落魄山山神宋煜章其間主動求見過魏檗一次，魏檗只是不鹹不淡地跟他聊了幾句，遠遠不如第一次見面那般客氣熱絡，其中緣由，雙方心知肚明。宋煜章要做純臣，要愚忠，一切以大驪利益為首要，當初在山巔的山神廟，關於陳平安一事，宋煜章哪怕是當著魏檗的面也說得開門見山，魏檗又不是沒有半點火氣的泥菩薩，便有些不歡而散。

魏檗今天拎著包袱，優哉游哉登山而行，來到竹樓，發現陳平安竟然還有興致主動跟他打招呼。他將價值十萬兩白銀的包袱輕輕拋給粉裙女童，瞥了眼盤腿坐在崖畔的青衣小童，腳步輕盈地小跑上二樓，發出一連串噔噔噔的響聲，不像是什麼即將金色敕命在身的北嶽正神，倒像是個跑堂的店夥計。

陳平安雖然馬上就要「趕赴刑場」，仍然微笑道：「辛苦魏仙師了。」

「不辛苦不辛苦，就幾步路而已，每天還能逛蕩賞景。再說了，好歹是山神，本就身負巡狩職責。」魏檗手肘斜靠欄杆，轉頭望向少年，「喝了小半壺酒而已，就這麼管用？」

陳平安赧顏道：「我也不知道為啥，喝過了，心情就大不一樣。」

魏檗點頭道：「好事情。」

老人的渾厚嗓音傳出：「進來享福了！」

陳平安無奈一笑，跟魏檗告辭。魏檗亦是苦笑不言，享福？虧老人說得出口。

「卸甲」一詞，聽上去很有意思吧，可事實如何？是要陳平安自己撕開表層皮膚、掀起指甲蓋！「抽絲」這個說法，則是要求陳平安自己抽動筋脈！這種殘虐的手法真正考驗人心之處在於故意讓陳平安自己動手，還得瞪大眼睛，動作還不能快，一點一點，就那麼自己給自己「抽絲剝繭」。

魏檗在頭皮發麻之餘，也對陳平安的武道境界充滿了期待。這樣打熬出來的三境，底子到底有多雄厚，日後對敵廝殺的時候，戰力到底有多強？

陳平安脫了草鞋走入空蕩蕩的屋子，關門後，發現老人正盤腿而坐，在那邊翻閱《撼山譜》。

今天老人在陳平安練習劍爐之際，突發奇想，說想要看看劍爐這個站樁的拳譜。陳平安一番解釋，無外乎當初跟寧姑娘說的那些：拳譜是代人保管，不是他陳平安所有，拳譜所記載的拳法和圖譜不可外傳，諸如此類，把老人給煩得差點就要當場教訓他。

「這就是那部《撼山譜》？」老人隨手將拳譜丟還給陳平安，呵呵笑著，滿臉譏諷道，「拳法開篇有言：『家鄉有小蟲名為蚍蜉，終其一生，異於別處同類，皆在搬運山石入水。』哈哈哈，原來是北俱蘆洲東南邊的江湖武人。你聽聽這些小家子氣的言語，土腥味十足，可想而知，寫出這部拳譜的拳師，一輩子能有多大的出息？

好在這傢伙還算有點自知之明，曉得在拳譜裡明明白白寫一句『一直不曾躋身當世拳譜之清流高品』，要不然老夫真要罵他一句臭不要臉了。

『我的拳法，分生死不分勝負，重拳意不重招式。』嘖嘖，這句話，真是說得癩蛤蟆一張嘴就想要吞天吐地——好大的口氣。陳平安，你知道為何拳譜如此闡述嗎？很簡單，因為分勝負的話，總是輸多勝少，所以才念叨著分生死，大不了一死了之嘛。」

陳平安悶悶不樂道：「拳譜如此不堪，老前輩還願意把書中拳理記得這麼清楚？」

老人哈哈大笑：「所載拳法是真爛，但是這人說話不怕閃著舌頭，老夫看著挺樂和的，當一本亂七八糟的山水遊記看就行了。」

陳平安沒有反駁什麼，但是有些不高興。他很珍惜這部拳譜，無比珍惜！

陳平安內心深處，對撼山拳的感激，甚至不比對劍靈的三縷劍氣少。

一個是救命藥，一個是保命符，沒有高下之分，也不該有。《撼山譜》的優劣，其實陳平安大致有數，因為寧姚就覺得很一般，按部就班學著練拳可以，但是她不覺得練的人能有多大的成就。之後朱河也親眼見識過陳平安的走樁、立樁，同樣沒有半點驚豔之感，可是陳平安不管這些。哪怕再過十年、一百年，不管他那個時候的武道成就有多高，對於撼山拳的喜歡，只會更多，不會減少！

老人笑問道：「今天在練拳之前，老夫問你一個小問題，如果答對了，就有驚喜；如果答錯了，嘿嘿……」

陳平安咽了口唾沫，有點犯怵。

老人收斂笑意，沉聲問道：「拳譜之中，拋開拳招、拳架，你最喜歡哪句話？」

陳平安沒有任何猶豫，說道：「後世習我撼山拳之人，哪怕迎敵三教祖師，切記我輩拳法可以弱，爭勝之勢可以輸，唯獨一身拳意，絕不可退！」

老人猛然站起身：「練拳！」

第六章　黃雀去又返

小鎮南邊的鐵匠鋪子裡，阮秀在埋怨她爹：「鑄劍這事兒，為什麼不要我幫忙？」

阮邛瞥了眼那座嶄新劍爐的方向：「知道爹為什麼答應寧姚給她打造這把劍嗎？」

阮秀點頭道：「知道啊，她送給咱們那麼大一塊斬龍臺，足夠買把好劍了。」

阮邛搖頭道：「不止如此。爹是希望，我阮邛開宗立派的第一把劍，不管是為誰鑄造，都能夠一鳴驚人，讓整個東寶瓶洲，甚至是北俱蘆洲的劍修都曉得這把劍的鋒利無匹！」說到這個，就連小鎮沽酒婦人都敢調笑幾句的打鐵漢子渾身上下散發出一股異樣光彩，如夫子高談闊論，如道人論道、僧人說法。

這個坐在椅子上的男人手握拳頭，輕輕捶打膝蓋，眼神鋒芒哪裡還有平時那種粗樸木訥的感覺，「那麼送誰最合適？本來出身風雪廟的魏晉算半個自家人，於情於理都合適，只可惜寧姚出現之前，魏晉一直在閉關。既然寧姚主動要求鑄劍，還拿出了斬龍臺，我當然不會拒絕。過了倒懸山，可比北俱蘆洲的幾座劍修聖地更了不起，更能夠贏得天下劍修的眼光。」

倒懸山的存在，被譽為世間最大的山字印，本是一枚小巧印章，從天而降之後，便成了一座巍峨山嶽，這明擺著是噁心儒家聖人的。那位道庭在別處天下的道祖座下二弟子，不但在浩然天下釘下了這麼顆釘子，還要求所有通過倒懸山去往劍氣長城的各洲鍊氣士必須簽訂一「山盟」。

一般人是不知道倒懸山和劍氣長城的存在的，畢竟那兒幾乎就是浩然天下的最邊緣，例如東寶瓶洲的尋常山上門派，偏居一隅，小門小戶，還真就一輩子都不會聽說這兩個稱呼。再往上，就是聽說過，然後一筆帶過，會是一個很難深聊的話題，一來消息閉塞，再者畢竟隔著千山萬水，事不關己、高高掛起。即便是風雪廟這種最山頂的東寶瓶洲宗門，對於那處光景，依然覺得是雲遮霧繞，霧裡看花，終隔一層，因為隔著那座倒懸山，更因為那是道祖二徒的手筆，宛如「建造」在這座天下的私家庭院。

當真是跋扈至極。整個浩然天下都是你儒家的門戶，貧道就偏偏要在你家裡獨立開闢出一座小花園。難怪文聖還未成聖之前，跑到兩個天下的接壤處，對著那位道祖二徒破口大罵，會成為當時天下儒家門生最引以為傲的壯舉之一。

按照一些流傳已久的說法，你到了倒懸山之後，可以隨便看，可以隨便走，但是某些事情，你不得外傳。你傳了，浩然天下自然有那位道教掌教之一的徒子徒孫來跟你算帳。涉及此事，儒教三學宮、七十二書院往往不會太過摻和插手，最多居中調停一下而已。至於為何文廟裡頭有神像的聖人們對此選擇視而不見，那估計就是涉及極大的內幕了。

阮秀納悶道：「爹，你說這麼多，跟不讓我幫你打鐵鑄劍有關係嗎？」

阮邛點頭道：「那把劍品相太高，材質太好，妳如今境界已足夠，爹怕萬一妳打出真火來，太嚇人。如今小鎮魚龍混雜，稍有風吹草動，就會是半個東寶瓶洲都知道的事。」

阮秀更加奇怪：「我不就打個鐵，還能打出塊桃花糕啊？」

阮邛冷哼道：「如果只是打出一塊桃花糕，爹倒是省心省力了。」

阮秀略顯尷尬地「哈」了一聲，不再說話。

最近一年，糕點吃得不多，一說起來就想流口水，有點難為情。

阮邛憋了半天，還是忍不住：「那小子聽說是給寧姚送劍之後，二話不說就答應了，就連東寶瓶洲距離倒懸山到底有多遠都沒問。癩蛤蟆想吃天鵝肉，不知天高地厚！」

阮秀轉頭，輕聲道：「爹，只是喜歡一個姑娘而已，還要講究門當戶對啊，又不是成親。成親講究一個出身勉強還有點道理，如今只是喜歡而已，天不管、地不管的。」

阮邛愣了愣：「妳知道他喜歡寧姚？」

阮秀瞪大眼睛：「我又沒眼瞎，而且爹你又不是不知道，我看得到人心哪，所以早知道啦。」

阮邛氣得一個字都說不出來，只恨不得一步走到落魄山竹樓，然後一拳打死那個泥瓶巷小泥腿子。沒這麼欺負自家閨女的。

阮秀突然笑了起來：「爹，你該不會是以為我喜歡陳平安吧？嗯，我說的這種喜歡，是男女之情的那種喜歡。」

阮邛有些摸不著頭腦，雖然心裡發虛，仍是故作輕鬆，嘴硬道：「妳怎麼可能喜歡那小子，跟出身沒關係啊，爹也是寒苦門戶裡走出來的窮小子，這點不用多說什麼。可是那陳平安的容貌和天賦，還有性格脾氣，爹是真不喜歡，哪裡配得上我家秀秀。」

阮秀「哦」了一聲，雙手胳膊伸直，十指交錯，望向遠方：「原來爹你不喜歡啊。」

堂堂兵家聖人，差點被自家閨女這麼句話給氣死。

阮邛硬著頭皮問道：「那妳呢，秀秀？」

阮秀的回答顯得有些風馬牛不相及，又像是避重就輕：「陳平安只會喜歡一個姑娘，我比誰都知道。」

說到這裡的時候，阮秀笑得很開心。這讓阮邛有些發懵，弄不清楚秀秀到底是怎麼想的。他畢竟不是秀秀她娘親，這些情情愛愛的問題，他一個大老爺們兒，實在不好打破砂鍋問到底。

阮秀瞇起那雙水潤水潤的靈氣眼眸，笑嘻嘻道：「桃花糕真好吃呀。」

阮邛猛然起身，悶悶道：「爹到小鎮給妳買去。」

阮秀柔柔弱弱道：「好。」

聖人阮邛開爐鑄劍一事，那些在去年入境的妖物、野修都已被祕密通知，不管情願不情願，都趕往西邊大山，至於能否破財消災，成功進入山頭，藉著山水氣運抵禦之後劍爐發出的劍意，還得看那些山上勢力的臉色，所以絕大多數來此扎根的各類妖物臉色都不太好看。一些個沒把此事當回事的妖物想著自己道行高深，豈會被遠在龍鬚河畔的鑄劍所驚嚇，執意要留在小鎮新購置的宅子裡。來自郡府、縣衙兩個地方的當地官吏也不勉強，只是將這類名單交給境內的大驪諜子。

大道玄奇之處就在於阮邛此次鑄劍頗為古怪，宣稱只對妖族大有影響，對人族鍊氣士並無妨礙，哪怕是身體相對孱弱的市井凡人，同樣不會受到阮邛鑄劍的餘韻波及。難怪有老話流傳在仙家的「山腳」：不入此山，不享大福，但是同時也可以少諸多煩惱。例如驪珠洞天的術法禁絕一事，從聖人齊靜春到李二，再到李氏老祖和所有尋常鍊氣士，其實全部都在遭罪，反觀老百姓，根本毫無察覺。

隨後，近百個隱於小鎮市井的野修在進山途中相互間起了好幾樁衝突，一言不合就打生打死。大驪朝廷對此並不插手，只要雙方廝殺不破壞山頭的風水，全部睜一隻眼、閉一隻眼。倒是一個在小鎮不願挪步的六境妖物跟前去通報的縣衙官吏起了爭執，凶性勃發，一拳打得那名官吏嘔血不已，還將一名隨行扈從的武祕書郎一併打傷，結果不到一炷香的工夫，飛劍傳信到了大山北邊的新建郡府，郡守吳鳶親自下令，將那個妖物當場斬殺。

自始至終，郡府沒有勞動小鎮那幾個大族的老祖修士，更沒有驅使那些寄人籬下、汲取靈氣的其他妖物，而是派遣了三名品秩較高的武祕書郎，配合兩百精銳大驪軍卒，在一名武將的率領下，把妖物所在的宅邸圍困得水泄不通，屋脊之上皆是膂力超群的弓弩手，一張張強弓勁弩所用弩箭更是工部一座祕密衙門的特製，最終將其當場絞殺。

名動中土的墨家豪俠許弱和麾下心腹劉獄就在不遠處的一座屋脊上並肩而立，袖手旁觀，沒有越俎代庖。

當時遠遠觀戰的人，還有許多買下山頭的外來勢力。如果大驪派的是一個強大修士，對於那些觀戰之人的衝擊其實要遠遠小於他們看到的那一幕——兵家修士出身的大驪武祕書郎配合沙場百戰的悍卒，人人進退有序，有條不紊地斬殺妖物，分屬山上、山下的兩撥人卻能夠配合得天衣無縫，這才是大驪王朝真正的可怕之處。

今日練拳，只是淬鍊神魂，但陳平安更加受罪遭殃。被青衣小童背出去的時候，手腳抽搐，口吐白沫，哪怕被放入大藥桶之後，仍是如此淒慘。等到他爬出藥桶，換上一身潔淨衣衫，又是深夜時分。

拎起那只酒壺，吐出一口濁氣，伸了個懶腰，坐在青衣小童和粉裙女童中間，陳平安喝了口烈酒，還是覺得嗆人，但是感覺很好，比第一次喝還要好。

他藉著酒勁問道：「我知道世上有養劍葫，你們說包袱齋那邊有賣嗎？」

兩個小傢伙面面相覷。

青衣小童嘆了口氣：「老爺，真不是我不願意借錢給你，且不提包袱齋有沒有賣，就算真有，第一，老爺你未必搶得到；第二，我就算傾家蕩產，砸鍋賣鐵，也未必買得起一只最普通的養劍葫。」

陳平安有些震驚：「這麼貴？」

青衣小童使勁點點頭道：「沒有最貴，只有更貴！貴到讓所有的中五境鍊氣士都覺得肉疼！」他站起身，加重語氣，「就說我那御江水神兄弟，這輩子最大的夢想就是左手一個養劍葫，右手一個養劍葫。嘿，偏偏他還不是劍修，非活活氣死那些眼高於頂的劍修不可。結果到現在，他才攢出一個品相很低的養劍葫。當然了，這跟他大手大腳花錢有關係，光是那位仙子就讓他揮霍掉了四、五百年積攢下來的家底，還有好些愛慕他的，他也總是為她們一擲千金。唉，紅顏禍水啊，所以說老爺你算好的，沒啥桃花運嘛，不用愁這些。」

粉裙女童趕緊反駁道：「不對！阮姐姐就喜歡我們老爺！」

陳平安笑道：「那是阮姑娘人好，不是她喜歡我。這種話以後別亂說，否則阮姑娘真生氣了，我可不幫你們。」

說話的同時，陳平安暗暗咋舌。原來養劍葫這麼價值連城啊，回頭下山第一件事，就是去驛站寄信給李寶瓶要她好好收著那只銀白色的養劍葫，千萬別磕著、碰著了。他可清楚得很，寶瓶那丫頭的玩心大著呢，說不定哪天就會甩著紅繩小葫蘆滿山跑，然後咻一下，小葫蘆就給砸了出去。

兩個小傢伙相互瞪眼，都憋著不說話。

陳平安仔細想了想，補充道：「阮姑娘跟一般人不太一樣，具體的，我說不清楚。如果說阮姑娘喜歡我，那我也喜歡阮姑娘啊，但是這種喜歡，不是你們以為的那種。」

青衣小童如釋重負。他之前有點擔心，那個不愛說話、不像聖人的中年漢子某天會氣勢洶洶殺到落魄山，一拳打死陳平安，再一拳打死自己。

粉裙女童則有些失落。她當然最喜歡自家老爺，也喜歡阮姐姐，如果她喜歡的兩個人能夠相互喜歡，豈不是很好？那麼老爺到底喜歡誰呢？她知道，老爺是偷偷喜歡著某個姑娘的。她現在偷偷看著老爺的側臉，就知道老爺又開始想念那個姑娘了。

陳平安的心神確實遠遊到了千萬里之外，有個姑娘，眉如遠山。

她除了很好看之外，人也很好。哪怕她只是坐在泥瓶巷的破屋子裡頭什麼話都不說，都能夠讓他對未來充滿希望。

陳平安也知道，喜不喜歡她，是自己的事情；她喜不喜歡自己，是她的事情。

可不管如何，陳平安覺得自己得當面跟她說一下。就像她當初明明已經遠去，只是突然覺得要跟他道一聲別，就會掉頭御劍而來，當面跟他告別。

陳平安不敢說這輩子只喜歡一個姑娘，但是絕對不會同時喜歡兩個姑娘，所以他想要為自己遠遊一趟，這是少年第一次如此迫切地想要為自己做點什麼。

第二天，陳平安在練拳之前隨口問了一句「練劍需不需要找一部好的劍經」，結果老人大怒，原本既定的淬鍊體魄變成了錘鍊神魂，而且在那之前，以「切磋」名義來勘驗練拳成效，以足足二十五拳「神人擂鼓式」把陳平安打得差點哭爹喊娘。

奄奄一息的陳平安躺在地上半死不活，他多次誤以為自己真的就要死了。

老人居高臨下，冷笑問道：「人心不足蛇吞象，拳還沒練好，就想著分心練劍？」

滿臉鮮血，看不清面容的陳平安悲憤欲絕，一邊嘔血，一邊沙啞答道：「我是想問練拳之後，應該如何練劍……」

老人很明顯愣了一愣，發現少年的眼神開始冒火，尷尬一笑，一腳將少年踩暈過去。幫忙淬鍊體魄嘛，暈厥還是清醒，差別不大的。

結果那天晚上，陳平安出了藥桶，換了衣服，臉色鐵青，咬牙切齒，就在一樓對著二樓破口大罵。罵得還真不含糊，不愧是泥瓶巷出身的市井少年。

青衣小童和粉裙女童在旁邊坐著嗑瓜子，就連青衣小童都開始佩服起自家老爺來。練拳這麼久，別的不說，只說這份膽識氣魄，就效果卓著哇。

之後陳平安坐在竹椅上悶悶喝酒，直接將剩下的小半壺酒喝光了。

新年過後，東寶瓶洲發生了幾樁大事。

一是神誥宗那位年紀輕輕卻輩分極高的道士在掌門師兄天君祁真的竭力舉薦之下，應神誥宗的上宗——位於中土神洲的那座道教大宗門之邀，成為那座上宗的新任掌書真人，掌管那部珍貴異常的道教巨著《洞玄經》——此書被譽為「道法之綱紀」。這個消息，比起先前神誥宗慶賀祁真被敕封為天君的慶典，絲毫不遜色。

二是兵家祖庭之一的真武山去年新收的一名弟子一年之內連破三境，使得原本略遜風雪廟的真武山一下子聲勢大漲，隱約有壓過風雪廟的跡象。要知道，這還是在風雪廟魏晉躋身陸地劍仙的前提下，由此可見那名少年的天賦之高。

三是一個小道消息，說北方蠻子大驪王朝失心瘋了，要將疆域南邊的某座山峰升格為一國北嶽。眾多勢力頓時議論紛紛，多是譏諷嘲笑，說那土鱉宋氏不但學問淺薄，原來連東南西北都拎不清。唯獨觀湖書院嚴禁學子議論此事，值得玩味。

其餘幾件事，比不得前三樁那麼驚人，多是以訛傳訛的小道消息，暫時真假難辨。例如東寶瓶洲最南邊老龍城的少城主苻南華要與南澗國一名女子聯姻，女子所在家族是東寶瓶洲掰手指就數得著的大族，但是傳聞那名女子奇醜無比，是個三十歲的老姑娘了。又比如北邊的大隋動盪不安，不斷有大修士悄然離開國境向南「遊歷」，據說是為了躲避大驪那座虛虛實實的白玉京飛劍樓。至於被摘掉七十二書院頭銜的山崖書院去年在大隋京城扎根，算不得什麼大消息。還有，大隋對外宣稱境內多出一位驚世駭俗的十境武夫，東寶瓶洲南方都認為是大隋高氏一次拙劣的障眼法。

魏檗仍舊每天去往落魄山散步，這座山頭也隨之熱鬧起來，附近三座山頭的仙家本來只把遲遲不願建造府邸的落魄山當個笑話看待，現在卻開始經常往落魄山跑，要麼是與北嶽大神偶遇，要麼是去山巔的山神廟供奉一炷香火。

這個舉動可不簡單。仙家入廟燒香是有大規矩、大說法的，仙人往往不踏足神廟，更不會輕易燒香，除非是近似於結盟的「頭香」。例如我在一座山頭建造府邸，山上有朝廷敕封的祠廟，那麼才會去燒一炷香，而不是三炷香，算是打了聲招呼。若是香火點燃燒盡，就意味著祠廟內的山水神靈點頭認可；若是插入香爐的香火燒不下去，就說明「火候不到」。至於之後仙家是要撕破臉皮還是要更加籠絡，得看各自的底氣，或者說得看山下王朝的胳膊有多粗，拳頭有多大。

只不過小小東寶瓶洲到底不是百花綻放的中土神洲，相傳那邊曾有一個屹立千年的強大王朝，每當國勢衰敗之際，必出雄才偉略的明君和力挽狂瀾的文臣武將。那個王朝極力推崇純粹武夫，曾經做過一樁前無古人、後無來者的壯舉：某個差點斷了國祚的昏聵君王一怒為紅顏，以舉國之力圍攻一座大嶽，除了國內鍊氣士的法寶、劍修的飛劍外，還有無數純粹武夫的強弓勁弩、六千架銘刻有道家雲篆符籙的投石機，更是擺下了近萬張經由墨家機關師特製的巨大床子弩，拿出了王朝所有儲備，每一支床子弩箭皆粗如大殿棟梁……最後硬生生將那座大嶽射成了一隻刺蝟。

龍泉小鎮上依舊熱鬧，但是這兩天西邊大山裡卻異常安靜寧和，別說是在此落腳的外鄉仙家，就是那些桀驁不馴的妖精鬼怪也全部都大氣不敢喘一口，因為大驪國師崔瀺開始巡山了。

聽說這是他第一次踏足龍泉郡，不苟言笑，只帶著兩名扈從，從北邊的郡守府開始進山，一路往南。崔瀺並沒有故意要微服私訪，先給他的得意門生，擔任郡守的吳鳶打過了招呼，因此各大山頭都早早接到了衙門通知，要求在最近一段時間內做好接駕準備，國師隨時會上山觀景。倒不是強人所難，非要端出什麼龍肝鳳髓，搞什麼花裡胡哨的淨土掃街，而是面子上總得過得去，當家的人物，總該至少有一個在山頭待著別亂逛，要不然國師上山後，隨口一問卻三不知，那就不妥了。

在這當中，阮邛名下的神秀山及包袱齋所在的牛角山肯定是重中之重，吳鳶不得不讓分別擔任縣令和窯務督造官的袁、曹兩位大公子先行入駐兩地，以免招待不周，出了紕漏。至於披雲山，更不用說，皇帝陛下很快就會御駕親臨。

果不其然，崔瀺在披雲山那邊短暫居住了兩天，看過了北嶽祠廟以及新書院選址。其間，一張全程陪同在國師身邊的面孔引發了軒然大波，竟然是黃庭國的老侍郎程水東，這惹來諸多揣測——難道作為大隋附屬國的黃庭國洪氏已經背棄了盟約？

最後崔瀺走到最南邊的落魄山，登上了山神廟，宋煜章現出金身。宋煜章在年少求學之時便對這位國師推崇至極，如今不但得以近距離見到真容，還能聊上幾句道德學問，這讓已成山水神祇的宋煜章激動萬分。

從山神廟離開，崔瀺讓宋煜章去往披雲山，與魏檗商議妖物入山一事，又讓身邊兩名扈從許弱和劉獄返回小鎮，繼續盯著謝實、曹曦。

暮色裡，崔瀺獨自緩緩下山，走上一條幽靜小路，最終來到一棟竹樓前。

粉裙女童正在簷下嗑瓜子、吃糕點，看到老人後，她眨巴眨巴眼眸。老爺又暈死在藥桶裡了，她既不敢擅自關門拒客，又不敢由著陌生老人擅自闖入竹樓。

青衣小童最近修行勤勉，潛心打坐，日夜不歇，除了背陳平安離開二樓，幾乎就沒有離開過山崖畔，兩耳不聞山外事。結果這一睜眼，就看到一位修為深不見底的老儒生，還是脾氣不太好的那種，他想要跳崖自盡的心思都有了。

走在小鎮街道或是泥瓶巷的路上遇見一拳能打死自己的也就罷了，走回落魄山的荒郊野嶺上又遇見也忍了，咋的，老子在自家門口安靜修行，就門口，也要跑出來個一拳能打死自己的？

青衣小童神色麻木，不畏死就有大氣魄，對崔瀺說道：「我家老爺最近不待客，你要是不高興，不妨一拳打死我，反正要先從我的屍體上跨過去。」

崔瀺點點頭，臉色漠然：「你想死對吧？」

青衣小童剛要說話，粉裙女童已經稚聲稚氣問道：「老先生，你要找誰？」

崔瀺轉頭微笑：「我名為崔瀺，是大驪國師。不找你家老爺，要找二樓那個人。」

青衣小童跟被雷劈了一樣，瞬間翻白眼，一隻手按住腦袋，一隻手抓瞎似的亂揮：「我剛才說了什麼，我怎麼不記得了，為什麼會這樣……」

二樓有老人站在欄杆旁，對粉裙女童說道：「讓他上來，妳帶著那條小水蛇先去別的地方玩。放心，跟你們老爺陳平安沒關係。」

崔瀺拎著兩把椅子走上二樓，輕輕放在廊道上，一人一把坐著。

老人問道：「怎麼回事？」

崔瀺淡然道：「為了自己的大道，我找了一副上古遺蛻的大仙皮囊，分出一半魂魄裝入其中，一分為二，以少年相貌行走驪珠洞天，結果算計齊靜春不成，反而被他害得境界大跌，神魂不穩，之後跟此地一個活了極其悠久的餘孽刑徒做了筆買賣，學了一門祕術，這才好不容易穩住心神。再後來老秀才來了趟這裡，選中了少年皮囊的我，捨棄了身在大驪京城的我，切斷神魂連結，澈澈底底一分為二，世上便有了兩個崔瀺……」

老人亦是神色冷漠，雙手握拳擱在膝蓋上，眺望遠方：「錯了，是崔瀺巉。」

崔瀺對此不置可否：「我是崔瀺，從離開家鄉的那一刻起，就是如此。至於那個分去我一半魂魄的少年，如今倒是選擇了一個跟山有關的新名字——崔東山，我看叫崔巉才貼切。崔瀺、崔巉，山水不分家，山水有重逢，還能討個好兆頭。」

老人轉過頭：「你怎麼變得這麼老了？」

崔瀺自嘲道：「二十歲離家，二十四歲去往中土神洲，之後百餘年間大起大落，叛出師門後又浪蕩三十餘載，雲遊天下。重返東寶瓶洲後，在這大驪王朝還待了這麼多年，兩百歲的人了，當然不年輕了。」

老人搖頭道：「這不是我印象中的瀺巉。」

崔瀺笑了笑，雲淡風輕道：「爺爺，知道嗎，你從來都是這個樣子，什麼都是『我覺得』，好像天底下所有人和所有道理都在圍繞著你轉悠。恐怕只有你瘋了之後才不這樣。我雖然不清楚為何崔氏沒有將你禁錮起來，但是我不認為你這趟來找我，於你於我有半點意義。」

老人還是搖頭：「我是來找你們先生的。」

崔瀺譏笑道：「老秀才？他早已離開東寶瓶洲，去了越南婆娑洲，鬧出很大的動靜，連潁陰陳氏老祖肩頭的一輪太陽也給他偷走了，如今鬧得整個天下都沸沸揚揚的。只是老秀才現在誰也管不著，很瀟灑的。」

老人笑了：「小時候的瀺巉不會說這樣的話。他會說某個人的壞話，但是每次最後都會加上一句『但是那人對家裡人好好』、『但是那人詩詞是真的好』、『但是……』」

崔瀺冷哼道：「夠了！陳芝麻爛穀子的舊帳，翻來翻去，全是灰塵。」

老人哈哈大笑：「不愧是當了大驪國師、掌握半洲走勢的大人物。」

崔瀺嘆了口氣。

老人自嘲道：「難怪當時沒認出你來，我記憶裡的瀺巉跟你現在太不一樣了。」

崔瀺站起身，一手扶住欄杆，道：「人心似水，若是不動，就是死水了。」

老人緩緩起身：「看得出來，除去你身邊的劍客，小鎮那邊還有兩個厲害人物，怎麼，是針對你來著？需不需要我做什麼？」

崔瀺猶豫片刻，半真半假問道：「那得先看你敢不敢宰掉一個北俱蘆洲的天君了。」

老人呵呵笑了兩聲。

崔瀺轉過頭望向他。在年少的記憶裡，老人跟現在同樣截然不同，那時候的崔氏老祖拄著拐杖，老態龍鍾，而且一身儒雅書卷氣。

老人閉上眼睛，開始尋覓小鎮某人的氣機。

小鎮桃葉巷，謝家老宅。謝實一直在等大驪皇帝的答覆。

曹曦登門拜訪，謝實懶得介紹他，曹曦又不願自吹自擂，謝家上下就沒誰能知道這位富家翁的底細。既然是老祖宗的「朋友」，謝家就不敢有絲毫怠慢。

在大堂，曹曦喝著茶水，斜眼瞥見一對玲瓏可愛的香火小人就躲在匾額裡頭，朝他探頭探腦。

謝實不耐煩曹曦的作態，剛要準備趕人，兩人幾乎同時望向西南方向。

曹曦瞇起眼，有點幸災樂禍；謝實臉色自若，但是心底已經有些震撼。

最少九境巔峰的武夫氣勢在西南大山那邊的某個地方以肆無忌憚的方式「巡視」整座小鎮，最終死死盯住謝實。

許弱不知何時也悄然出現在桃葉巷，橫劍身後，悠然散步。

世人大多只知道墨家豪俠許弱的劍重防禦而不重攻勢，劍招古樸，劍氣深遠，劍意厚重，但是並不清楚他的通神劍術到底還是用來殺敵的，怎麼可能是為了「執劍即不敗」？墨家游俠橫行天下，雖然宗旨是鋤強扶弱，可無論是江湖還是沙場，墨家子弟的殺力絕對不低。故而兵家之外，墨家是最受疆埸武將所器重、依賴的百家修士。

鐵匠鋪裡，正在打鐵的阮邛動作稍稍停歇。

謝實喝了口茶水，環顧四周。就在他要將那只茶杯放回桌面的前一刻，天井處，一隻小黃雀嗖一下破空而至，停在謝實肩頭，輕啄他的衣衫。

這隻黃雀，陳平安見過，齊靜春見過，事實上，小鎮許多百姓都見過。

曹曦面露疑惑，隨即勃然變色，額頭滲出汗水，笑臉慘白，既敬畏，又有一絲慶幸。

許弱嘆息一聲，鬆開了握住劍柄的那隻手，覺得自己的劍，出不出，結果都是一樣的，還是太慢。

阮邛繼續埋頭鑄劍。

唯獨落魄山竹樓，老人放聲大笑，戰意昂然。

謝實放下茶杯，如同澈底放下心，朗聲笑道：「這就是大驪的待客之道？」

曹曦悻悻然，有些尷尬。他想宰掉謝實不假，順便牽扯出謝實背後的某位道教大佬，到時候肯定亂成一鍋粥。南婆娑洲的穎陰陳氏、此地聖人阮邛，以及風雪廟、真武山兩座東寶瓶洲的兵家祖庭，還有大驪那棟不知深淺的白玉京飛劍樓、城府深厚的國師崔瀺等等，都會牽扯進來。自己既能完成與醇儒陳氏的約定，成功掌控自己的那只本命瓷，同時聯姻成為親家，之後找個機會脫身離去，舒舒服服隔岸觀火。天塌下來終歸有高個子頂著，一勞永逸，大不了以後都躲在鎮海樓。可是曹曦卻不想當出頭鳥，首先跟謝實硬碰硬。

許弱本來已放棄出劍的念頭，聽聞謝實這句話後，反而心生不悅，重新握住劍柄。

這位在桃葉巷散步的墨家豪俠緩緩走向謝家老宅，邊走邊道：「大驪待客如何，無須我許弱多說什麼，若是真鐵了心對你不利，稚圭根本就不會出現在小鎮。動之以情、曉之以理，大驪做得不算差了，倒是你謝實在驛站桌上口氣不小，全然不把大驪放在眼中。怎麼，如今仗著有你家祖師爺撐腰，就要繼續耍威風？行，我許弱今日就只以許弱的身分跟你來一場生死之戰。」

許弱走到謝家門口，笑道：「放心，我墨家子弟一諾千金，今日之事只在你我生死之間了卻，以後大驪也好，墨家師長也罷，都不會找你謝實的任何麻煩。」

崔瀺、曹曦、阮邛、許弱、無名氏武夫，小鎮龍盤虎踞，以這五人為尊，構成一張聯手圍剿謝實的無形大網。照理來說，許弱是最不會第一個出手的人物，不承想最後反而是這位與誰都好說話的墨家游俠率先出劍，捉對廝殺，獨力領教一位道家天君的通天本事。

謝實皺了皺眉頭，望向大宅門口，沉聲道：「許弱，你當真要出手？」

許弱拍了拍劍柄，灑然笑道：「不曾完整遞出一劍，已經一甲子光陰，我為此溫養了兩、三劍，還算湊合，相信絕不會讓謝天君失望。」

謝實破天荒有些騎虎難下。若是個人恩怨，在北俱蘆洲，他謝實還真就要放開手腳，但是這次跨洲南下卻沒有這麼簡單，能夠讓他謝實做這些不合心意的事情，這本身就很能說明問題。作為一洲道主，怎麼可能單單是被人以本命瓷要脅就忍氣吞聲南下返鄉？

曹曦有些幸災樂禍。許弱此人是出了名的吃軟不吃硬，屬於世間游俠中脾氣最好的那一撮。他的本事大小、修為深淺、靠山高低，因為出手極少，所以一直是個謎，但是山上、山下都信奉一件事：能夠活過漫長的歲月，贏得偌大名號，那麼越是脾氣好的修行中人，脾氣不好的時候一定越是驚人。

就在此時，一個蒼老嗓音如洪鐘大呂響徹謝家老宅：「許弱，你不要跟老夫爭搶。謝實是吧，就交由老夫來練練手，正好慶賀老夫重返武道十境。對手不夠強，打得不會盡興！若是你謝實覺得老夫仗勢凌人，以多欺少，沒關係，老夫就跟你幕後之人酣暢淋漓打上一架，與許弱一般道理，個人恩怨，生死自負！」

一直站在謝實肩頭上的粉嫩黃雀嚶嚶啼鳴，婉轉悅耳。

謝實豎耳聆聽，會心一笑，抱拳道：「老人家說了，先前是我謝實誠意不夠，沒這麼強買強賣的道理！他老人家正在趕來龍泉郡的路上，還說要親自幫助你們大驪拐騙……」謝實按照原話一五一十地說到這裡，神色略微僵硬，想著為尊者諱，趕緊改口，「請來了東寶瓶洲道統玉女賀小涼，免去你們大驪日後與神誥宗交惡，以表誠意。所以你們大驪宋氏真正需要用心的地方，只在真武山一處。」

曹曦想了想，總覺得哪裡不對勁，但是從謝實的言語之中，偏偏找不出毛病。

謝實望向大宅門口方向，抱拳笑道：「若是想要交手，等到這件事情辦完了，我謝實一定奉陪！」然後他偏移方向，面朝西南大山之中，正是落魄山竹樓所在，「想要與我家老爺交手，一樣要先跟我謝實打過才行，還望理解。若是你覺得是我謝實瞧不起你……」謝實收起拳頭，雙手負後冷笑，「那就當是我謝實瞧不起你好了！」

許弱撂下一句：「此間事了，一定奉陪。」

落魄山竹樓，老人轉頭笑望向崔瀺，道：「如何，我應該什麼時候出手？換作平時，真忍不了。」

崔瀺神色如常，拇指與食指輕輕摩挲，似乎在權衡利弊，緩緩道：「不急。本來就是談生意，他謝實漫天要價，我就想著借你的勢幫助皇帝陛下就地還錢而已。既然幕後大佬露面發話了，退讓了一大步，大驪就沒必要跟謝實撕破臉皮。呵，以後還得讓謝實坐鎮觀湖書院以北的山頭，可不能傷著這位天君老爺。我出山之後，還要勸說許弱暫時不要意氣用事，有點頭疼。許弱這種人，無欲則剛，他認定的事情，唉，頭疼。」

老人望著崔瀺的側臉，嘆了口氣：「瀺巉，你不該變成這樣的。」

崔瀺指了指遠方，譏笑道：「我是崔瀺，你孫子崔巉在大隋，不但是少年模樣，還帶著幼稚的少年心性，應該隨你的喜好。」

崔瀺心情大壞，突然厲色道：「出來！」

這聲怒喝，嚇得青衣小童和粉裙女童打了個激靈，青衣小童更是兩股戰戰。怎麼，在肚子裡偷偷罵幾句娘都不行？這也能聽得見？

很快，竹樓外那條幽靜小徑上就走出了一個修長如玉的男子，三十多歲，英氣勃發，身穿黑衫，渾身散發出一股冰碴子似的生硬氣質，一看就是個不好相處的人物。

他步伐堅定地走到竹樓外，向二樓低頭抱拳道：「崔氏末席供奉孫叔堅拜見大驪國師，拜見老祖宗！」

崔瀺眼神不悅：「那托缽僧人攔阻過你一次，等於救了你一命，你還敢進山來此？」

當時崔瀺悄然離開驛站去見老人，其實早就察覺到躲在暗處的男子，那個時候他就起了殺心，只是僧人先行出手，擋在了崔瀺和孫叔堅中間，崔瀺不願節外生枝，才沒有出手殺人。

孫叔堅臉色沉毅，保持抱拳姿勢，但是抬起頭，與崔瀺對視：「崔氏祖宅專門有人負責盯住老祖，每隔十年就換一次，防止有人暗中加害老祖，這十年正是在下。老祖此次擅自離開南方，也正是在下幫忙傳遞錯誤諜報，謊稱老祖依然滯留在南方一帶。」

崔瀺眯眼笑道：「所以你這是跟我討賞來了？」

孫叔堅雖然搖頭，可毫不掩飾自己眼神的炙熱，朗聲道：「不敢！我孫叔堅只希望能夠向老祖學拳！哪怕大資有限，只能學到一點雞毛蒜皮，雖死無憾！」

老人笑道：「在這百年落魄的歲月裡，我偶爾清醒的時候，記住了很多個像你這樣的傢伙。他們大多修為比你高，但全部是繡花枕頭，說起天賦和戰力，還真不如你這麼個野路子出身的六境武夫，你無須妄自菲薄。說不得，你自願到我身邊，燒一個冷了百年的冷灶，也是你的私心謀劃，對不對？」

孫叔堅頗有幾分真小人風範，點頭道：「確實是我心存僥倖，希冀著借助老祖的青睞，一步登天！」

「哦？野心勃勃，我身邊這位大驪國師說不定會喜歡你。」老人指了指身邊的崔瀺，然後指了指自己，最後指向孫叔堅，「忘恩負義的玩意兒，既然知道我是崔氏老祖還敢如此行事，你小子真是膽肥，就不怕我清醒的時候一拳將你打成爛泥？」

孫叔堅眼神堅毅：「我只知道不搏上一搏，不賭上一賭，我肯定會後悔一輩子！」

崔瀺瞇起眼眸，第一次仔細打量這個年輕晚輩──有點意思。

老人將崔瀺的表情盡收眼底，笑了笑，輕輕躍下二樓，飄然站定，盯住渾身肌肉緊繃的孫叔堅：「想跟老夫學拳，沒點真本事可不行，敢不敢接老夫一拳？接下了，不說九境，八境就是你孫叔堅的囊中之物；接不住，那就沒第二拳的事情了。」

天大的機緣就在眼前，孫叔堅仍然沒有喪失理智，直截了當問道：「敢問老祖，是以第幾境的修為出拳？」

崔瀺聞言微笑。確實有資格做自己的棋子。

老人肆意大笑，歡快至極：「你是六境，老夫不欺負人，只以五境賞你一拳，如何？」

孫叔堅一腳前踏，一腳後撤，擺出自己的拳架，一股拳意如溪澗泉水流淌全身，渾然天成。顯而易見，在武道之上，自學成才的孫叔堅不但有大毅力，更有相當不俗的大悟性，以他的野修身分，走到今天這個高度，極有可能付出了很多外人不可知的心血。

孫叔堅屏氣凝神，隱約之間已有幾分大家風範：「有請老祖出拳！」

崔瀺突然沒來由地嘆息一聲，光腳老人一步踏出，一拳砸去。

粗樸無華的一拳打在了孫叔堅的額頭上，根本來不及阻擋老人的孫叔堅瞬間倒飛出去十數丈，躺在血泊中，四肢抽搐，七竅不斷有鮮血湧出。瀕死之際，這個心比天高的年輕武夫瞪大眼睛望向天空，眼神中充滿了疑惑、不甘和憤懣。

粉裙女童摀住眼睛，不敢看這一幕。

青衣小童咽了咽口水。瞧瞧，可不就是一拳打死人？

崔瀺出聲問道：「為何要如此？」

老人轉身躍回二樓簷下：「這種人根本不配學我拳法。」

崔瀺多少有些惋惜，畢竟有望八境甚至更高的純粹武夫是一顆不容小覷的重要棋子，但是崔瀺很快就放棄這點情緒。人都死了，多想無益，好在是別人地盤，不用他收屍。

他好奇地問道：「殺他又是為何？」

老人坐回竹椅：「不是給你看的，是給樓下那個傢伙看的。」

福禍無門，惟人自召。崔瀺低頭望去。

竹樓外，站著一個臉色難看的少年，正仰頭朝他們望來。

少年始終沒有說話，氣氛極冷。

片刻之後，老人沒有起身，少年也沒有離去。

崔瀺覺得有些無聊，哪怕樓底下那人是另一個自己的先生。

如果不是某人還有可能回到人間，那麼對於自己已經沒有半點裨益的陳平安，崔瀺不介意送他一程。至於崔東山的大道如何，是否會因此受挫、終身無望重返巔峰，關他何事？終究是兩個人了。

老人坐在竹椅上，冷笑道：「怎的，你小子嫌棄老夫濫殺無辜，要為了那個死不瞑目的傢伙，跟老夫討要公道？」

陳平安走到那具屍體旁邊，蹲下去，發現已經死絕了。

陳平安輕聲道：「我不知道你為何而來，也不知道他為何要殺你，所以我能做的，就是幫你下葬，以後若是知道了你的家鄉，盡量幫你的屍骨落葉歸根。」既是說給死人聽的，也是說給二樓兩人聽的，更像是說給自己聽的。

老人驟然之間一聲暴喝，臉上流露出怒極之色，猙獰恐怖，氣勢如虹道：「世上好人萬萬千，如我這般的純粹武夫，天底下屈指可數！世上修士何其多，你以為登頂之人會分什麼好壞善惡？陳平安，你跟老夫是學練拳，還是學做人！」

陳平安站起身，招手讓青衣小童過來幫忙處理後事，望向二樓，說道：「只學拳！」

老人站起身，開懷大笑：「好好好！何時練拳？」

陳平安默然走向竹樓，登上樓梯。

老人轉身走入屋子：「有事只管喊我。」

「你放心。」崔瀺轉身走向樓梯，斬釘截鐵道，「不會的！」

老人腳步微微停頓，很快就大踏步跨過門檻，大門砰然關閉。

崔瀺在樓梯口停步，陳平安走到一半，見他沒有讓出道路的意思，就停下腳步。

這位儒衫老者居高臨下望著少年，微笑道：「以前在尚未下墜破碎的驪珠洞天之內就數你最可憐，氣數單薄，幾近於無，所以只能與一切機緣擦肩而過，淪為其他人的魚餌。如今沒了這些玄妙禁制，甚至還有點否極泰來的意味，那麼天上掉下這麼大一個餡餅就好好接住，死死接住了，手被砸斷，腿被壓折，就是用嘴巴叼得牙齒盡碎，也要拚盡最後一口氣去爭取，死死拿住嘍！」崔瀺開始往下走，「這些話，是替那個老傢伙說給你聽的，他從來就不喜歡好好說話，做什麼、說什麼都是一副天經地義的德行，其實挺討人厭的。如果是我自己，這次根本不會來見你。你的生死，如今其實已經不重要了，這你得感謝齊靜春，我那個師弟。當然，如果你自己不爭氣，齊靜春就死得冤枉了。」說到這裡，崔瀺笑意複雜，「不得不承認，這一點，我的眼光比楊老頭要好，但是比齊靜春要差。」

最終兩人擦肩而過，各自稍稍側身讓出道路。

在那時候，崔瀺微微停步，悄聲道：「你知道你這輩子最凶險的時刻是哪一次嗎？」

聽到這話，陳平安也放緩腳步。

崔瀺低聲道：「是某位『好心人』要送給你一串糖葫蘆那次。你當時如果接下了，萬事皆空。」

陳平安心中震驚得無以復加，許多往事走馬燈般歷歷在目。

崔瀺繼續往下走去，當他跨出最後一級樓梯的瞬間，身影消散，一閃而逝。

這一天練拳，既淬鍊體魄又錘鍊神魂，比起昨天的煎熬，可謂變本加厲。不管陳平安如何咬牙支撐，仍是數次昏厥過去，卻又被老人硬生生打得清醒過來，三番五次，真正是生不如死。

青衣小童扛著陳平安離開屋子的時候，差點以為是今天第二次收屍，嚇了一大跳。

當時陳平安的氣息已經細微如遊絲，呼吸比起風燭殘年的老朽之人還要孱弱，以至於魏檗都不得不去二樓叩響門扉，提醒那位老人過猶不及。

老人隔著一扇門，沒好氣地回答道：「老夫教誰練拳，天底下還沒幾個人有資格指手畫腳！」

魏檗氣呼呼地下樓，實在不放心，只好親自盯著藥桶裡陳平安的呼吸，以防出現意外。

夜幕中，精神萎靡的陳平安換上衣衫走出大門。

青衣小童在崖畔修行，粉裙女童搬來小竹椅。

陳平安坐在竹椅上，摸了摸她的腦袋，笑道：「我沒事。」

粉裙女童擠出一個笑臉，學著青衣小童拍馬屁：「當然啊，我家老爺最厲害了。」

陳平安朝她做了個鬼臉，終於把小丫頭給逗樂了。

陳平安之後便安安靜靜地坐在椅子上，雙手隨意放在腿上，坐姿慵懶，並不刻意。但是，現在的陳平安終於有了一股子無法言說的鋒芒，哪怕他不說話，一身流瀉如迅猛洪水的拳道真意都能夠讓拳法行家感到扎眼，感到刺目！

粉裙女童會覺得陌生，青衣小童更是如此，所以他才會每天拚了命去修行。

這次練拳，最難能可貴之處，在於老人對陳平安的錘鍊，無論如何凶狠殘暴，都不曾改變少年的原本心性絲毫。無論是山上、山下，都適用一條規矩，關於傳道授業解惑，名師之上是明師，老人無疑是第一等的武道明師。明師，未必是頂尖高手，如李氏老祖就覺得不過五境武夫的朱河是當之無愧的明師，但是這位每天把自己鎖在竹樓內的老人，如果不是武道宗師，那才是怪事。「九境之上還有大風光」，這種話誰能說出口？比如朱河甚至堅信九境的山巔境就是武學的止境和道路的盡頭了。

粉裙女童偷偷問道：「老爺，你今天是不是不太開心？」

陳平安問道：「妳是說老前輩暴起殺人一事？」

粉裙女童怯生生轉頭瞥了眼二樓，生怕自己給老爺惹來麻煩。

陳平安沒有給出清晰的答案，而是輕聲道：「上次遠遊的時候，我曾經在一處地方遇到一個嫁衣女鬼，喜歡一個讀書人，喜歡得很……我不知道怎麼說，但是她為此殺了很多無辜的過路書生，我覺得她錯了就是錯了，而且不是一般的小錯，不是可以彌補的那種。但是我能怎麼辦呢，當時寶瓶、李槐他們都在我身邊，我總不能由著性子做事。我當時也想著，是不是我想得淺了，也不敢確定。」

粉裙女童好奇問道：「老爺，那你現在覺得呢？」

陳平安雙手握拳，撐在膝蓋上，眼神清澈，笑道：「那就是錯的啊。下一次見面，我估計還是沒辦法講道理，但是沒關係，下下次，下下下次，總會有機會的！」

粉裙女童笑了。這樣的老爺跟以前那個悶悶的老爺不太一樣，但是更好些。

陳平安在心中默默告訴自己：『要先活著。』

夜幕沉沉，有個頭戴蓮花冠的年輕道士推著一輛獨輪車，插著算命攤都會有的唬人旗招子，走在通往槐黃縣的官路上。車輪碾壓在道路上，吱呀作響個不停——正是當初那個在小鎮上當了好些年蹩腳算命先生的陸沉。

一隻黃雀憑空破開夜幕，從漣漪中鑽出，一個急停，站在陸沉的肩頭，用鳥喙親暱摩娑著他的臉頰。

他笑容燦爛，騰出一隻手輕拍黃雀的小腦袋：「知道啦知道啦，之前辛苦你嘍，要你將一枚枚銅錢啄來啄去的，幫著勘驗文運。沒法子呀，齊靜春下棋那麼厲害，你看，最後咱們不也沒算出齊靜春的後手？好嘛，這輸得，小道我還是服氣的。誰讓老師偏心呢，明明是我這個徒弟下棋、算卦最差，跟人打架最差，結果到最後，不討喜的苦差事全部要我來做，這不是難為人嘛。」他像是碎嘴的市井婦人，埋怨這念叨那，沒有半點神仙氣度。

黃雀突然啄了一下陸沉的耳垂，陸沉彷彿洞悉黃雀的心意，哈哈大笑：「仙人怎的就不是人啦？」他學那僧人單掌豎立在胸口，往輕巧了說是不倫不類、滑稽可笑；可若是往大了重了說，就是忤逆道統。

陸沉沒個正經，輕聲念叨著：「佛祖菩薩保佑啊，讓小道這趟重返小鎮，和氣生財，一定要和氣生財。嗯，上回求你們還是有用的嘛，最後不就沒跟齊靜春打生打死？所以這次再關照關照小道？一回生、二回熟，以後大家就是朋友了！」

陸沉舉目望去，夜色下的小鎮，在他眼中，纖毫畢現。

無論是驪珠洞天下墜之後失去了大陣護持，還是破碎之前術法禁制完整，對他而言，其實一模一樣，並無差別。他伸出一根手指，輕輕敲打那頂古樸道冠，似乎在思考一個令人頭疼的問題。

陸沉正是齊靜春當初不管離不離開驪珠洞天都必須死的死結所在，只是齊靜春出人意料地選擇退了一大步，陸沉便跟著退了一小步。

喜歡大大咧咧說話的曹曦走後，謝宅頓時就重新恢復了清靜，一家上下，從當家做主的婦人到一雙子女，再到幾個老僕老嫗，走路都要躡手躡腳，唯恐驚擾到謝實休息。

這段時日，謝家人過得很不真實，突然從那部甲戌本族譜上走出一位活生生的老祖宗，活了不知道多少個春榮秋枯。恐怕就只有那位自幼寡言的長眉少年心境相對安穩，因為謝實大致跟他解釋過了外邊的世界，並且讓他暫時跟隨阮邛鑄劍打鐵。

機緣一事，不是跟著自家老祖作威作福就會更好。長眉少年心性堅韌，哪怕得知老祖馬上就是北俱蘆洲的首位天君，無論修為還是地位其實都超出師父阮邛一籌，仍是沒有流露出絲毫改換門庭的想法，這讓謝實在心中微微讚賞——這才是謝家子孫該有的度量。

少年註定不會知曉，若是他稍稍心志不定，謝實就會放棄栽培他的念頭，甚至會主動對阮邛言語一二，免得家門不幸，遺禍綿延，這就意味著他幾乎澈底失去了證道長生和重振門風的可能性。

山上仙師收弟子極其重視修心，往往不是幾年就能敲定的事情，更多是雲遊四方數十載才找到一個能夠繼承香火的滿意弟子。在這期間，很多仙師都會給予種種考驗，富貴、生死、情愛，諸多俗世頭等事皆是修道登天的關隘，是繼續待在江河裡做雜魚，還是鯉魚跳龍門，可能只在取捨的一念之間。

大道漫漫，每個躋身十境，尤其是上五境的鍊氣士，無一例外，都是驚才絕豔之輩。只不過大道三千，登山之路並無定數，故而各有各的緣法。天君謝實不喜歡的性情落在別家聖賢或是旁門左道眼中，就有可能是一塊良材璞玉，所以老話又有「天無絕人之路」一說。當然，謝實地位崇高，眼光亦自高遠，其實以長眉少年的資質天賦，在東寶瓶洲的仙家門派當中都會是極為搶手的修道胚子，肯定什麼都不管，先收了做弟子再說。山門裡頭每多出一位中五境神仙，無論是用來震懾世俗王朝的帝王將相，還是處理與周邊山上「鄰里」的微妙關係，都會有極大的助力，哪裡會如謝天君這般吹毛求疵。

謝實緩緩喝著酒，面有愁容。

「老祖宗，有心事嗎？」長眉少年坐在桌對面，一對品相極高的香火小人眼見著沒有外人在家，便從大堂匾額躍下，在少年肩頭、腦袋上追逐打鬧，歡快嬉戲。長眉少年對此早已習以為常。

謝實喝著悶酒：「問心有愧罷了。」

長眉少年錯愕道：「老祖宗這麼厲害，還需要做違心的事情？」

謝實笑了笑：「你以後一樣會如此不爽快，用不著大驚小怪。你的性子，憨直多於靈動，學劍挺好的，道家修清淨，聽上去是一潭死水的性子，其實不然，最是需要捫心自問，條條道道，並不輕鬆。」

長眉少年點點頭。

謝實看著略顯稚嫩的臉龐，心中喟嘆。亂世將至，群雄逐鹿，註定會精彩紛呈，但同樣會多出許多無可奈何的生離死別，山上、山下差不離的。

謝實揮揮手，示意少年可以離開了。

一雙香火小人蹦回匾額待著，相互依偎，竊竊私語。

謝實閉目養神，呼吸綿綿，坐忘神遊。

曹曦離開桃葉巷後，隨便蹓躂起來。若非如今驪珠洞天的寶貝都已搜刮殆盡，以曹曦在南婆娑洲「雁過拔毛」的脾氣，還不得把小鎮翻個底朝天？曹曦心中大恨，惱火大驪王朝之前的強買強賣。按照大驪曹氏子孫的密信所言，大驪那趟涸澤而漁似的搜集法寶，還真是收穫頗豐，哪怕修為高如曹曦都有些眼饞。

屠龍一役，三教百家的先賢們在此血戰一場，打得天翻地覆，屍體如雪紛落，然後四位聖人從天而降，畫地為牢，所有寶貝就這麼留在了小洞天之內，一甲子一次開門迎客，各憑本事，掏錢進門，靠著眼力撿漏，多有出去之後境界驟然暴漲的幸運兒。

曹曦猶豫了一下，自言自語道：「兒孫自有兒孫福個屁，不提點幾句，我看懸乎。」

他來到窯務督造官衙署，門房是個眼力見兒不好的，又沒資格知曉曹氏家事和山上事，氣勢洶洶地將曹曦擋在門外。曹曦也不生氣，笑呵呵站在衙署門外跟門房閒聊，一來二去，還挺熱絡的。還是搬出曹氏祖宅來此暫居的曹峻察覺到異樣後，給督造官曹茂提了一嘴，上柱國曹氏的這一代嫡長孫嚇得立即跑到大門口，見著了朝思暮想的老祖宗，二話不說就撲倒在地，砰砰磕頭，把那個門房給嚇得魂飛魄散。

別看曹茂在郡守吳鳶那邊談笑風生，心裡根本沒把吳鳶這個寒庶出身的國師弟子放在眼裡，然而到了曹曦跟前，真是五體投地，毫不含糊。這怪不得曹茂失了分寸，曹曦是家族最大的老祖宗，比為家族贏得上柱國頭銜的祖宗還高高在上，曹氏只有每一代嫡子才有資格知曉這樁天大祕事，用以在危急時刻抖摟出來——自家老祖，南婆娑洲的陸地劍仙，鎮海樓的半個主人，這可是比免死鐵券還管用的保命符。

曹曦走到曹茂身邊，用腳踹了一下：「起來吧，少在這裡丟人現眼。」

曹茂連忙起身，連官服上的灰塵都捨不得拍一下，激動得眼眶通紅。上五境的神仙人物，豈是想見就能見到的？更何況還是自家族譜上清清楚楚寫上大名的祖輩！有這麼一座大靠山，以後曹氏子弟莫說是在大驪王朝這一隅之地，便是在整個東寶瓶洲也能橫著走！

曹曦問道：「關於陳平安的祖籍，查清楚了？」

曹茂畢恭畢敬道：「啟稟老祖，查清楚了，並無特殊，往上追本溯源數百年，都是小鎮尋常人家，甚至連一個有據可查的鍊氣士都未出現。」

曹曦「嗯」了一聲：「那當下這件事情就簡單了。只是還是挺奇怪、蹊蹺的，要麼是龍尾郡陳氏動了手腳，要麼是某位老祖的氣運實在太『獨』，寅吃卯糧，預支了數十代子孫的福緣。算了，這些不用管，雞毛蒜皮的小事而已。」

曹茂彎著腰，想要領著老祖宗去往衙署大堂。

曹曦沒好氣道：「屁大的官身，我坐在那大堂裡頭都嫌害臊。」

曹茂有些手足無措。如何跟神仙祖宗打交道，他委實沒有半點經驗，估計他的爺爺、大驪上柱國曹氏的當代家主在這裡，一樣會進退失據。

曹曦站在衙署廣場的牌坊樓下，冷笑道：「曹峻，你給我滾出來。」

沒過多久，懸佩長短雙劍的曹峻懶洋洋地走來，瞧見了曹曦也沒個正形，笑道：「怎麼，在謝宅受了氣，想著拿我當出氣筒？大老遠趕過來，就為了把我拎出來罵一頓？」

曹曦斜瞥了一眼曹峻：「鳥樣！」

曹峻呵呵笑道：「沒法子，隨祖宗。」

曹茂內心深處有些羨慕只知姓名、出身同族的年輕劍客，竟然膽敢用這種吊兒郎當的口氣跟老祖說話。

曹曦沉默片刻，仔細看了看衙署布局和風水流轉，毫無徵兆地問道：「衙署是不是剛剛翻新過？誰給出的主意？」

曹茂環顧四周，這才低聲道：「是爺爺拿著衙署圖紙去懇請京城一個陸氏高人幫忙點撥了幾句。老祖宗，怎麼了，不妥嗎？」

曹曦臉色陰沉不定：「不妥？妥當得很，比起之前更加藏風聚水，稍加改動，就是畫龍點睛的漂亮手筆，多半會成為你曹茂的龍興之地。嗯，別誤會，你沒那好命當真龍天子，你這輩子不出意外的話，撐死了就是世襲罔替上柱國的爵位，運氣好的話，將來可能是族譜上的中興之祖。」

曹茂狂喜，無論如何都遮掩不住；曹峻習慣性眯眼而笑，曹曦則有些無奈。

自己好不容易弄了個子嗣茂盛的大家族，怎麼到頭來淨是些窩囊廢、大草包，一個王朝的上柱國就能笑得合不攏嘴？曹曦一時間心情大惡，只是沒表現在臉上。

他沒來由地想起經由別人修繕過的祖宅，與記憶中是有些不一樣的。他小時候的破爛宅子，屋簷天井處早已破敗不堪，又沒錢去修繕，一到下雨天，就會濺射得滿地雨水。而富裕門戶裡，無論雨雪，「財運福氣」都往自家天井下邊的水池裡落進來，卻絕不會讓天井四周的地面變得潮濕，那叫乾乾淨淨地接納風水。按照小鎮老一輩的說法，祖上積德，賞下一百粒米飯，子孫就能用地上水池這個大碗半點不差地接住。如今塌了又修的祖宅，倒是因禍得福，算是接住全部的祖蔭了。

曹曦喃喃道：「積善之家必有餘慶，是不是多少要相信一點？」

一隻坐在牌坊樓上的火紅狐狸譏諷道：「別人信這個就算了，你曹曦也信？你要是真信，根本走不到今天！」

曹曦沒抬頭，冷笑道：「那是我曹曦命硬，能耐大，所以可以不信。但是東寶瓶洲這一支沒出息的曹氏，我如果不稍微信點，怕他們哪天說沒就沒了。」

曹峻調侃道：「真信啊？咋的，老祖要行善積德？這可真是太陽打西邊出來了。」

曹曦轉頭望向曹峻：「那塊劍胚你不要動心思了，如果心裡不得勁兒，回頭我親自補償給你。」

曹峻笑意趨於冷淡：「為何？」

曹曦撂下一句：「我是你祖宗。」

曹峻驀然大笑：「就這麼說定了！好人有好報，老祖宗一定長命萬歲！」

火紅狐狸站在牌樓上，使勁拍著爪子慶賀，嘴上卻說著風涼話：「哇，父慈子孝似的畫面，老祖宗出手闊綽，做子孫的孝順，真溫馨。不行不行，我眼淚都要流出來了……」

曹曦冷哼一聲，懶得理睬那隻嘴賤的狐狸，轉身甩袖，大步離去。

淅淅瀝瀝的一場春雨不期而至，越下越大。曹曦回到泥瓶巷祖宅，坐在小小的大堂裡，沒有匾額，好不容易冒出的香火小人也早已給人吃掉。曹曦突然起身，去灶房碗櫃拿出一只大白碗，走到天井對應的水池邊，就蹲在邊沿上，用白碗承接雨水。

裝了小半碗後，曹曦只喝了一口就立即灑進水池，埋怨道：「讀書人只會瞎扯淡，這故鄉水哪裡有酒好喝。」他嘆了口氣，怔怔出神。

回首望去，好似有一個老態婦人懷抱掃帚，安安靜靜站在那邊，笑望向自己的兒子。

子欲養而親不待，做娘親的沒享著半點福，可只要兒子出息就沒關係的。

早已享盡人間榮華富貴的老人已經不知道幾個一百年沒有這麼傷感了，淚眼朦朧，輕聲呢喃：「娘親喲，我的傻娘親喲。」

披雲山南麓，林鹿書院已經破土動工。大驪對於這座書院相當重視，聖旨就下了兩道，分別給州府和郡守府。

化名為程水東的黃庭國老蛟一襲合身青衫，完全就是夫子醇儒的氣質模樣。

連同大驪皇帝和國師崔瀺在內，知道老蛟身分的人物屈指可數，哪怕程水東的著作流傳頗廣，在東寶瓶洲以北地帶享有盛名，讓黃庭國的一個小小侍郎擔任林鹿書院的副山長，仍是在大驪朝野惹來頗多非議。廟堂上覺得程水東在儒家學統內並無赫赫頭銜，分量太輕，無法服眾；武臣更是大為不滿，一個黃庭國的糟老頭子，能活命就不錯了，竟然還要當大驪讀書種子們的先生？

程水東與魏檗並肩而立，一起望著熱火朝天、塵土飛揚的書院工地，這還是他們倆第一次私下見面。

程水東唏噓道：「你魏檗次次死灰復燃，出人意料。」先是貴為神水國的北嶽正神，然後被大驪打破金身，沉入水底，之後好不容易靠人幫著拼湊出殘破金身，勉強維持香火不斷，不承想禍從天降，突然又給兩位下棋仙人摘掉金身，淪為最底層的土地公，比起一般的河婆、河伯還要不如。到頭來，竟然一舉升為披雲山的北嶽正神，估計大驪原有的山嶽正神都不缺想要跟魏檗拚命的心思。

程水東早年雲遊各地，與魏檗其實是老相識了。

天上下起了小雨，塵土被壓回大地。

魏檗伸出一隻手掌，輕輕搖晃，身前的雨幕隨之晃蕩起來，微笑道：「要不然怎麼世人都羨慕神仙呢，何況還是神在前、仙在後。」

程水東輕聲問道：「大驪皇帝真要南下龍泉郡？」

魏檗沒有藏藏掖掖，嬉笑道：「對啊，近期是要走一趟，到時候你這條老蛟覲見真龍天子，一定很好玩。你的見面禮準備得如何了？」

程水東笑道：「準備好了，不值一提。」

魏檗伸手指向小鎮那邊，問道：「如果打起來，你會不會出手？」

程水東猶豫片刻，不願把這位未來山嶽大神當傻子：「上了賊船，還能如何？」

魏檗有些頭疼：「可別打壞我的披雲山。」

程水東大笑道：「這麼快就把這兒當家了？」

魏檗嘿嘿笑著：「我這個人，喜新不厭舊。」

程水東伸手點了點他：「不厭舊到了你這個地步，世間罕見。」

魏檗爽朗大笑：「那肯定是你見識還不夠多。」

聞弦知雅，程水東立即收斂笑意，提醒道：「有些事，別人可做，我們不可說。」

魏檗點點頭，記起一事：「我得去趟落魄山，不陪你淋雨了。」

龍鬚河上，雨點劈裡啪啦使勁砸在河面上。

石拱橋下，馬蘭花懸停在河底嗚嗚咽咽。她之前還每天開開心心巡視龍鬚河，想著自己好不容易攢下那麼多值錢不值錢的寶貝，總有一天會全盤交給孫子，讓他不至於在修行路上為了錢而煩惱。可如今，在河水源頭那裡自毀金身的遭遇，讓她真真切切曉得了天道難測、修行艱辛的道理，最近每天就躲在這座石拱橋下以淚洗面。突然，她猛地停下哽咽，忍著心中驚駭，迅速游弋去了岸邊，乖乖給上司讓出河道。

那位上司正是鐵符江神楊花，她極有可能是東寶瓶洲最年輕的高品秩江神，有長達一丈的金色長髮，臉上覆著面甲，懷抱一柄長劍，脾氣極差，死在她手上的過路精怪茫茫多。

楊花升任江神之後，從不登上那條江河地界的瀑布，今天是頭一遭。馬蘭花低頭怯生生說了句客套話，再抬起頭，楊花早已迅猛遠去上游的十數里外。

馬蘭花心中憤憤，覺得這個年輕婆姨太不會做人了，即便是自己的頂頭上司，可一聲招呼都不打，也太不講究了些。於是她又開始自怨自艾，覺得自己是給人欺負了。最後，她又害怕自己的孫子在外邊也給人這般不當回事，一手摀住心口，一手擦拭淚花，然後如鯉魚擺尾，快速游向自己的老巢，去瞅幾眼家當寶貝們，想著它們未來都會是孫子的豐厚聘禮，她才能高興幾分，才會覺得這死了還要遭罪的苦難日子好歹還有個盼頭。

驛站外邊，停著一輛裝有算卦攤子的獨輪車。陸沉攤子都沒攤開就開始給一個信命的驛丁看手相算命了，落在別的驛站胥吏眼中，一個胡說八道，一個小雞啄米，可笑至極。最後陸沉沒收人銅錢，只討要了一碗熱水，站在車旁大口地喝，喝完抹了一把嘴，笑容燦爛地揮手告別，繼續推車前行。

驛站那邊，有人使勁揉了揉眼睛——咦？怎的算命騙子身後憑空多出了一個道姑裝束的女子？

貌美道姑柔聲問道：「小師叔，你說你算命和下棋都不算最厲害，那誰最厲害？」

陸沉笑道：「妳真正的小師叔，貧道的師兄，一個將來下棋比貧道好，會下贏白帝城那個魔頭，一個算命比貧道好，會讓……唉，不說這個，傷感情。總之，這『一個加一個還是一個，再加一個更是一個』的師兄，從來就比貧道厲害。」

道姑正是被陸沉從神誥宗拐騙而來的賀小涼，那個讓風雪廟魏晉喝了一壺壺斷腸酒的絕情女子，之前曾以玉女的身分，和金童一起代表東寶瓶洲道統來此取回祖師爺留在驪珠洞天的那件壓勝法寶，走的時候，他們沒能成功帶走馬苦玄，她反而多出一塊漂亮的蛇膽石。沒辦法，她的福緣之深厚，一洲矚目，像是隨便走在哪裡，好東西都喜歡主動往她身上湊，擋都擋不住。

賀小涼猶豫了一下。她想詢問一個連神誥宗那位小師叔都沒能想透澈的問題：為何身邊此人，會是齊靜春身陷必死之局的真正死結所在？憑什麼！

要知道，齊靜春當時只選擇以兩個本命字迎敵，若是傾力出手，這個神神道道的年輕道人當真能夠將之擊殺？打贏一個上五境，與打死一個上五境可是天壤之別，況且，上五境心知必死之後，爆發出來的恐怖破壞力亦無法想像。除非是有高出一到兩個境界的仙人竭力控制戰場，或是有人能夠搬出一座小洞天作為牢籠。

謝實為何膽敢單槍匹馬來到小鎮，便是這個道理：我謝實可以死在龍泉，但是你大驪得先掂量一下後果。當時李二在大隋皇宮，亦是同理。

陸沉卻已經算出她的問題，微笑道：「道可道，非常道。意思是什麼呢？就是言語文字可以用來說話，但用來講解大道，分量是遠遠不夠的。至於貧道的意思呢，其實就是妳想問的問題，貧道不會回答。」

賀小涼苦笑不已。這個莫名其妙出現在神誥宗的「小師叔」，一路上說了無數的奇言怪語，經常讓她百思不得其解，後來就乾脆不去深思了。他願意說，就會叨叨個不停，你閉住耳朵，甚至關上心扉大門都不管用，照樣會在心頭響起他的聲音；可當他不願意說的時候，能夠十天半個月一言不發。

陸沉望向小鎮，又開始怪話連篇：「世人都羨神仙好，可你魏檗為何不羨慕？因為你從來就不是真正的神仙嘛。捫心自問，有愧啊。『愧』字，即是心中有鬼……接下去的天君之路，你會有點難走啊。嘖嘖，你家孫兒還給人欺負？他不欺負別人就算宅心仁厚啦，他出息大嘍，就是那性子實在讓人喜歡不起來，不過沒辦法，命好就是命好。說來奇妙，同一個小鎮走出去的人，同時回到家鄉，謝實做了一輩子好神仙，卻要去做一件虧心事；曹曦做了一輩子王八蛋，卻做了一件厚道事。」說到這裡，陸沉突然轉頭望向身後的賀小涼，笑問道：「凡夫俗子的心心念念，妳聽得見嗎？」

賀小涼無奈道：「十境鍊氣士才能依稀聽聞，我如今哪裡做得到。」

陸沉「哦」了一聲：「那妳確實需要好好修行啊。」

賀小涼只得苦笑。

陸沉覺得這個可以說，便打開了話匣子，不管賀小涼感不感興趣，竹筒倒起了豆子：

「貧道告訴妳啊，這種事情看似很玄乎，但其實一點不玄乎。一種是心誠至極，正所謂精誠所至、金石為開，所以聖人有言，惟精惟誠可以動人。凡夫俗子，某些時刻，一樣能夠引來神靈感應。另外一種當然是修為極高或是天賦異稟，他們的心聲，自然而然更加響亮。比如貧道想要跟妳講話，妳想聽、不想聽，就都聽得到。不過吧，貧道覺得，這跟個人修為無關，還是惟精惟誠使然。妳覺得呢？」

賀小涼可不會溜鬚拍馬：「我覺得是小師叔道法高深的緣故。」

陸沉有些失落，又不想說話了。

類似李希聖當時在入山途中直呼「白澤」二字，立即就能夠讓那位遠在東寶瓶洲西海之濱的白老爺聽見，而崔賜恐怕破口大罵一百遍，白老爺都聽不到，或者說聽見了也不在意。當然，萬一他一個較真，隔著十萬八千里，崔賜必然會「無緣無故」暴斃當場。

這類天之驕子，彷彿是一顆顆閃爍在陸地之上的璀璨星辰，當然更加吸引目光。別看世俗習慣冠以「聖人」頭銜的十境鍊氣士躲得跟千年烏龜王八蛋似的，其實在某些一身修為通天徹地的大佬眼中，反而比世俗常人更加一覽無餘。

當然，神人掌觀山河，「袖手」沒那麼簡單，一國一洲之地，自有其無形屏障的存在，阻滯著別處投來的視線，洞天福地的地界之說，根源就在於此。如果隔著一個天下還要窺探內幕，所需修為，那真是需要境界高到天上去。

小鎮南邊，時不時有金石之聲響徹雲霄，那種極具震懾力的聲響，常人反而絲毫不知，但是對於鍊氣士來說，動靜不小。事實上，阮邛在劍爐內的打鐵之聲落在妖族耳中，堪比春雷陣陣。那些心存僥倖滯留在小鎮的妖物一個個現出原形，氣海劇震，生不如死，瘋癲發狂，然後被早有準備的大驪鍊氣士和純粹武夫先聯手制服，再丟入大山之中，這份人情，無異於救命之恩。

與此同時，阮邛的鑄劍氣象，不由得讓旁人感慨一句：「聖人就是聖人。」

賀小涼有些訝異：「鑄劍已經臨近尾聲，為何動靜還這麼大，使得地界之內，山根水運都有些搖晃了。難道是這把劍的品相之高，能夠名動天下？」

陸沉笑而不語。聖人們一樣也要做買賣啊。只是既然齊靜春跟師父談妥了，那他就絕不會再插手此事。這既是尊師重道，更是對那個讀書人表達自己的一份敬意。

遙想當年，算命先生陸沉背對著學塾那邊給人測字算卦，身後是一位儒家聖人在為蒙童稚子們傳道授業。至於為何齊靜春必須死，涉及一個很大的大道。齊靜春在驪珠洞天之內遍覽三教典籍，他的「有望立教稱祖」，立的是什麼教？

不管是什麼，總之他跟某人想到了同一處去，那麼陸沉作為那個人的師弟，就必須親自下來這裡。

陸沉望向天空。曾經有個讀書人就坐在那裡，以一己之力，對抗三教仙人。

佩服歸佩服，敬重歸敬重，昧著良心的事情還得做啊。

後來他順勢而為，大致推演出了齊靜春的真正後手，便給那少年留下了四個字，說是讓他練字，這是真的，但是最大的意義，還是放風箏一般，希望藉著少年臨摹那四個字的時機，在某天算出最關鍵的一步棋，純粹是下棋高手的好奇而已。

但是很奇怪，少年只給了陸沉一次機會，而且陸沉也根本算不出太多。

對此，陸沉倒是不介意什麼，畢竟大局已定，他還真不會在齊靜春死後落井下石。他曾經親口對少年笑言「看似好心的善舉，未必是好人好事情」是有深意的，既是說那幾張藥方那四個字，更是說那一串蓄謀已久的糖葫蘆。

陸沉鬆開獨輪車的把柄，伸了個懶腰：「若無閒事掛心頭，後一句是什麼來著？」

賀小涼微笑道：「便是人間好時節。」

最近兩天練拳，光腳老人出手越發凌厲，雖然不再讓陳平安做那剝皮抽筋的殘忍行徑，但是以「神人擂鼓式」一拳拳砸在陳平安的身軀或是神魂上，層層累加，真是讓陳平安痛不欲生。

竹樓外邊，粉裙女童心不在焉地嗑著瓜子，咬破了嘴皮也不自知。

崖畔枯坐修行的青衣小童始終神色凝重，既要憑藉先天而生的強橫體魄拚命消化腹中的那顆上等蛇膽石，又要凝聚神意，盡量不被竹樓的瘆人動靜所打攪。就連這條御江水蛇自己都不清楚，這其實無異於一場心力皆修的大機緣，既養氣也錬氣，體內氣機景象如大水衝擊河中砥柱，可遇不可求。

偶爾粉裙女童實在坐立不安，便會伸手摩挲竹樓。當初儒生李希聖寫下的文字雖然不在竹樓牆壁上顯現，但是她全部牢牢銘記在心，每當她受不住樓上自家老爺的哀號或是撞牆聲響，就會強迫自己去默念牆上的詩詞文章，這也是修行。

關於蛇膽石，自然是多多益善，是天底下蛟龍之屬夢寐以求的寶貝，但是也得恪守一條「一十百千萬」的潛在規矩。魏檗對此洩露過天機，給兩個小傢伙解釋過其中緣由。第一顆幫助破境的上等蛇膽石，大致一年就能被蛟龍之屬的駁雜遺種給消化，粉裙女童體質不強，耗時稍長，可能需要十三、四個月，反觀青衣小童就只需要大半年。第二顆就沒這麼輕鬆了，需要十年苦功夫去吞食，第三顆則需要百年光陰的水磨功夫，第四顆是漫長的千年，第五顆需要萬年！其實有無第五顆品相絕佳的蛇膽石意義已經不大，有的話，錦上添花都算不上，至多是家底寶庫裡的一件珍稀藏品罷了。所以之前青衣小童手握三顆上好蛇膽石便轉過頭開始垂涎起普通蛇膽石了。

它們雖無法保證破境，但是能夠十年、十年地積攢修為，不斷加固當下境界的厚度，豈不美哉？那個時候，青衣小童一門心思想著：大爺我躺著享福，每天曬曬太陽、看看風花雪月就能夠攀升境界，多愜意！直到陳平安在竹樓練拳之後，青衣小童才改變想法，埋頭苦修。因為他既不想見著誰都被一拳打死，更不想被陳平安這個泥腿子老爺超過境界，那多沒面子？天大地大，我們混江湖的英雄豪傑，面子最大！

竹樓內，光腳老人雙臂環胸，俯瞰著地上蜷縮起來、痛得全身肌肉都在發出黃豆爆裂般聲響的少年。老人先前以二十八拳「神人擂鼓式」打在了陳平安二十八座氣府大門上，打成了這副奄奄一息的慘澹光景。

老人冷笑道：「才二十八拳而已，就跟死人一樣，真是不堪入目！挨不住三十拳，這三境就不算天下最強的三境！」

滿身血腥氣的陳平安根本顧不得還嘴，靠著楊老頭傳授的呼吸吐納，以及體內自己找到的那條宛如火龍的真氣，再加上阿良說是「無數劍仙摸索而出」的十八停運氣法門，三者一起，才堪堪讓自己咬牙承受住老人的二十八拳。

老人一腳踹出，踹中陳平安的後背，陳平安整個人撞在牆上，重重摔落在地，原本好不容易趨於穩定的氣海再度興風作浪，躺在地上的陳平安像是犯了羊癲瘋。

老人大笑道：「一名純粹武夫想要屹立於群山之巔，靠什麼？就靠一口氣，硬生生耗死那些可以肆意借用天地靈氣的鍊氣士！若是吃點小苦頭就喪失出拳的能力，還想著龜縮起來療傷換氣，出拳之人會給你機會嗎？你陳平安積攢下來的這一口氣還遠遠不夠！」

小苦頭……滿臉血汙的陳平安根本說不出一句話來反駁。

老人雖然嘴上歹毒，極盡刻薄挖苦之能事，但如果是與之有過生死之戰的武道大宗師或是重創、斃命於老人手上的山上神仙，一定會感到匪夷所思，因為老人除了拳法通天之外，還是出了名的眼高於頂。

巔峰之時，以東寶瓶洲唯一一位十境武夫的身分，只憑一副肉身、一雙拳頭縱橫三洲之地！出拳之前，老人不報姓名；出拳之後，也不報身分。來也匆匆去也匆匆，一場架打過就走，不小心打死了誰，徒子徒孫們有膽子有本事，只管找他報仇便是，任你是十人百年圍毆，任你法寶迭出、機關算盡，他一概靠雙拳接下！那會兒，三洲只知道這位脾氣古怪的無名氏神人極少對手下敗將報以尊重，哪怕是一個旗鼓相當的對手，老人一樣不當一回事，更從未有過半點收徒的念頭。

這棟落魄山竹樓大有玄機，起初老人每天能夠清醒一個時辰，如今隨著一步步重返巔峰，在半數時間裡都能夠保持頭腦清明。當年因為孫子一事，老人被家族那幫趨炎附勢的龜孫子傷透了心，如今到了落魄山，每天待在竹樓，時不時站在二樓遠眺山水，老人開始有點喜歡這麼個清淨地兒了，不僅僅因為竹樓是自己的福地那麼簡單。

老人繼續怒吼：「陳平安，躺著算怎麼回事！站不起來，爬也要爬起來！你可知道，老夫此生遠遊，出拳殺人傷人無數，唯一敬重之人是誰嗎？是一個如今我連名字都忘記的八境武夫！此人瀕死之際，被老夫一腳踩在面門之上還竭力抬起拳頭，向老夫遞出生平最後一拳，哪怕那一拳已經孱弱得比稚童婦人還不如，但是那一拳，卻是天底下所有十境武人，甚至是傳說中的十一境武神也要尊重、佩服的一拳！那一拳，才是我輩武夫真正的神意所在！陳平安，再來！這點疼痛算個屁，你要是個帶把的，就站起來再吃一拳……」老人罵罵咧咧，卻突然收了聲。

原來，陳平安的心弦差點繃斷！

過猶不及。陳平安不願服輸，不僅靠著那口氣強撐，甚至無意之中動用了虛無縹緲的「心氣」，然後被老人一腳踢飛之後，心氣都一併下墜，實是真正的生死一線之間，這也是老人教拳之後第一次出現意外。

嘴上不依不饒的老人早已蹲下身，趕緊一掌摀住少年心口，低頭望去，是少年一張痛苦到扭曲的黝黑臉龐和胸前緊握的拳頭——純粹是下意識動作。

老人伸出另外一隻手，輕輕握住少年肌膚綻裂、露出白骨的拳頭，破天荒露出一抹慈祥神色，輕聲笑道：「小子，不錯。拳招在低處、實處，拳意在虛處、高處，拳法在心中深處，你已經走到真正的武道上了。」

只是在此時，陳平安還迷迷糊糊說著罵人的髒話。

老人愣了愣，不怒反笑：「臭小子。」

第二天，陳平安硬生生挨了二十九拳才昏死過去。清醒後的第一件事，就是艱難走到二樓，問了一句話：「下一次三十拳，我會不會被你打死？」

老人在屋內睜開眼：「不會。」

然後陳平安就站在二樓簷下開始大罵！

顧璨他娘親曾經號稱「小鎮罵街第一人」，罵得連馬蘭花都得回家總結經驗，吸取教訓之後，仍是屢戰屢敗。陳平安作為經常旁聽罵戰的傢伙，耳濡目染，真要敞開了罵，功力當然不差。

明天練拳之後，肯定是沒機會宣洩了，今天先罵了再說。反正該吃的苦頭、不該遭的罪都吃足吃飽了，老傢伙又不可能真打死自己，那他陳平安怕什麼。不罵一罵，陳平安真怕把自己活活憋死。

老人對此根本不以為意。事實上，這才是好事，因為這恰恰就是練拳的一層重要意義所在。陳平安積攢了太多情緒上的雜質，這些雜質就像被掃在牆腳的垃圾，不多不少，無礙心境，因為「眼不見、心不煩」。但是，一旦將來武道不斷往上登高，那麼這點瑕疵就會被不斷放大。二、三境之時，被老人以種種拳法神通錘鍊敲打，能夠相對輕鬆地祛除，若是到了六、七境之間的武道大門檻，或是九、十境之間的天塹，再想回過頭來祓除清掃，就難如登天了。

可是老人又不是泥菩薩，哪裡受得了沒完沒了的罵人話，怒喝道：「滾蛋，再廢話半句，現在就打死你。」

陳平安笑呵呵走了，很是心滿意足。

老人在屋內低聲笑罵道：「跟饞饞小時候還真是像。」說到這裡，老人便有些恍惚。小時候，對於饞饞，自己這個當爺爺的，是不是太嚴苛無情，過於揠苗助長了？

儒家第三聖曾有至理名言流傳於世：「人之初，性本善，性相近，習相遠。」

老人嘆了口氣。那場驚心動魄的三、四之爭，他也曾親身領教過，下場如何，便是現在的模樣了，這還是老人涉足不深的緣故。

他之前有一次遊歷無名大山，偶遇一位儒衫老者，朝陽初升，當時老者在山巔打轉散步，緩緩伸展筋骨，就像是在畫圈圈，但是以他十境武夫的眼光來看，老者看似在原地打轉，其實每一次畫圈圈，都會稍稍往外邊拓展。

他就好奇詢問：「老先生為何不一步跨出去？」

老者微笑回答：「壞了規矩，那可不行。」

一番天南地北的暢談，在那之後，他就再也沒有見過老者的身影。

第七章　故人來送劍去

第三天，老人在練拳之前，對陳平安笑道：「既然已經在三境站穩了腳跟，那咱們繼續，老夫把你四境的武道底子給打紮實了。遠遊一事，不耽誤這幾天工夫。」

陳平安搖頭說：「不行，遠遊一事，只要阮師傅鑄劍成功，就必須馬上走。」

老人繼續誘惑陳平安：「先前為何老夫以五境修為一拳出去，六境巔峰的孫叔堅就死了？就在於同樣的境界，也有雲泥之別。哪怕是最難越過境界殺人的武道一途，老夫仍然可以輕鬆打死高一境的孫叔堅，因為他的底子打得太鬆散了。

比如科舉一事，同樣是躋身殿試的讀書人，為何有人就是貴不可言的狀元、榜眼、探花，有人就是普通進士，甚至還有人是可憐兮兮的同進士出身？那座金鑾殿，就是一個境界，但是同等境界中，還是要分出一個三六九等的。

你要知道，武道三、四境差距極大，無異於錬氣士的下五境最後一境和中五境第一境。你吃了這麼些苦頭，老夫幫你打的底子到底有無裨益，你自己應該最清楚。如果能夠一鼓作氣，只要打破了瓶頸，之後四境的武道路途就是一馬平川，豈不痛快？」

陳平安毫不猶豫，還是搖頭。楊老頭既然說此地不宜久留，他就絕對不會拖延一炷香的工夫。其實內心深處，對於三境之上的練拳，陳平安還是有些心驚膽戰，說不怕那是自欺欺人。

老人點點頭：「經得起誘惑也算好事。孫叔堅之流天資不差，中途夭折就是死在『貪心』二字上。今天老夫就破例獎賞你一次，將三十拳換成三十一拳好了。放心，保管不會死人，只是幫你把三境好好牢固了。你不用對老夫感激涕零，誰讓你是滄巉的先生……」

老人表面上說得和顏悅色，可是言語之中的騰騰殺氣、森森寒意，陳平安豈會不知？昨天一通罵是酣暢淋漓了，結果今天就要遭報應？

三十一拳之後，陳平安頭回在大藥桶裡睡了一天，再在床鋪上昏天黑地地睡了一整夜。拂曉時分，陳平安走出屋子，魏檗和兩個小傢伙都坐在簷下的竹椅上。

看到陳平安後，魏檗仰起頭，雙手抱拳，喜氣洋洋道：「恭賀恭賀。」

陳平安抱拳還禮，苦笑道：「一言難盡。」

粉裙女童把竹椅讓給自家老爺，魏檗壓低嗓音道：「阮邛在這兩天就會開爐，之前跟小蛇閒聊，聽說你想要購買一只養劍葫，那我就擅作主張，將大驪朝廷原本一座山頭贈送的五件法寶換成一只葫蘆。陳平安，你要是覺得虧了，可以更改，繼續收下大驪原先的五件法寶就是。」

粉裙女童和青衣小童一起使眼色，勸說陳平安別豬油蒙了心，取五捨一。

陳平安笑道：「我當然要那只養劍葫。」

魏檗爽朗大笑，隨手一揮袖，剎那間，一只朱紅色的精巧小葫蘆就被他托在了手心。比起阿良懸掛腰間的銀白色小葫蘆要稍小一些，色澤溫潤，樣式古樸，讓人一見鍾情。

陳平安滿臉驚喜，小心翼翼地雙手拿起朱紅葫蘆，瞪大眼睛，湊近了反復端詳。

魏檗笑著解釋道：「這只養劍葫只是中等品相，算不得真正的神仙物，但已經很難得了，畢竟是在東寶瓶洲，比不得劍修橫行的北俱蘆洲。不過就算拿去北俱蘆洲，這只小葫蘆一樣能夠讓中五境的劍修垂涎三尺。」他指了指小葫蘆底部，「底款為『姜壺』，與行走江湖的『江湖』諧音，滿好玩的，而且多半是某位姜姓劍修的珍愛遺物，才會刻上這個名字。喜不喜歡？」

陳平安笑得那叫一個開心，忙不迭應聲道：「喜歡喜歡！怎麼會不喜歡！這可是養劍葫！」

粉裙女童掩嘴而笑，青衣小童翻了個白眼，一拍額頭。好嘛，關鍵還是識貨，曉得養劍葫價值連城才這般心生歡喜，老爺的財迷習性真是改不了。

陳平安突然問道：「能裝酒不？」

魏檗點頭笑道：「自然是可以的，裝上十幾斤酒沒問題，不妨礙溫養飛劍。但是切記，養劍葫內不可溫養意氣相悖的飛劍，也不講究什麼越多越好，否則會耽擱養劍的進程，最好是同時養育兩、三把……」說到這裡，魏檗自嘲，「若是能夠同時溫養兩把飛劍，已經夠嚇人的了。先不談獲得上乘飛劍的機緣，這得需要多大的財力、物力啊。」

陳平安默默記下，然後嗖嗖兩下，本名「小酆都」的「初一」以及楊老頭換給陳平安的碧綠色「十五」一前一後從陳平安兩座氣府掠出，一閃而逝，躥入朱紅色的養劍葫。

兩柄飛劍似乎極其快活，在其中四處亂竄，不斷撞在葫蘆內壁上，以至於小葫蘆在陳平安手中微微搖晃。

魏檗瞪大眼睛，只覺得顏面無存，無奈搖頭道：「好嘛，當我什麼都沒說。」

青衣小童與有榮焉，氣哼哼道：「知道我家老爺的財力雄厚了吧？」

魏檗沒跟這條小蛇計較，樂呵呵道：「知道啦知道啦。對了，葫蘆裡裝了酒的，就你陳平安那點酒量，儘管喝。」

魏檗離去後，陳平安拎了一把竹椅坐在崖畔，獨自小口小口喝著酒。

粉裙女童想要跟著過去，被青衣小童抓住胳膊，搖頭示意不要去湊熱鬧。

陳平安舒舒服服靠在椅背上，雙腿伸直，雙手捧住暫時當起酒壺的小葫蘆，幾口酒下了肚就覺得臉頰火熱，喉嚨滾燙，整個人都跟著暖和起來。他望向遙遠的南方，充滿了憧憬，好像那邊的山山水水就是手中養劍葫諧音的江湖了。

這是陳平安從未想過的生活。活著，還能好好活著，真好。

泥瓶巷的孤兒，有些時候餓到腸子打結，那是真能恨不得去刨泥土吃的。每到飯點，家家戶戶炊煙嫋嫋，哪怕只是走在巷子裡，都能聞著那些誘人的飯菜香。孩子身上穿著爹娘留下的衣衫，自己裁剪成能穿的大小，邊邊角角都丟不得，一塊一塊積攢起來。

六歲的時候，一個大冬天，無法上山採藥，澈底沒了生計，又不願去偷，饑寒交迫，像一個小小的孤魂野鬼，從巷子這一頭走到那一頭，一直走到了炊煙升起，孩子根本不知道怎麼活下去了。之前有好心人讓孩子去他家吃飯，孩子總會笑著婉拒，說家裡還有米，然後趕緊跑開。

那一天，孩子是真的什麼都沒了，白天去了趟楊家藥鋪想要跟楊老頭賒帳，楊老頭根本就不願意見他。然後在那個黃昏，孩子就委屈地想著，會不會有人見著自己，笑著說：「小平安，進來吃飯。」但是那一天，沒有人開門。

孩子最後餓著回到自己院子，躺在被褥單薄的冰冷床板上，默默告訴自己：『不餓不餓，睡著了就不餓了，想一下爹娘就不餓了。』

老人不知何時走出了竹樓，站在崖畔，來到陳平安身邊，笑問道：「怎麼，熬過了一個大關隘，在憶苦思甜？」

陳平安被打斷思緒，喝了一口酒，轉頭笑道：「這樣是不是不太好？」

老人穿著一襲素白麻衣，顯得格外清爽俐落：「不太好？好得很。人活著沒個盼頭，多沒滋味。吃得住苦，享得了福，才是真英雄。吃苦頭的時候，別見著人就跟人念叨自己苦，享福的時候，也只管心安理得受著，全是自己靠本事掙來的好日子，憑啥只能躲在被窩裡偷著樂？」

陳平安點點頭：「可能有些話說出來，老前輩會不太高興，但確實是我的心裡話，老前輩願意聽嗎？我一直沒跟別人說過，哪怕是我最好的朋友劉羨陽都沒有聽過。」

老人蹲在少年身邊：「哦，小時候那點淒淒慘慘的破爛事？可以啊，說出來讓老夫樂和樂和。」

陳平安喝了口酒，沒有惱火，緩緩道：「我哪怕練拳，每天疼得嗷嗷叫，還偷偷哭了幾次，可還是覺得這輩子最難受的時候是小時候。一次是頭回自己一個人進山採藥，我記得很清楚，天上好大的太陽，我就扛著一個差不多有我人那麼高的大背簍。當時心大，想著背簍大，就能裝下更多藥材，娘親就會更快好起來，然後走著走著，就磨破了肩膀上的皮，給太陽一曬，汗水一流，火辣辣地疼。關鍵是那個時候我才剛剛走出小鎮，一想到要這麼疼一天，真是想死的心都有了。」

老人嗤笑，卻不是笑話陳平安，而是想起了崔氏子弟。那群錦衣玉食的小崽子們練拳之時，才站樁而已，就個個跟受了多大委屈似的，回到自家就開始跟爹娘告刁狀，或是春寒冬凍時分裹著狐裘上個家塾早課就覺得自己吃了天底下最大的苦頭，除夕夜就想著跟幾位祖宗討要一封大大的吉利錢。老人看不慣這些，但是其餘幾個同輩分的兄弟還真就吃這一套，會哭的孩子有糖吃嘛。

陳平安繼續說道：「第二次，是餓的。家裡米缸見底了，能賣的東西全賣了，餓了一整天，又沒臉皮去求人，就在巷子裡走來走去，想著別人主動打聲招呼，問我要不要順便吃個飯。那年的大冬天是真的好冷啊，夏秋時節還沒事，家裡再窮，少穿衣服也沒關係，上山採藥不僅能掙些銅錢，還能順便帶回點野菜、果子，或者跟街坊鄰居借了鐵榔頭，去小溪裡敲打石塊，就能把躲在下邊的小魚敲暈，回家貼在牆壁上一曬，完全不用蘸油鹽，曬乾了就能吃，還好吃。

但是那年冬天是真沒法子，不求人就要餓死，怎麼辦？一開始臉皮薄，不斷告訴自己：『陳平安，你答應過娘親，以後會好好活著的，怎麼可以爹娘才走了一年，就跟乞兒差不多？』所以當時躺在床鋪上，覺得熬一熬，就能把那股餓勁熬沒了，哪裡知道餓就是餓，沒有餓暈過去，反而越餓越清醒。

沒辦法，爬起床走出院子，又到巷子裡蹓躂，幾次想要敲門，又都縮回手，死活開不了那個口。後來我就告訴自己，最後走一趟泥瓶巷，如果還是沒人開門，那我就真去敲門求人了，只是在肚子裡默默發誓：『我長大以後，一定好好報答那戶願意給我飯吃的人家。』最後我就從曹家祖宅那頭的巷子開始走，結果一直走到了顧璨他家的巷子盡頭，還是沒有人開門。」

說到這裡，本就沒有多少萎靡悲苦神色的陳平安越發神采奕奕，像是喝了一口最好喝的美酒：「我就只好哭著鼻子往回走，但是沒走出去幾步，身後的院門吱呀一聲打開了，我一開始沒敢回頭，可有人主動跟我打招呼了，我就趕緊抹了把臉，轉頭望去，看到一個鄰居手裡拎著一只火熜，就是裡邊銅皮、外邊竹編的小火爐，能夠拎在手裡隨便逛的那種。她見著我好像也很意外。」

老人嘖嘖道：「天無絕人之路，你小子就這麼白吃一頓飽飯啦？」

陳平安狠狠抹了把臉，全是淚水，但是滿臉笑意：「沒呢，那個鄰居想了想，笑著問我：『小平安，你真的會進山採藥，那些藥材真認得？』我當然說認得，而且我真沒吹牛，我那兩年幾乎隔三岔五就會進山採藥，都快比泥瓶巷還熟門熟路了。她就笑了，對我招招手，大聲說：『那行啊，小平安，你過來，我求你件事情。我身子骨經不起寒，需要幾味草藥熬湯補身子，可是楊家藥鋪那邊太黑心，太貴，我可買不起。小平安你能不能開春之後去山裡頭採藥，我給你銅錢，但是價格必須低一點兒。』我走過去，跟她商量這事，她就順手把自己的火熄遞給我，等談完了，她看我沒挪步，就笑著問：『怎麼，沒吃飯，還想騙吃騙喝啊？不行，除非算在藥材錢裡頭，不然我可不讓你進這個門！』」

陳平安笑著望向遠方：「我在爹娘走後，什麼樣的眼光沒看到過？很多同齡人罵我是剋死爹娘的禍胎，哪怕我遠遠看著他們放紙鳶，或是下河摸魚，都會被一些人拿石頭砸。還有一些大人喜歡罵我是雜種，說像我這種賤胚子就算給富貴人家當牛做馬都嫌髒，比老瓷山的破瓷片還礙事。但是那天，那個女人那麼跟我聊著天，說要花錢才能吃飯，老前輩你一定不知道我當時有多開心。進屋裡吃飯的時候，我的眼淚一下子又不爭氣地滿臉都是了，她就開玩笑說：『喲，小平安，我的手藝是太好還是太差啊，還能把人吃出眼淚來？』我那會兒就只敢低頭扒飯，說好吃。」

老人「嗯」了一聲，提醒道：「你有沒有想過，那個鄰居其實是想幫你，不過換了個更好的法子。」

陳平安點頭道：「一開始沒想到，後來吃飯結帳的次數多了，很快就明白了。」

那個鄰居，就是顧璨的娘親。所以每次她跟人吵架，陳平安都會在旁邊看著，幾次吵架吵得狠了，她被一群抱團的婦人衝上去撓臉、揪頭髮，陳平安就會跑上去護著她，也不還手，任由婦人們把氣撒在自己頭上。

陳平安也從來不覺得自己是濫好人。送給顧璨一條小泥鰍怎麼了？知道了它是一樁大機緣，又怎麼了？陳平安根本不心疼。

當這個世界給予自己善意的時候，一定要好好珍惜，無論大小。

姚老頭說過，是你的就好好抓住，不是你的就不要多想，陳平安當時就覺得這是天底下最好的道理。天底下沒誰是欠你的，但是你欠了別人，就別不當回事，後來陳平安對待劉羨陽亦是如此。

上山採藥終究不是長久之計，是劉羨陽教會了他如何下套子逮野味，如何製造土弓，如何釣魚，到了龍窯燒瓷，還是年紀稍長的劉羨陽在護著陳平安。

陳平安就這麼苦兮兮從小孩子活到了少年，活到了能夠自己養活自己的年歲，雖說很願意講道理，但是如果牽扯到顧璨或是劉羨陽，例如搬山猿那次，陳平安講個屁的道理，只要本事足夠，那就幹死為止。

他還曾對一個外鄉姑娘說過，如果以後自己找著了像娘親那麼好的姑娘，哪怕她給什麼道祖欺負了，他一樣要捲起袖子幹架的。打不打得過是一回事，願不願意為媳婦打這場架又是另一回事。娶了那麼好的媳婦，不曉得心疼，陳平安覺得虧心。

當然了，那樣的好姑娘，陳平安覺得找著了，可是還沒告訴她，所以才要走接下來的那趟江湖。他一定要背著自己偷偷取名的「降妖」、「除魔」兩把劍走到她跟前，鼓起勇氣大聲告訴她：「寧姑娘，寧姚！不管妳喜不喜歡我，我都喜歡妳，很喜歡！」至於是挨巴掌還是連朋友都做不成了，厚著臉皮跟她說了再說！

老人從陳平安手裡搶過養劍葫，仰頭灌了一大口酒，卻沒有馬上還給陳平安，沒好氣道：「這酒真不咋的。你繼續說，雞毛蒜皮的腌臢事也就只配當這壺劣酒的下酒菜了。」

陳平安想了想，雙手攏在袖中：「那年冬天熬過去後，我好像開了竅，臉皮就厚了，實在餓得不行就去求人蹭飯，然後一次次都記在心裡，想著開凍之後可以進山，掙了銅錢就還給他們。也會有好心的老人主動送我舊衣服，我不會再覺得難為情，說家裡不缺東西了，都老老實實收著。那幾年裡，我拚了命進山採藥，但是錢掙得還是很少。實在是因為力氣太小了，楊家藥鋪好些藥材又難找。這也很正常，好找的藥材，哪裡能讓我掙這個錢，對吧？所以我就給街坊鄰居們幫忙，早上幫他們去鐵鎖井提水，一有農活就去田地裡幫忙，大晚上會蹲在那邊幫他們搶水，免得給別人截斷了水渠。我不敢硬著幹，需要躲在遠處，等到那些青壯離開再偷偷刨開，把水源引入鄰居家的水田，等到水田的水滿了，才去將溝渠小壩重新填回去。為此，我還被人追著打過很多次，好在我雖然年紀小，但是跑得快啊，真正吃虧的次數不多。」

老人悠悠然喝著酒，嘴上說著酒不行，其實一口接著一口，真沒少喝，耳朵裡聽著陳芝麻爛穀子的市井小事，倒也沒覺得如何心煩。

陳平安毫無遮攔地說過了心裡話，覺得痛快多了，就伸手去拿酒壺。

老人手肘一抬，拍掉少年的手掌，不客氣道：「等會兒。陳平安，你說了這麼多狗屁倒灶的小事情，想不想聽老夫講一些無甚用處的大道理？這些話，便是老夫當年已經站在世間武夫的頂點，也覺得一文不值。要不要聽聽看？」

陳平安笑道：「說，我就喜歡聽人講道理。」

老人站起身：「老夫曾經在中土神洲的一個山頂偶遇一個氣度儒雅的老書生，當時不知其身分，後來大致猜出一些，只是沒領會他老人家的良苦用心，才有之後淪為瘋癲老漢的淒慘境遇。別看老大是純粹武夫，口口聲聲說著拳理，其實是正兒八經的讀書人出身，讀過的書極多。當時與老書生閒聊到最後，便向他請教一些想不通的事情，然後老書生便大致說了一些他的道理。」

老人拎著酒壺開始散步，繞圈而行，「老書生說，我們活在一個很複雜的世道裡，很多人的言行，哪怕是學問極高的讀書人，還是會自相矛盾。我們看多了沒甚道理的事情，難免會問，是不是書上的道理是錯的，或者說，是那些道理還沒有說透，沒有說全。那麼問題來了，怎麼辦呢？我們該怎麼看待這個許多人嘴上講道理、做事沒道理的世界？

辦法是有的，一種是活得純粹，我拳頭很硬，劍術很強，道法很強，就用這些來打破一些東西。複雜問題給簡單解決掉，只要我開心就好。天地有規矩約束我，我便一拳打破；世間有大道壓我，我有一劍破萬法。哪怕暫時做不到如此酣暢淋漓，也要一直朝這個方向走。這種人可以有，但是不能人人如此，老夫便是這類人。

另一種人活得很聰明，怎麼省心省力怎麼來，『規矩』二字就是用來鑽漏洞的。讀書人若是如此，便是犬儒了。或者在合情合理之間作取捨，選擇合自己的情，不合世間的理，以至於熙熙攘攘，皆為利來利往，若是能夠把這個『利』字換成『禮』字，世道該有多好？最後一種人活得很沒勁，把複雜問題往更複雜想，掰碎道理，仔細梳理，慢慢思量。可能做事情繞了一個大圈，竟然發現只是回到了原地。但是真的沒有用嗎？還是有的，想通了之後，自己的心裡頭會很舒服，就像……就像喝了一口陳釀老酒，暖洋洋，美滋滋。」

我們讀書人推崇的儒家聖人其實沒世人想的那麼至善至美，但是儒家的真正學問卻也絕不是那麼不堪，哪怕不認同『人性本善』四個字也沒關係，可到底是能夠勸人向善的。」老人一圈圈散步，最後停下腳步，「老夫不敢確定那個老書生是不是那個人，但是如今回想起來，如果真是那個人，那麼他願意跟我心平氣和地說這些，不容易，畢竟老夫當時可是跑去中土神洲砸人家的場子去的。」

老人抬起手臂，又狠狠灌了一大口酒，隨手將那只養劍葫拋給少年，對著遠方朗聲大笑：「昔年遠遊四方，一肚子豪言壯語，不吐不快！」老人站在崖畔，一腳踏出，望向天空，「當我行走於天地間，驕陽烈日，明月當空，得問我一句，天地之間足夠亮堂否？」

他轉頭笑問：「陳平安，你覺得夠不夠！」

陳平安剛要低頭喝一口酒，聽到問題只得抬起頭，迷迷糊糊道：「不太夠？」

老人哈哈大笑，伸手指向遠方：「當我行走於江湖上，大江滔滔，河水滾滾，得問我一句，江河之水足夠解渴否？」

陳平安抽空連忙喝了口酒，聽到老人的豪言之後，沒來由也跟著有些豪氣了，一手握酒葫蘆，一手握拳捶在膝蓋上，跟著湊熱鬧、瞎起勁，大聲道：「不夠！」

老人又言：「當我行走於群山之巔，瓊樓玉宇，雲海仙人，得問我一句，山頂罡風足夠涼快否？」

滿臉漲紅的陳平安又喝了一大口酒，藉著後勁十足的酒意，滿臉光彩，破天荒地放肆大笑道：「不夠不夠！遠遠不夠！酒不夠，江水山風不夠！都不夠！」

竹樓那邊，兩個小傢伙面面相覷。

粉裙女童有些擔心，自家老爺會不會就這麼變成一個小酒鬼啊？

青衣小童滿腹嘀咕：老爺這是瘋了吧？難道是練拳練傻了？嘿，那我是不是不用那麼勤勉修行了？不如偷懶幾天？

最後的最後，陳平安連人帶椅一起醉倒。

從此，人間江湖，多出一個酒鬼少年郎。

去而復返的陸沉，那個讓諸多小鎮婦女心心念念的傢伙又開始在原來的位置擺攤了。只是如今小鎮熱鬧非凡，竟然隔壁就有搶生意的同道中人，身穿一身嶄新道袍，古稀之年卻臉色紅潤，道骨仙風。

老道人坐在一張大桌子後，一股神仙氣便撲面而來，桌上擱著一只油光鋥亮的大籤筒裡頭裝著修剪整齊的漂亮竹籤，桌旁插著一杆豪奢氣派的綢布幡子，上書：「知陰陽曉八卦，識天文明地理，一支籤的事；可以破財消災，能夠積攢功德，幾文錢而已。」

這個算命攤子生意火爆，求籤算命的小鎮百姓絡繹不絕，都說靈驗，一傳十十傳百，再窮的人家也願意掏出一大把銅錢，沾沾老神仙的喜氣。

相比起來，陸沉的攤子就顯得門可羅雀。一隻黃雀從遠處飛掠而至，又盤旋離去。

陸沉實在無聊，眼見隔壁攤子暫時沒什麼求籤算命的人，便乾脆厚著臉皮去坐在凳子上。老道人雖然滿臉正氣、目不斜視，其實心裡頭相當發虛。拳怕少壯，真要為生意動起手來，自己這老胳膊老腿的，可經不起眼前這個年輕小夥子的三兩拳伺候。

陸沉坐下後，笑咪咪不說話。老道人眼角餘光瞥了一下他的蓮花冠，是以往沒見過的一頂。他們東寶瓶洲和東南那邊的大洲，除了寥寥無幾的幾座大型道觀，山上、山下的各路道士幾乎全是魚尾冠，這可亂不得，涉及一教道統的大事情，誰敢亂戴？不用道觀出面，就會被官府抓起來吃牢飯。

老道人心中大定：這十有八九是個連入門規矩都不懂的雛兒，道聽塗說來一些粗淺儀軌，就弄了這麼頂不倫不類的道冠戴著，說不定還沾沾自喜呢，覺得自己鶴立雞群，不與俗同。老道人算了一下攤子距離縣衙的路程，覺得自己穩操勝券了，猛地一變，目露精光，瞬間恢復了世外高人的氣勢做派，直愣愣盯著一副好相貌的陸沉，很能唬人。

陸沉果然流露出惴惴不安的神色：「老仙長，難道只看面相，就發現小道這趟遠遊的不順遂了？」

娘咧，碰到個缺心眼的。這就挺好，真要是個愣頭青，反而不美。憑自己這三寸不爛之舌，保管三句話就拿下這個剛入行的晚輩。老道人心中偷著樂，心想：『就你小子隔壁攤子的生意，能順遂？』

他故作高深道：「看在你是後生的分上，抽一支籤吧，不收銅錢，免費幫你算一卦。」

陸沉呵呵笑道：「哪裡好意思勞煩老仙長，只是過來聊聊天而已，萍水相逢也是緣嘛……」他嘴上說著客套話，卻早已彎腰前傾，就要伸手去取一支竹籤。誰知老道人一挑眉，伸手按在竹籤之上，皮笑肉不笑，明擺著是要不關門就謝客了。

不遠處有婦人帶著稚童正往攤子趕來，生意登門，他哪有工夫跟一個蹩腳同行揮霍光陰。陸沉只得乖乖起身，返回自己的攤子，雙手抱住後腦勺，身體後仰，望向蔚藍天空。

更遠處，謝實帶著長眉少年緩緩而來。少年來之前，只聽老祖宗說是他這一脈的老爺，饒是他心志遠勝常人，仍是心裡不停打鼓，只想著一定是一位騰雲駕霧的老神仙，白髮蒼蒼，說不定身邊還有靈物跟隨，不是仙鶴就是蛟龍，總之定然是仙氣沖雲霄的大人物。可當長眉少年看到那張半生不熟的面孔後，頓時懵了。

小鎮百姓對陸沉可不陌生，他會給樵夫、窯工算卦，會給姑娘、婦人看手相，會幫人寫家書，什麼都會做。一些個能夠蹭吃蹭喝的紅白喜事他也不含糊，無非就是幫忙念叨幾句吉利話，然後就開始大口吃肉、大碗喝酒，比起上山下水的青壯漢子毫不遜色，簡直能讓人心疼飯菜錢。長眉少年的娘親也曾經帶著他來算過命，他抽出了一支上籤，陸沉說了一通虛頭巴腦的好話，把他娘親給欣慰得撇過頭去擦拭淚花，結果陸沉得寸進尺，說要給他娘親也看看手相，一臉笑意、賊頭賊腦的，他氣得當場就拉著娘親回家，心想哪有這麼厚顏無恥的色胚。

謝實剛要恭敬行禮，陸沉微微搖頭，伸手虛按兩下，示意謝實坐下便是，謝實便老老實實坐在那條長凳上。

長眉少年咽了咽口水，站在謝實身邊，低著頭，腦子裡一團糨糊。

老道人斜眼一瞥，發現有人去往隔壁攤子，差點要翻白眼。

竟然還有人眼瞎找那嘴上無毛的後生算命？不是糟踐銅錢是什麼？

謝實不知如何開口，坐立難安。

陸沉不理會謝實，微微抬頭望向低頭的長眉少年，打趣道：「貧道當年沒騙你吧，你的那支上籤，貨真價實，童叟無欺。」

少年不知為何就要下跪磕頭，只是偏偏如何都跪不下去。

陸沉笑道：「不用這麼緊張，當年你又沒做錯什麼，心虛得好沒道理。怎麼，只因為我輩分比你家老祖宗高一些，你就覺得自己錯了？那你這輩子可就有得愁嘍。越往山上走，越是見著誰就覺得自己錯，何苦來哉，白白浪費了貧道的一支上籤。」

以往在自己跟前挺伶俐懂事的一個孩子，怎麼到了關鍵時刻反而露怯？這讓謝實有些惱火，只是剛要出聲訓斥，就被陸沉的一瞪眼嚇得噤如寒蟬，閉嘴不言。

謝實心中苦笑：『原來自個兒比起長眉少年也好不到哪裡去。』

陸沉輕笑道：「真不打算留在身邊雕琢？」

謝實正襟危坐，深吸一口氣，運用神通正了正本心，不再如先前那般畏手畏腳，回答道：「大樹蔭庇之下，既是福氣，也是壞事，很難長出第二棵高樹。」

陸沉點頭道：「正解。」然後揉了揉下巴，「回頭貧道得把這句話拿到師父跟前說一說，讓他老人家別總嘮叨當徒弟的不成才，這當師父的至少有一半錯嘛。」

謝實好不容易平穩的心緒立即變成一團亂麻，苦著臉一言不發。還想要當天君，怕不是連個真人名號都保不住吧？自家老爺的師父當然不至於為此生氣，但是誰不知道自家老爺的二師兄那個難以揣測的脾氣……那位若是動了肝火，誰扛得住？

陸沉對長眉少年招招手：「來來來，幫貧道看著攤子，貧道隨便走走，見見熟人去。」

長眉少年哪敢鳩占鵲巢，真的去坐在那麼個位置上，打死不挪步。

謝實如釋重負。他是真怕長眉少年傻乎乎一屁股坐下。

陸沉也不以為意，對連忙起身的謝實吩咐道：「其他人貧道就不見了，你跟他們打聲招呼，讓他們別熱臉貼冷屁股。貧道最近心情不好，怕到時候一個收不住手，呵呵……還有啊，以後貧道若是想見你家子孫，哪裡需要你多此一舉地領著過來，他就是躲在下邊的福地裡頭，貧道也一樣能見著，對不對？所以下不為例。」

謝實壓低嗓音，點頭道：「謹遵法旨！」

陸沉咳嗽一聲，笑咪咪問道：「這孩子他娘親呢，怎麼有事沒來啊？上回手相都沒來得及看呢。」

第一次親眼見到「本脈老爺」的謝實，唯唯諾諾，實在說不出一個字來。

在諸多天君、大真人之間偷偷流傳的那些個傳聞，原來全他娘是騙人的！

長眉少年已經徹底呆滯了。

陸沉大搖大擺離去，經過隔壁攤子的時候，滿臉羨慕道：「老仙長真忙啊。」

老道士輕輕頷首一笑，腹誹：『趕緊滾蛋！』

陸沉一路逛蕩，最後步入泥瓶巷，經過曹家祖宅的時候，大門緊閉，曹曦在屋內默默作揖行禮，火紅狐狸趴在地上，做出五體投地的虔誠姿態，瑟瑟發抖。

陸沉對此無動於衷，徑直走到一處院子前，蹦跳著張望院子裡的景象。

正坐在隔壁院子裡曬太陽的稚圭站起身，皺著眉頭：「你幹嘛呢？」

陸沉偏移視線，手指指著自己鼻子，哈哈笑道：「姑娘，妳不認得貧道啦？妳和妳家少爺還在貧道攤子上算過命呢，不記得啦？」

稚圭裝模作樣地用心想了想，然後搖頭道：「不記得！」

陸沉走到陳平安家隔壁的院牆外，踮起腳尖扒在牆頭上，使勁嗅了嗅鼻子：「姑娘正煮飯呢，香啊。貧道在這兒都聞得到飯香了。」

稚圭還是一臉天真無邪，搖頭道：「沒有啊。」

陸沉笑著，微微歪頭，伸手點了點她：「貧道鼻子靈著呢，姑娘妳騙不了人的。」

稚圭「哦」了一聲，去了灶房，將土灶裡頭的柴火全部夾出來，一個原本火燙的煮飯土灶立即熄火，飯也成了一鍋夾生飯。

她走到灶房門口，拍拍手問道：「現在呢？」

陸沉伸出大拇指：「算你狠！」

稚圭全然沒當回事，問道：「你找陳平安？啥事？我可以幫你捎話。」

陸沉笑道：「貧道自己找他就行，不敢麻煩姑娘，不然貧道害怕，明兒攤子就擺不下去了。」

稚圭說道：「說吧，我跟陳平安很熟的。」她伸手指了指屋門上頭張貼的「福」字，「你瞧，跟他家一模一樣的，他送我的。」

『小姑娘，沒妳這麼睜眼說瞎話的，真當貧道不會算啊。』陸沉忍不住嘴角抽搐，真不知道齊靜春當年怎麼就受得了這丫頭，還願意百般呵護她。

陸沉嘆了口氣：「其實貧道今天不找陳平安，是來找妳的，王朱。」

稚圭面無表情地看著他：「雖然我家公子暫時不在小鎮，但是你如果敢欺辱我，回頭陳平安會幫我報仇的。還有，我認識齊靜春，他可是儒家聖人，就不怕他死了又突然活過來打死你？」

陸沉伸出雙手揉了揉臉頰，無奈道：「且不說陳平安會不會幫妳報仇，齊靜春死了就是死了，不會活過來的。」

稚圭輕挑柳眉，如楊柳依依，被春風吹拂而斜。

陸沉的雙手重新扒回牆頭，笑道：「王朱，貧道有一樁機緣想要贈送給妳，妳敢不敢收下？」他兩只青色的道袍袖子就那麼柔柔地鋪在黃泥院牆上，如龍盤虎踞。

稚圭雙臂環胸，像是在護住自己，冷笑道：「色胚、無賴、登徒子、浪蕩子！」

陸沉收起手，捧腹大笑。遙想當年，世間猶有真龍千千萬，論功行賞之後，負責坐鎮所有天下的湖澤江海。其中最負盛名的一條雌龍，身分已算貴不可言，對自己是何等癡情？在世人眼中，自己又是何等絕情？

陸沉差點笑出眼淚來。大道再大，也容不下兒女情長。只羨鴛鴦不羨仙，書上有，山上有，山頂沒有。

陸沉看著眼前這個本不該出現在世上的少女。記得自己當初曾經親口問過師父，為何天網恢恢、疏而不漏，卻有驪珠洞天的存在，老頭子只笑著說了兩句話。

『疏而不漏即是癥結所在，奉行天道之法已經不足以立身，故而崩塌。

大道五十，天衍四九，人遁其一，一生萬物。』

當時老頭子蹲在那座蓮花洞天的池塘旁，掬起一捧水，往一張略微傾斜的荷葉上灑去，灑在了高處，順勢而下，逐漸分流，最後全部重歸池水。然後老頭子朝陸沉高高抬起一隻手掌，原來手心猶有一顆水珠，當手掌歪斜，水珠便開始順著細微的掌心紋路緩緩流淌，歪歪扭扭，不斷分岔，每一次略作停頓後的改變方向，都意味著走在了不同的道路上。若是將那顆不起眼的水珠換成行走在光陰長河中的某個人，便意味著成了不同的人。一念之差，一步之別，便有了三教百家，有了將相公卿、販夫走卒。

陸沉收起思緒，對稚圭展顏一笑：「貧道給妳的機緣，妳不要也得要。」

稚圭冷笑道：「你知道我是誰嗎？」

陸沉反問道：「妳知道我是誰嗎？」

稚圭臉色陰沉：「你一個臭牛鼻子道士，擔待得起？」

陸沉微笑道：「貧道俗名陸沉，已經足夠說明一切。」

稚圭這次是真的沒聽懂：「你說啥？」

陸沉恢復平時神色，嬉笑道：「姑娘，要不要讓貧道看看手相？何時婚配成親，能否早生貴子，是不是良人美眷，貧道都能算的。」

稚圭眨了眨眼睛，問道：「能不能只吃飯，不看手相？」

陸沉翻身越過牆頭，打了個響指：「中！」

稚圭又問道：「夾生飯，不介意吧？」

「介意，我來燒灶便是。」陸沉翻了個白眼，大大方方走入灶房，開始重新添加柴火，拿起吹火筒，鼓起腮幫開始使勁吹氣。

稚圭站在灶房門口，很想一掃帚朝著他的腦袋狠狠砸下去。

鐵匠鋪子的一座劍爐內，阮邛打鐵動作沒有停歇，聲勢比起之前還要驚人，一次次火星四濺。偌大一間屋子燦爛輝煌，攢聚在一起的火星不斷累積，一點都不曾消散，更不會流瀉到屋外去，使得屋內幾乎沒有了立足之地。

但是今天，不但阮秀進了屋子，就連魏檗都在。空間有限，一人一山神只能並肩而立，阮秀手中懷抱著一柄無鞘長劍，劍刃並未開鋒，看上去絲毫不顯眼，恐怕落在中五境劍修眼中，都不過是一根嶄新劍條而已。

阮邛一邊掄鎚，一邊轉頭對魏檗沉聲道：「勞煩你將秀秀送往落魄山，楊老前輩已經遮蔽了天機，應該不會有意外了。」

又對阮秀叮囑道：「到落魄山，送了劍後，千萬不要多說什麼，只需讓他趕緊跟著魏檗去往梧桐山，乘坐那艘『渡船』南下。這把劍在被斬龍臺開鋒之前不會顯現出絲毫崢嶸，但是遇到大妖還是會露出馬腳，所以讓他別自己找死，跟那些個山澤大妖不對付。以他如今的武道境界，只要不找死，是有機會活著走到倒懸山的。」

魏檗考慮更加周到：「我手邊還留著一根粗槐枝，可以順便幫他做兩把劍鞘。」

阮邛欲言又止，魏檗會心一笑：「放心，那只養劍葫我已經使用了障眼法，一般只有十境以上錬氣士才能看穿，問題不大。」

阮邛繼續埋頭幹活，打鐵如打雷。

這位兵家聖人早就一肚子火氣，恨不得那個小兔崽子趕緊捲舖蓋滾蛋。

魏檗這次不敢托大，不但心中默念，還手指掐訣，悄然運轉自己轄境內的山水氣運。

兩人很快出現在落魄山竹樓二樓，事先得到消息的陳平安已經準備好行李，因為有飛劍「十五」作為方寸物，所以不用背著背簍，比任何一次進山都更加輕裝上陣，反而讓他有些不適應。

阮秀送了劍，傳達了她爹的囑咐，最後遞出一只繡花袋子，笑道：「陳平安，送你的，桃花糕。」

阮秀的臨別贈禮，陳平安當然不會拒絕。他先前托魏檗去跟阮邛提贈送寶籙山給阮秀一事，結果魏檗回到竹樓的時候灰頭土臉的，很是狼狽，說阮邛聽說後，遷怒於他，打賞了他一個字——滾，讓陳平安有多遠滾多遠。

陳平安只得作罷，知道這件事想岔了，畢竟真正熨貼人心的好意可不是一廂情願就能做好的事情。青衣小童總說，他們混江湖的，恩怨情仇都講究一個青山綠水、來日方長，陳平安覺得這句話說得真是俊俏且有理，想著將來總有報答阮家父女的時候，就不急於一時了。不過陳平安還是花了一點小心思，跟青衣小童和粉裙女童很是正兒八經地商量了一番，覺得問題不大，這才拿定主意，再次麻煩魏檗，讓他去聘請兩個手藝精湛的糕點師傅，等他離開龍泉郡後，就請到騎龍巷的壓歲鋪子招攬生意，最後讓兩個小傢伙跟阮秀姑娘打聲招呼，就說以後若是想吃自家鋪子的糕點，一律不收錢。

關於南下遠遊一事，青衣小童和粉裙女童都想跟隨。青衣小童是怕沒了陳平安罩著，明兒就給誰一拳打爆頭顱，等到陳平安下次返回家鄉，就得給他上墳燒香了。再者，他已經破開一境，希望能早日重返江湖逍遙快活，想要把他在龍泉丟光的臉面和英雄氣概全部從外邊的世界找回來。粉裙女童則是完全把自己當作了小丫鬟，擔心自家老爺一年到頭沒人伺候，她留在落魄山無所事事，會很愧疚。

只是陳平安都沒有答應。青衣小童一哭、二鬧、三上吊、四跳崖、五下跪全部用過了，陳平安好說歹說，才讓他繼續留在竹樓修行。好在如今青衣小童跟棋墩山那條黑蛇關係不錯，經常跑去吹牛打屁，還強行認了黑蛇做自己兄弟。雖說黑蛇一直沒有幻化人形，但無論是城府還是志向，都不是青衣小童能夠媲美的。

說到底，這條背井離鄉的御江水蛇雖然天賦異稟，可年齡擱在蛟龍之屬不過是少年而已，還是沒有「家教」、比較頑劣的那種，從未遇到過明師指點和宗門栽培，便是他推崇的那些江湖義氣，在讀過萬卷書的粉裙女童眼中，也會略顯幼稚任性。只不過相處這麼久，青衣小童還是磨去了許多稜角，加上本心不壞，陳平安對他還算放心，只是叮囑他不許欺負粉裙女童。青衣小童拍著胸脯說他大老爺們一個，欺負小丫頭片子算什麼？萬事俱備。

魏檗偷偷指了指二樓屋內，笑問道：「差不多了？要不要跟老前輩告別一聲？」

陳平安點點頭，轉身去敲了敲房門：「走了。」

老人在屋內盤腿而坐，言語之中帶著憤懣：「不再考慮考慮？」

陳平安搖頭道：「不可以耽擱，必須馬上走。」

老人冷哼道：「孬！」

陳平安無可奈何，轉頭對魏檗道：「我們動身吧。」

阮秀站在欄杆旁，輕輕揮手。

陳平安還是穿著最習慣的草鞋，懷裡抱著用棉布包裹嚴實的那柄新鑄長劍，腰間繫著朱紅色的養劍葫，背著一把槐木劍。

他想對阮秀說些什麼，只是都覺得多餘，便撓撓頭，輕聲道：「阮姑娘，保重啊。」

阮秀睫毛微顫，微笑著點頭。

陳平安對兩個小傢伙叮囑道：「以後就在落魄山好好修行，如果遇到了事情，不要衝動，山頭什麼的，我們除了買下來花了錢，其餘都沒什麼開銷的，不用怎麼心疼。我跟魏山神說過了，實在不行，就運用神通將竹樓搬遷到披雲山，你們躲在裡邊，不會有事的。而且老前輩會幫著看護竹樓，所以你們不用太擔心什麼。」

這麼婆婆媽媽的陳平安，第一次讓青衣小童討厭不起來。

粉裙女童攥著自家老爺的袖子，撲簌簌流淚，不捨極了。

陳平安轉頭望去。這趟走得太匆忙，沒辦法去泥瓶巷祖宅了，甚至連爹娘墳頭都不好去，若說心頭沒有遺憾，肯定是假的，但沒辦法的事情就是沒辦法，他知道輕重緩急。

自己此次南下送劍，算是楊老頭、阮邛和魏檗三人聯手布局，其中楊老頭是金色香火小人的緣故，跟陳平安，或者準確說來是跟齊先生做了一樁買賣，要幫著陳平安遠離是非之地，至於其中緣由，何謂「是非」，因為之前就有李希聖「此地不宜久留」的說法，陳平安對此深信不疑。

魏檗伸手按住陳平安的肩頭：「可能會有些頭暈。」

陳平安笑道：「好的。」

他之前每天都在鬼門關打轉，對於吃苦一事，實在是當成了家常便飯。一想到今天、明天及以後都不用練拳，既有一絲人之常情的慶幸，但更多還是心裡頭空落落的。

陳平安望向阮秀和兩個小傢伙：「走了！」

魏檗和陳平安的身影驟然消失不見，無聲無息，甚至連一陣清風，都沒有出現在簷下廊道。

欄杆旁邊，粉裙女童輕聲道：「阮姐姐，我家老爺肯定會想念妳的。」

青衣小童丟了顆普通蛇膽石在嘴裡嚼著，一本正經地胡說八道：「那是，老爺每天做夢都要喊秀秀姑娘的，羞死個人。」

阮秀自然不會當真，但還是開心地笑了。

魏檗和陳平安出現在梧桐山山腳一處僻靜山林，魏檗讓陳平安稍等片刻，很快就去而復還，帶了一把奇怪的槐木劍匣，是一匣雙劍的樣式，能夠同時插放兩把劍。他讓陳平安將懷中長劍和背後槐木劍都放入其中，於是陳平安就變成了背負雙劍的游俠兒，腰間別著一只酒葫蘆，確有幾分江湖氣。

魏檗繞著陳平安走了一圈，笑道：「喲，還真的挺好看。」

陳平安咧嘴而笑，跟隨魏檗一起登山。

因為三十拳「神人擂鼓式」變成了三十一拳，多出的那一拳反而讓陳平安一身拳意逐漸變得內斂沉穩。

魏檗仍舊是一襲大袖白衣，陳平安負劍別葫蘆，一個神仙飄逸，一個少年俠氣。

陳平安忍了忍，最終還是沒有忍住：「魏檗，小鎮是不是很危險？」

魏檗點頭道：「試想一下，好多蛟龍同時湧入一座小池塘，隨便一個搖頭擺尾就會掀起滔天大浪，隨便一個浪頭砸下來就能令中五境的鍊氣士粉身碎骨。你呢，雖然不是某些大佬重點關注的人物，但只要在這場棋局裡頭，哪怕是棋盤上很不起眼的一枚棋子，還是會生死不由己。所以楊老頭讓你立即離開龍泉郡是對的，你能夠想通，不反對，很好。」

陳平安笑道：「我本來就想出去走走，剛好借這個機會磨礪武道，爭取靠自己找到破境的契機。」

魏檗好奇問道：「竹樓裡的老前輩還生著悶氣，是不是你拒絕了什麼？」

陳平安不願細說，畢竟涉及老人的隱私。可魏檗這段時日奔波勞碌，加上有阿良的關係以及魏檗的開誠布公，陳平安不介意挑一些可以說的說，於是輕聲道：「我只知道小鎮來了一個了不得的道教神仙，老前輩說想要送我一場天大機緣，旁觀他與那個神仙的對戰，領悟拳意真諦，說不定可以一鼓作氣躋身四境，而且還能打下最結實的四境底子。我問老前輩有幾分勝算，老前輩開誠布公地說九死一生都沒有，必敗無疑，因為他如今還沒能重返武道巔峰，哪怕到了，一樣毫無勝算。

我當時就很奇怪，既然必輸，為何還要去打這一場架？老前輩說他這輩子最大的願望就是找某位號稱最能打架的道人打上一場，既然那個不速之客跟那個『真無敵』的道人關係很近，就先打過，掂量掂量自己的斤兩，以便知曉雙方之間的差距到底有多大。至於幫助我躋身四境，贈送機緣，也只是順帶的。我不想因為這場架打出太大的風波，害得你和楊老頭、阮師傅白忙活一場，更不希望……不希望齊先生失望，所以我也就跟老前輩直接說了自己的想法。

他生氣歸生氣，倒也沒揍我，只是罵我的膽子比米粒還小。他罵他的，我勸我的，勸他不管怎麼樣，返回武道巔峰再打架不遲，要不然會不盡興的。老前輩這些是聽得進去的，雖然他嘴上不說，心裡多半覺得如果沒辦法全力出拳才是真正的遺憾，最後他就放棄了打架的念頭，不過也沒給我好臉色看就是了。之前在竹樓，你也聽到了，還在氣頭上呢。」陳平安突然會心一笑，「其實老前輩跟老小孩差不多。」

魏檗抹了把額頭冷汗。這要是打起來，還真就全部完蛋了。虧得陳平安沒貪戀那四境的契機，不然他用屁股想都知道結局：老人死而無憾，這座破碎的驪珠洞天地動山搖，抖摟出許多不可告人的祕密，然後就是一場腥風血雨的渾水摸魚，本就是棋局「第一手」的陳平安絕對沒什麼好下場。至於他魏檗、崔瀺、阮邛、謝實、曹曦、許弱、程水東等等，註定沒一個跑得掉，全部裹挾其中，是生是死，跟當下的陳平安一個樣，身不由己，全看天意和運氣了。至於三十餘座山頭到最後能剩下幾座，不好說，但是樹大招風，只差一步就是大驪北嶽的披雲山則板上釘釘會崩塌殆盡，真正的仙人神通，搬山倒海，可不是溢美之詞。

心有餘悸的魏檗停下身形，重重拍了一下陳平安的肩頭：「陳平安，早知道如此，就不應該收你的藥材錢！」

陳平安愣了愣，隨即笑容燦爛道：「現在還我錢，還來得及。」

魏檗裝模作樣地在那裡翻袖口，陳平安就安安靜靜地等著他掏錢，半點推託的意思都沒有。

魏檗氣笑道：「陳平安，這就沒勁了啊！」

陳平安哈哈大笑，拍了拍腰間的酒葫蘆：「這就夠了！」

魏檗一把摟過陳平安的肩頭，就這麼登山：「我就說嘛，陳平安對朋友，從不摳門小氣的。」

陳平安憋了半天，只憋出乾巴巴的「謝了」二字。

「朋友之間提『謝』字多傷感情，這就跟男女之間談『錢』字是一樣的。」

陳平安恍然大悟，覺得這個道理得好好記下來，回頭就刻在竹簡上，以後到了倒懸山見著了寧姑娘，千萬別提什麼錢不錢的——這叫學以致用。

魏檗如今是路人皆知的煊赫存在，加上真正手握權柄的山上神仙沒幾個如魏檗這般好說話的，所以他人緣極好，一路登山，招呼不斷。魏檗沒怎麼停步，但是都會笑著應酬幾句、打趣幾句，惹來笑聲不斷。其間還有一個溜鬚拍馬不比青衣小童功力弱的野修妖怪死活要給魏大山神領路，結果被魏檗笑罵著一腳踹遠了。那野修絲毫不惱，反而引以為傲，望著白衣山神的瀟灑背影，滿臉喜慶。

臨近梧桐山頂渡口，魏檗輕聲笑道：「陳平安，這種看似很真誠的和和氣氣其實都是假的，可以不拒絕，但是別太當真。如果我魏檗還是棋墩山的土地爺，想要跟他們說上一句話都難。當然了，能夠這麼一團和氣，終歸是好事。」

陳平安默默記在心裡。

梧桐山的渡口邊緣地帶是一座剛剛建造完工的高臺，以清一色的潔白玉石築造而成，已經聚集了數十號打扮各異的鍊氣士，還有一些裝束鮮亮的老弱婦孺，後者應該都是買下山頭後前來觀摩的仙家勢力，如今便要打道回府了。

兩撥人看到了魏檗和陳平安，還是主動上前熱絡招呼，魏檗對每個人的姓名、家族如數家珍，待人接物滴水不漏，讓人如沐春風。

陳平安一直沒有刻意說話，只是將點點滴滴看在眼裡，心中有些羨慕和欽佩。這種與人為善和相談甚歡，絕不是魏檗說自己是「北嶽山神」可以解釋的。

關於陳平安的南下遠遊，魏檗用輕描淡寫的語氣一筆帶過，說陳平安在南邊有個親戚，順便去探望幾個朋友，比如神誥宗的賀小涼，還有風雷園的劉灞橋。

陳平安聽得滿頭冷汗。這哪跟哪啊！如果說拜訪親戚是個正當幌子，那麼隨便跟那個道姑和劍修攀交情，他陳平安實在是難為情。可魏檗這麼胡吹法螺，他又不好拆臺，差點憋出內傷。

言者無意，聽者有心。賀小涼可是一洲道統的玉女，跟她有丁點兒香火情可就是天大的福緣了。山上、山下，誰敢不賣神誥宗朋友的面子？何況還有個風雷園的劉灞橋。所以那些擱在家鄉王朝都不容小覷的人物，對其貌不揚的背劍少年越發熱情，甚至還有人主動遞交了製作華美的名牒，把陳平安臊得恨不得挖個地洞鑽下去。

魏檗樂見其成，笑得高深莫測。

突然有人高呼一聲：「鯤船來了。」

陳平安順著眾人視線望去，見一頭龐然大物破開雲海，緩緩向梧桐山滑落，驚得張大嘴巴——那個生有魚鰭的大傢伙竟是活物！

鯤船不斷下降，帶給陳平安一股巨大的壓迫感，讓他忍不住感慨：不愧是神仙乘坐的渡船，果然不同尋常，氣勢驚人。

一艘鯤船能夠跨洲浮游千萬里，而且這個「千萬里」絕不是虛指。在龍泉郡梧桐山建成這座嶄新渡口之前，整個東寶瓶洲北方都沒資格讓鯤船降落停靠，只有南澗國和老龍城兩處有渡口。一些個國力雄厚的王朝當然也有承載鍊氣士遠遊四方的渡口，但是「渡船」多體形較小，登船乘客有限，貨物輸送量遠遠遜色於這種北俱蘆洲獨有的鯤船。

鯤船載客只是生財小頭，主要還是販賣從各處搜集而來的天材地寶及各色珍禽異獸，而鯤船也分三等，第一等的鯤船，鯤魚的背脊之大可以媲美一座大驪郡城，在包括墨家機關師在內的諸多流派鍊氣士的精心打造之下，能夠有山有水，有府邸高樓，有街道坊市……成千上萬的鍊氣士可以終年生活在上邊而不會感到絲毫不方便。

魏檗輕聲笑道：「鯤魚性情溫馴，在經過鍊氣士的專門訓練之後，哪怕遭受攻擊重創也可以忍受煎熬而不撲騰，所以鯤船比起其他一些大型渡船相對平穩安全。一些個山嶽龜、吞寶鯨也是渡船的上佳選擇，只是一來數量稀少，二來還是會有一些自己的脾氣，歷史上不是沒有山嶽龜擅自潛入海底的慘劇。」

陳平安張大的嘴巴一直就沒合攏。鯤魚背脊之上不僅平坦寬闊，竟然還有一圈圍欄，一棟棟高樓比鄰而建，而這艘幾乎占據大半山頭渡口的鯤船並未貼在地面上，而是離地數丈懸停空中，魚鰭微微晃動就搧起一陣陣山風，塵土飛揚。好在渡口登船的高臺剛好位於魚鰭之間，並無異樣，自然不至於被一陣大風給吹到山腳去。

在鯤船徹底懸停穩當之後，從圍欄缺口處落下一架寬如桃葉巷街道的階梯，階梯底部剛好嵌入高臺的一處凹陷機關中，使得這架掛空的階梯給人穩如磐石的良好感覺。

階梯上走下一撥人，為首的錦衣老人跟梧桐山渡口的主事人一番交談之後，便對魏檗一行人用純正的東寶瓶洲雅言笑道：「諸位，你們登船之後，牛角山包袱齋的貨物往來會在鯤船那邊的兩架階梯上進行，耗費半個時辰。若是稍有延誤，無法準時發船，我們打醮山作為北俱蘆洲一個屹立千年的老字號門派，就會返還各位所有乘船開銷。」

說完這些，錦衣老人望向魏檗：「可是魏大山神？」

魏檗笑咪咪道：「不敢當、不敢當。」

錦衣老人爽朗大笑，抱拳道：「鯤船一年一次往返三洲，只能提前恭賀魏大山神！下次若是無法準時登門慶祝，事後也定然會略備薄禮，還希望魏大山神別推辭啊。」

魏檗雙手攏袖，笑容濃郁：「不推辭、不推辭，可如果發現禮物輕了，下次就來這邊撒潑，要你們無法準時發船。」

錦衣老人哈哈大笑：「輕不了！拜山頭、拜山頭，這麼大一座山頭，豈能不當回事！退一萬步說，門派若是出手小氣了，老夫都會自己添補一番！」

魏檗笑著點頭：「這敢情好。」然後他拍了拍陳平安的肩頭，「我最要好的朋友，叫陳平安，是我們這兒的土財主。他在南澗國下船，還望船主幫著照顧。他在這艘鯤船上的所有開銷，全部記在我魏檗頭上，下次我再跟你們結帳。」

錦衣老人大手一揮：「結什麼帳，包在我身上了。」

魏檗笑咪咪道：「這麼客氣啊？」

錦衣老人還是大笑。這番場景，羨煞旁人。

陳平安跟隨眾人登船之前，在階梯口轉身對魏檗抱拳行禮，沒有說什麼。

魏檗抱拳，微微彎腰。一切盡在不言中。

這一幕，落在遠處跟人商議正經事務的錦衣老人眼中，就更加心中有數了。

陳平安獨自一人緩緩走在階梯上，背負雙劍，「降妖」、「除魔」；腰懸養劍葫，「初一」、「十五」待在其中。「十五」裡頭如今又裝下了齊先生贈送的「靜」字印和一對山浮水印，還有暫時幫著顧璨保管的《撼山譜》。

文聖老秀才贈送的幾本儒家典籍、李希聖贈送的符籙道書和竹管毛筆也在，毛筆上篆刻有「風雪小錐」和「下筆有神」。除了書和毛筆，還有李希聖托崔賜送來的大量空白符紙，大致分三種，數量最多的黃紙、繪有雲篆的金色符紙，以及數量最少、泛黃書頁似的符紙。當然，也少不了陸沉留下的那幾張藥方。至於一大摞東寶瓶洲各國疆域的輿圖是魏檗轉贈，作為陳平安以蛇膽石償還藥材錢的一點小添頭。

此外，數百枚玉質「銅錢」是陳平安用剩餘的普通蛇膽石跟青衣小童兌換而來。這些山下市井絕對瞧不見的錢幣是山上神仙做買賣用的，只不過當然沒有金精銅錢那麼價值連城，但老百姓所謂的真金白銀在這些只會裝在鍊氣士錢囊中的玉幣面前不值一提。

其他零散物件諸如一些尚未刻字的小竹簡、小刻刀，一袋子白米以及煮飯的瓶瓶罐罐，一大把魚鉤、一把新買的開山柴刀、換洗衣衫、兩雙新編草鞋等也都帶上了，當然還有碎銀子和金葉子。出門在外，一文錢難倒英雄漢的道理，陳平安在第一趟遠遊大隋的時候就感觸頗深。

陳平安走到一半，又忍不住回頭望去，一直站在原地的白衣山神笑著揮手，陳平安亦揮手作別，繼續往上走去，只是摘下了朱紅葫蘆，默默喝了一口烈酒。

草鞋少年無比希望下次重逢，故鄉的朋友和山水都無恙，都平平安安的。

——劍來　【第一部】（六）山水有相逢　完

高寶書版集團
gobooks.com.tw

DN 292
劍來【第一部】（六）山水有相逢

作　　者　烽火戲諸侯
責任編輯　高如玫
封面設計　張新御
內頁排版　賴姵均
企　　劃　何嘉雯

發 行 人　朱凱蕾
出　　版　英屬維京群島商高寶國際有限公司台灣分公司
　　　　　GlobalGroupHoldings,Ltd.
地　　址　台北市內湖區洲子街88號3樓
網　　址　gobooks.com.tw
電　　話　(02)27992788
電　　郵　readers@gobooks.com.tw（讀者服務部）
傳　　真　出版部(02)27990909　行銷部(02)27993088
郵政劃撥　19394552
戶　　名　英屬維京群島商高寶國際有限公司台灣分公司
發　　行　英屬維京群島商高寶國際有限公司台灣分公司
初版日期　2023年08月

本書中文繁體字版由浙江文藝出版社有限公司授權出版。

國家圖書館出版品預行編目(CIP)資料

劍來第一部（六）山水有相逢/ 烽火戲諸侯著. -- 初版. -- 臺北市：英屬維京群島商高寶國際有限公司臺灣分公司, 2023.07
面； 公分.--

ISBN 978-986-506-771-7（平裝）

857.9　　112009456

凡本著作任何圖片、文字及其他內容，
未經本公司同意授權者，
均不得擅自重製、仿製或以其他方法加以侵害，
如一經查獲，必定追究到底，絕不寬貸。
版權所有　翻印必究

GOBOOKS
& SITAK
GROUP©